STARRY RIVER

诗丛

星河

2022

秋季卷

主　编

黄纪云

骆　苡

浙江文艺出版社
Zhejiang Literature & Art Publishing House

图书在版编目（CIP）数据

星河·2022秋季卷／黄纪云，骆苃主编. -- 杭
州：浙江文艺出版社，2022.10
　ISBN 978-7-5339-6989-9

　Ⅰ.①星... Ⅱ.①黄... ②骆... Ⅲ.①诗集 – 中国 – 当
代②诗歌评论 – 中国 – 当代 Ⅳ.①I227②I207.22

　中国版本图书馆CIP数据核字（2022）第186997号

统　　筹	曹元勇
责任编辑	易肖奇
文字编辑	汤明明
封面设计	朱云雁
责任印制	吴春娟

星河·2022秋季卷

| 主　　编 | 黄纪云　骆　苃 |
| 顾　　问 | 骆寒超 |

出版发行	浙江文艺出版社
地　　址	杭州市体育场路347号
邮　　编	310006
电　　话	0571-85176953（总编办）
	0571-85152727（市场部）
印　　刷	浙江海虹彩色印务有限公司
开　　本	787毫米×1092毫米　1/16
字　　数	215千字
印　　张	13.5
版　　次	2022年10月第1版
印　　次	2022年10月第1次印刷
书　　号	ISBN 978-7-5339-6989-9
定　　价	59.00元

卷首语

雨打梧桐，桂子飘香，在这样一个收获的季节，我们推出了《星河》秋季卷。

这一卷的"星月交辉"板块，重点推出的是余旸、王璞和王自亮三位颇有影响且依然活跃于当今诗坛的诗人的作品。王璞和王自亮还各自谈了诗歌创作方面的诸多感悟。诗人现身说法无疑对读者解读他们的诗有莫大的助益，对于爱写诗的朋友也是一种很好的借鉴。

"星瀚灿烂"收录的三位诗人是学院诗人。"星河微澜"以组诗见长，"繁星满天"以作者居多。新老诗人在此汇聚，使得作品呈现出风格迥异，内容多样，争奇斗艳的活泼景象。稚拙与老辣、含蓄与直白相映成趣。

继夏季卷"新疆诗人"之后，秋季卷又专门推出了"广东诗人"一栏，读者从中可以领略一下得改革开放风气之先的"广东人"的所思所想。

本卷还推出了"星河组章"栏目，喜欢散文诗的朋友可以在这里寻觅佳句，获得知音。

本卷的"河外星系"翻译了扬·卡普林斯基、叶芝和泰德·休斯三位诗人的部分诗作。扬·卡普林斯基是爱沙尼亚当代著名诗人。爱沙尼亚诗人的作品国内读者接触较少，通过阅读扬·科普林斯基这样一位在爱沙尼亚极具重量的诗人的作品，读者多少能对爱沙尼亚当代诗歌窥得一斑。叶芝这位著名的爱尔兰诗人想必中国读者并不陌生，他的《当你老了》几乎家喻户晓，不过这里翻译的几首诗大家未必读过。泰德·休斯是当代英国"桂冠诗人"。他的诗颇具特色，不妨一读。

"星河评论"尤其值得推荐的是诗歌评论家、理论家骆寒超先生的《论李金发的诗歌审美观》一文。李金发的诗以"怪"著称，当代人多持负面看法。骆先生对其潜心研究，从美学的高度进行观照，追本溯源探求出李氏之诗"怪"的缘由，实事求是地给予了恰当评价。这可谓是对李诗的再一次发现，对于读者阅读李金发的诗无疑具有极大的启迪作用。

"星韵品赏"两位讲评人骆蔓和范雪的文章有可喜之处，前者中肯细致，后者率性直接。

"星河"编委会

主 编

黄纪云　骆苡

顾 问

骆寒超

诗歌编辑

菡萏　刘翔　袁丹丹

箫风　贝尔　顾奕俊

理论编辑

安操

封面题签 黄纪云

封面设计 朱云雁

篆刻 姚伟荣

目录

071 ／ 繁星满天

余旸的诗

父亲

1

就着凉茶吞咽下一口火,涌到嘴边的酸腥
好像尘土混着污汗灌进了每一口毛孔井
钢棍尾巴伸直,怒狗恐惧地努力辨认着
这团不明所以的线条、气味与色块
抖动与痉挛,或者石头样地坐下
手里抖动的纸袋啊,
包裹着块块葱茏菜园。
那些遗落在焦土山坳里或坡脚下
浊眼里的一盏光,它们已不能容纳下
几里外的光影声色,葛朗台般地
攥紧了依稀辨认的某些记忆
而童年的细节越来越清晰……
但风雨搬空了存储,衰朽的仓库
窖藏着霉变的光色,最终将
没入周围山坡的曲线与凸凹中?
三米在无人管理的焦黄中衰朽
由折小路还记得那双咄咄叩问的黄胶鞋
辘辘的车轮钢圈,曾经悲哀地旋转着
旋转着,仿佛地球正在悲哀地公转
脂颅、胸腔、裆间的隐秘变化
遮掩在地形的变迁中
(土坷垃总是乡下人一样莫名地焉闷)
那些坡脚、山腰额头般突出的
老伙计们隐隐地诱惑着:来啊,来啊
直到像老苏格拉底,嘱托着

最后一笔欠人的菜籽钱,99元。
家里的猪、狗,长久地,将过于长久地
欠缺一双青筋遒曲的老手端着的、豁口的食盆。

2

袒着松弛、延宕的奶牛胸脯,
赤着上身,骑缺反光镜的破电动车上街的父亲
惯于卷起一只、放下另一只裤腿的父亲
去几十米远的厕所也要骑电动车的孩童父亲
买哈密瓜却错拿了柚子、沾沾自喜的父亲
拿手机像捏活鱼,一个数字一个数字进出、拨号
　　码的父亲
在错愕地注视下
他响亮地咀嚼臭肉豆角
咬开瓶盖鼓起腮帮仰头灌啤酒
发出幸福与满足的嗝叹
啊,人生的美妙全集中在
瘪嘴包裹的舌尖上
想不到,岁月这么轻易地
摧毁了这头豁牙的老狮子:
依赖着固有的惯性、路线
在村村通公路与茅草丛中
像摊失灵的机器肉体
机械地跑动着,放屁。
某些功能不自觉地退化
某些恶习无限制地增长
当狼群般的乡村生活龇牙
咧嘴地跑过,遗弃下他,他们

生活的意义止步于
感叹的褶皱与缝隙里。
在我们有时过于愠怒有时过于温柔，
因为愠怒而过于温柔或者
因为温柔而愈发暴怒的
谴责与悔恨交错的旋涡中
噢，像路边的瘪皮球
他们沐着夕光，一呼一吸着。

Jamestown island（Virginia）
詹姆斯城岛（弗吉利亚）

岛岬突伸出去，竟成了
帝国的第一个点。免费轮渡像镀金的堡垒
Smith上尉雕像的靴镇住了夕光粼粼的海面。
（其实依然埋藏着凶险）
偶尔，从海边冒出来的
长颈犹弯曲水滴的孤鸟的寒瞳将会瞥见
——400年前——受洗的印第安公主Pocahon-
  tas，
她轻易地嫁给了来种烟草的英国冒险者。

树林深处，依然蚊虫扑鼻
海碗大的龟背翻身，求偶水獭们
在微臭沼泽里
依然原始性地交欢
（——据说，鳄鱼
依然深潜在淤泥里）
出土的断垣，几排教堂条凳发黑变白，
孤兀的十字架，俯视深灰，不停涌荡的波涛……
防波堤上，遏制不住
激辩起命运、民族，几个中国人。

最初航海来的，几首船
无聊地厮磨波浪，好像永远如此

更多人前来观摩印弟安人
好奇地裹起兽皮，煮肉汤、住集体棚屋、射箭
而这样的战争竟成就了这样的帝国

刀剑和枪炮已经安放在玻璃柜里
海关的硝烟呛咳着各色肺。
我努力寻觅印第安人的红黑脸膛
只捕捉到硕大肉鼻，顶着的安详表情忽显肃穆

孩子们攀爬巨船，惊喜地尖叫
演员们展演短剑、皮靴、十字架，
船只微晃，好像还在远航
地球微颤，我们也正屈身在某艘船上。

小区

一阵疾风将我们从北京吹跑，落到
涌进城买房的农民中间。
生下儿子，呀呀成长，
噢，他，带领我们遍识小区的凸凹

我们这些成年孤舟，颠漾在自我的污水里
青蛙样，夜晚的屏幕上呱呱聒噪
出入电梯，洁身冷脸，吸在手机屏上
不过是童眼逼视下，
一群闷闷的，外星球怪物

孩子的名字铃铛，响亮小区井口
抽条的身影，繁茂的羊蹄甲树、榕树下闪跃
跨骑在原木滥造的桥栏上
吹响了争吵、惊呼的铜号。
那浅污的水池，好像是风暴迭起的怒海

他们的身影也埋伏在门洞后，

蜷身挤开惊愕的我们,闯进书房、卧室,
不便明言的难堪,暴露在清澈的眼里,
也逼使我们揭开那已麻木的伤疤,尴笑
他们交流我们的好坏、隐私,让我们的荣誉
妾受长木椅上剪脚趾甲编毛衣的老太太们审判

他们,让我们不得不放开臭脚、腆肚
他们,让污损的四壁好像不再难堪、自惭
客厅地板就该摆起地雷阵:乐高、玩具、积木
我们的黑皮包,埋在布娃娃和塑料枪群下

当孩子的声音灌满楼道,随手带上的门
将我们从无聊与颓废中砰然震出
我们听到,一次次,某孩子的名字,音符般
反复回旋,忍不住猜测:
无数葵花脸中,一手宠物笼子,一手奥特曼卡册
哪一个,是耶稣隐身在踩滑板的人群中?

我们不过是某某妈妈、某某爸爸
以孩子之名,我们小心地交攀
探析彼此深浅、明暗的枝杈
以孩子之金睛、灵耳
我们细细地辨认小区的边角、高低
品味衣冠下的悲欢离合。

春天来了,翩跹的燕子们
小区中穿针引线,编织
瑰丽的梦衣。我们也暂脱冷漠,弯下腰来
顺从性地,一遍遍
熟悉童年与童心,学习抖音语言

垃圾堆

孩子们被垃圾堆与野草包围了
胸口吊悠着门钥匙
仿皮沙发里,专注地盯着《熊出没》
无意识地咀嚼爆米花

站在垃圾堆边,偷借Wi-Fi,搜索影星
站在垃圾堆上,垂头像深思
又突然扭跳《小苹果》,他们谈起
"气候变化,人心变坏",老气得多像大人

失业了,支模的大人们陆续返回
新盖的公路楼的檐荫下坐望着召唤。
乘机迁坟,为病请神,气胀的他们
啃猪蹄、喝啤酒,繁衍垃圾,垃圾堆边打牌到
　　夜深

繁星下,游狗和夜猫的游击队
活跃在垃圾堆边、野草中。溪河
瑟瑟,堵塞如阴道;啊,当浪子皇帝,夜色中飞巡
化纤和聚乙烯继续淹没河床

孩子们被包围了,孩子不知道
大人们被包围了,大人无所谓
而垃圾堆包围着垃圾堆,
野草包围了野草,依偎着垃圾堆。

年轻的伙计们

老父亲们套着我们用过的不合体衣服,搭配自
　　裁的
尿素袋裤子,厂家宣传口号的砖红衬衫
像兴高采烈的小丑,依然凸露出斤斤计较的嘴

脸、飞溅的痰沫

两只裤腿一高一低

在田埂、公路的舞台上蹦跶

　　排黑烟的摩托排气管连同屁股后鼓突的手

机套

脸上黄汗滴砸在迸溅的尘里。

粗野的叫喊萦绕黑灿的晚霞。

他们依然为读书的古老荣耀鼓舞欣慰，暗中感

　　到疑惑、失望

　　死神与夜晚紧追他们，窸窣私语，他们

呵狗一样："去!"

田野静蜇的黑色轿车像睡狮

(谁知道几年后就变得普通)

绿野里具具发烫的年轻肉体

愈发累赘、多余，反像耻辱，

啊，这些狂躁的拉斯蒂涅或阴郁的于连们

　　站在垃圾堆上嘶吼着要!

要什么呢?块块田畴都被田埂缰绳羁縻勒拽着

　　甚至河畔萦绕鱼肠的苍蝇都嘤嘤着发现

但偌大的地球像秃崖倒蠹，

　　妖娆的自然喜欢作弄，无所适从或莫名心痛。

伙计们，你们要，忍受着比较

　　叼着烟、打个酒嗝，又认为生活太他妈美妙啦

全面改变，尤其是物质吗?

你看，混蛋们不都像秃鹫攫取，考古学家般四处

　　飞跳着挖掘，

像猎狗般嗅闻着，一路洒下

矿尘、灰土、尿水、精液和哈哈大笑

随着野草，下半代唰唰歪长

提前兑现了侠客梦，喝酒、打架、捞月亮……

他们依然喊饿，要求更多……

　　随兴塞还给年轻的父母，可能是你们兄长，

一个未经预期的孙辈来养着玩——

铁路线网上羽毛飘浮

英雄的拉斯蒂涅，或骑士于连

隐没入电视、报纸与网络的云雾间

剩下的，憋着痔疮、肚腩

在按揭与眼镜的栅栏里长久地瞻望

白天:数字跌宕，搬运黏滞的血液

夜晚:网贴激动而煽情的贫困报告。

终于有人从田野跃上高高讲台

——竟然是囚台——

学生观众佩戴无表情的面具，像鹤，吸入手机

冷肃的，反被教训、讥诮了

不如私下热情推销保险

跨越心理障碍不就像渡河:

理直气壮地馈赠(亲友、熟人?)健康与安全?

尽管老残的皇帝残忍而慈祥的

笑声(混着獠牙)隐约闪烁

田野的大棋局，腾挪着变幻

谁怂恿着波浪的起伏

而我，生存在另外但同样阴霾的天空下

表格度量日子，莫名的压力像雾气翻涌。

　　我偶然想起你们，伙计们

就像我们的老父母时刻惦念着我们。

乘凉

安得广厦千万间

　大庇天下寒士皆欢颜

　　　——杜甫

骄阳清空了屏幕前久坐脊椎生疼的疲惫家伙

当他们终于汇入海边慵懒翻动的白肚皮

或森林别墅里,打着哈欠继续断续的梦
啊,城郊像巨大的空调努力工作,滴答着水汗

这时,跑出来了,屈在儿女楼里的老头们,
吊着白背心,趿拉拖鞋,焦红胸膛像截树桩,
那些闷在小区柳荫下做梦的老婆婆们,
把裹紧粗朴的褐色裙子撩到肥壮大腿上。

他们跑出来了,摇着大蒲扇,
施施然但又坚决,像刚从泥田里起身,包围了
　城市
随便箕蹲在银行的台阶上,或超市滚梯间的长
　长阶梯上,
田间地头,带着他们的藤制水杯,红着扑克脸或
　像开会。

噢,飞出来了,这群蜜蜂,吵嚷嚷地簇集在玻璃
　门外
(琳琅着冒冷气的花绿食品或闪光机器,
虎脸保安或皱眉的店员,对着手机无聊入梦)
他们采着幽幽凉气,无辜而随意地瞥了瞥热烘
　烘的空巷。

他们的肉身要复苏某个整体被否定、自我
也唾弃的灵魂。有时趄进超市,慢条斯理地挑
　拣豆角、摘掉叶蒂,
难得地逗留而不担心(愿兔崽子们度假高兴!)。
他们(主要是她们),走在空调凉气中,从容地像
　边过老家的河,边回头唤狗。

我以为(组诗选三)

> 过去的人与活着的人之间有一个秘密协议。
> ——本雅明

1

自行车卡链在巷道里
我弯下了我父亲的粗腰
(递扳手的男孩
是我,火红背心
蹦跳着烧下山坡)

煤烟熏黑炒锅
我戴着污尘与划痕的厚近视镜片
转动着我母亲的手
学会了斜睨
口冒蒜臭的老家伙的新方式

我以为我的未来将寄予大学、爱情、城市
(好在锃亮皮鞋遮住了袜子洞)
他们的余生肯定要
托付在砖屋、电视、腰疼上

和父亲一起低头修理油污的链条吧
和母亲一起咳呛着翻颠炒锅呀
从岁月遥递来的手,穿透异地
喧闹的噪音终于衔接住

多年的奋争就是循环?
少年激扬本来可以更高昂!
脱离农村反倒更看清老父母
城市成全了我们的失落。

6

老人们渐渐地不可理解。
他们团拢在一起。
烟雾从鼻孔里喷出
浑身臭气,他们老妖怪般
嘟哝着,操着火星语言

这追逐阳光的一群
随温暖而转移
臃肿的,仿佛
雪中废弃的拖拉机

猜测着他们的种属
呆头呆脑的小麻雀
哪里知道,伟大的人性
还可以退化到虫豸——

拥有猪的獠牙
山羊胡子,马脊弯曲
终于,由于孤独,动物的遗传
在脸盘上突出来

年老伴随着疾病
静悄悄地,进驻这团废墟:
嘴流粘涎,
仿佛黑崖渗出污水。

7

这些遗漏的、安静的、沉默的
聚拢在我身边

它们抬起了乌黑的眼睛
却迫使我情欲暴涨

公鸡焦急地跳上了
母鸡脊背,骄傲地鸣叫

两条狗来回嗅闻着
绕荒坟追跑,狗毛连同柳絮漾着

可我多么想,多么想
像山一样倒立起来。

但我只能学习狗,
练习闷头奔跑

垂着眼皮,我吞咽下的
那么多缤纷的色彩旋转着

天空的锅盖;黝黑的皮肤
山川丘陵起伏地挣扎

但出口呢? 马路呢?
眼睛,鼻子,嘴巴

只能锁在一个晃悠的背影上吗?
背影晃来晃去,也沉默着

多悲哀啊。我们没有爱的语言
天赋在于诅咒、沉默,或吵闹

我表达的不是我想说的
我奉献的不是我能给予的

我只能端着眼睛的大碗
盛放着那么多飘忽的,流溢的褐色暗影

我的弹簧脚、不知所措的手、长毛的胸

我的自然勃起的器官啊

释放我,释放我
给我一个新世界吧!

但笼盖我黑乎乎的夜晚
留下斑驳凌乱的湿迹

那些遗漏的、安静的、沉默的
又聚拢在身边

它们忽闪了乌黑的眼睛
想说什么,又归于沉寂。

老妖怪

从更深处探出身来
从你们的内心里探出头来

要活动朽坏的屁股吗?
嘿,那赘肉增加的屁股

看,架子上的书册利息般地增多
货币下水道般彻夜流通

你们总是深深地,深深地坐进去
屁股焊接在长条椅上,焊接着锁链

露出你们抹布般的舌头来;
弹动它

但更多的铜锈蔓延
朽坏的大脑放肆地梦幻着

你们(也就是未来的我们吗?)更深地坐进去了
傍晚的天空上排着许多空位

当暮色加深眼中的忧郁
当孩子们骑在颈子上撒尿

你们总是微眯着眼睛
你们相信陷阱

你们坐进陷阱中去了
你们把陷阱装饰成簇新的卧室

但孩子的眼睛睁开了
新鲜的地平线刮疼长长的眼睫毛

哎,这老朽的世界
抹着甜蜜的毒药——

而蹲在你们肩头的夜晚
轻轻地拥抱着街头

谁说的,你们沦陷太久了?
过久了,也就轻松了

所以孩子们摆弄着手机视频,蹦跳着
又心不在焉地走过去

灰色的夜晚只留下恐怖的黑洞——嘴巴
窃窃私语

因为这些土偶、这些怨怼
炼成松弛但又致密的空气

你们属于灰暗的,过于昏暗的大海

而这个时候溜过你们身边的

手拿铁钳捡拾垃圾的一群
这些手戴镣铐挥舞而过的一群

从海平线上秘密地淌水过来
涌上街道。他们手举火把

他们的眼脸暴露出煤炭、口号
一切静悄悄的,但又仿佛躁动的强盗

这些属于暗夜的人
总是在黎明前死去吗?

可是你们还在,还在那里窃窃私语
仿佛吞噬时间的海妖

孩子们听不见
快步跑入电影院、话剧院

孩子们听不见就听不见吧,
你们就更深地陷进去了

慢慢地忍受着
爱着忍受,慢慢地老朽……

你们窃窃独语着
汇合成灰色大海的背影

但也可能传自
某种电波信号的人工合成。

我写作

我写作!哥儿们含混地躲闪着
连自个境况都简略地过分
流传的,都是半熟人的痛苦、荒唐
距离适合兴奋地碰杯
但我的心吱吱叫。

大功率空调独自调和的水帘洞
酒瓶传递愉悦
(你和我,比赛尿高,烫死了教室门前的小杨树)
门外热浪翻滚;街道收回人群
孩子们麻将桌边模仿大人,自娱自乐

啤酒入喉,伴随呕吐,
冒出来的,是小学同学的名字……

(不愉快的黏痰般的心悸!
他跳上桌子,踢一位漂亮女生的
尖下巴!我初中单恋的女生,
可能……暗恋的是他)……

红漆醒目地
凸在小桥边的捐款碑刻上
难道我们还排在
光荣榜上残酷地竞赛

二十年后还在追击,赛跑?!
多虚幻!又多么真实
石头的粗糙重于文字的花巧,
牵牛老汉耽于石碑上的凝重目光
让我精心虚构的世界汹涌着浓雾

从你们的眼里,我阅读出了原谅:

不过是孩子的固执……
你们的目光倾注在聚精会神的孩子身上
得意地数落着抚养儿女的恐惧

我接受你们暗示的遣责，伙计！
但我渴慕的，不仅是功名
（也许由虚伪的眼泪与浊血来构筑）
我讨厌的混蛋改善了邻里生活，活生生地
改造社会的黄金梦，他具体地干了一点点——

我推开窗，黑黝黝的楼架扑面而来
我们的诺言更新鲜地扑面而来
我们的事业难道只圈于我们的家庭放牧怨
　　言吗？

我们的写作难道仅仅隶属于行业自我攀比吗？

我企图更换我的声音
你们呢，就是掏出武器
辛苦地制造盲目的下一代？
看啊，黑咕隆咚的楼架里，摇曳着一点暗火：
那掘土机挖醒的磷光。

作者简介 | 余旸，1977年生，河南信阳人。1995年考入哈尔滨工业大学自控专业；2003年至2010年，就读于北京大学中文系现当代文学专业；2010年至今，在西南大学中国新诗研究所执教。出版有诗集《还乡》（2015年）；诗论集《"九十年代诗歌"的内在分歧——以功能建构为视角》（2016年）；《人文知识思想再出发》（2018年，与贺照田等合著）。

余旸《还乡》诗集序

· 萧开愚 ·

余旸是这些年用力最猛，说不定也是力量最大的诗人。他的诗歌选旨明确，情感的根须一股一股茂盛得很。村镇上的亲故隔阂、城市里的生物标杆，虽然被愤怨地编排为社会批评的比较阵列，可大致还是被文学的惯性搂抱住，雕出在愤怒地烘烤中睁开眼睛奔跑的肉体。余旸的诗作生机勃勃，郁气干云，字句和结体都十分讲究，如果汰尽学院里归类的荼毒，已经是本分而且高贵的诗歌。

我是余旸诗歌的读者，能够理解他的雄心和困扰。他在诗里反复表白过，曾经立誓逃离农村的褴褛和自残，作为被隔离在城市边缘的学生和教师，要找一块投射感情的地盘，不得不捡回它。一方面农村像肮脏的手帕，待在被扔的地方眼巴巴地原地等着；一方面离乡的孩子以为它就等着他的业已发达的理智的认领；更主要的方面也更加尴尬和顺理成章，诗人发觉在完成教育之后，魂兮归来与乡野在谁也搞不清的变向中重新成长，培育一种适应混淆的明白的情感。难得的是心理真实，余旸时不时回老家去处理家务和体察动态，但逃离的念头一旦过去，似乎要与克服的理性比赛到底。

我又是多年前置身集上的孩子，
站在踩烂的泥泞中。

这样的幻象重叠时刻并不多，所谓万古不遇的变局，并不是成全自救者的如意旋涡。你

事出有因，回去治病和下地，终归免除不了多情的过客身份。呻唤停在感同身受的文学层面，余旸的沉痛情绪在此变得普适：老家并不是家。在老家，你顶多有义务但没有实务。这一点涉及文学区分的条框，涉世的经验和揽事的气概造就迥异的语言质地，似乎二者也很难混为一体。我感觉，余旸的诗歌主题不是农村和村镇上的活路，而是无地立锥，就像有钱包但是没钱的贫穷感如何可能解释压抑，农村和集体性的困境不过是个人问题的掩护或者放大。余旸诗的揪心处不在他眼中，而在他身上，长在他身上的农村溃烂不已，结疤不已，昂扬不已。然而可贵也在这里，诗歌发端有据，诗人的视野得以成为诗歌的视野，余旸的作品真的触及了现在农村的实况。山里的野物和身上的野物，身体的病态和心理的病态，财产的莫须有和精神的莫须有，读着既难过又奇怪地亲切，农民在诗歌里头一回成为体己的对象而不是被欣赏的对象。

原始的大别山区的原始挣扎动作难说不狡诈呢，顽强的童年阴影缠绕着的诗人还要当心一点，我们也许过于依赖压力。不是说"解释春风无限恨"吗，夏热与冬寒也解释不了啊。社会和他人之所以看上去那么有问题，无非因为我们本身病入膏肓，自己之所以棘手，是因为它需要投射，一旦可怜的社会和他人解体，则自己不复影存。老一套的诗歌把孤独说得天花乱坠，跟跳大神一样，其实是爱热闹和无我，远不如余旸这样体察别人带出和带动自我来得吻合。余

场意识到诗歌必须有点名堂,不给装神弄鬼的把戏机会就得争取一个地盘,诗歌在其上或是羞涩或是粗暴地起伏。

余旸是带了一份嫁妆来写诗的。诗歌本身除了可以耗尽、徒具空壳的分行形式,没什么本体可言,甚至可以说,诗歌具有寄生性,不停地消耗寄主。古往今来,差不多把人文传统学科都反反复复咀嚼蛀空,不消说作者及其亲朋的经历和感觉了。古人用情事理框定诗歌,嚼冷饭没什么看头,有所作为的作者需要找到新的寄主,为楼盘征地。余旸圈地的办法是工科的办法,哪怕他没有主动利用,客观上造核潜艇的自动化控制技术却使用上了,激愤的言表下面管线布置清晰可见。虽说核潜艇象征知识对欲望的组装,自然沉潜成了可控但是自动的人味,但核潜艇就是核潜艇,本应遭到裂变。武断一点讲,在诗歌的断粮期登堂,带不带嫁妆进门,是衡量诗人前程的基础。

余旸的诗歌是运动着的,他的情感是处境与欲望针锋相对的结果,本能的冲动和泄气的速度几乎同步,说破的执拗总是赶不上雨雪的覆盖,言不及看,触碰全靠动词。余旸采取动词的态度罕见的文静,精雕细琢,全面隐藏了社会分析的派别机械,因而诗中的运动繁复能够协调整体,通篇强力而谢绝蛮劲,暗示新旧农村的替代之功不可逆、复不可论。噫,学术不露骨,诗坛多健儿了。

作者简介 | 肖开愚,诗人、诗评家,1960年生于四川省中江县。出版过诗集《动物园的狂喜》《学习之甜》《肖开愚的诗》《此时此地》。

王璞的诗

杂咏:到办公楼的茶饮区,想起了马雁和春天,想起了胡续冬

You must believe in spring
——爵士乐名曲

架子上堆放着好几种茶叶,看起来过去两年就
　　没人动过。
是啊,经过了采摘和搓揉的手,包装和交易的
　　手,陆运

和海运的手,馈赠与受惠的手,它们来到这个角
　　落不久,
就陷入了静默,而随后,一双双手又经过了无数
　　次消毒。

这过去两年的静止,茶叶发生了什么变质? 我
　　打开一盒
自称来自浙江的绿茶,扁平的叶已现出一抹青
　　褐,看来

色素已经别有沉积。又打开一筒,像是铁观音,
　　蜷曲的
叶身上生了淡淡一层粉末,如同玉兰花萼片上
　　的鹅黄绒

毛。这半发酵茶的早已破裂的细胞壁上,谁知
　　道又有了
哪些细心的微生物? 那就都扔进不可回收的垃

圾箱吧——

忽然我想到了此刻山林的依稀春色。我一边等
　　着开水壶
弹起,一边挪步到落地窗旁:外面是停车场,一
　　辆辆汽车

像遍体鳞伤的熊。有老同事从车里出来,踏着
　　大象般的懒步,
身上的羽绒服如同风尘未洗的铠甲。春天的脚
　　步也和大象

在钢琴上弹爵士乐一样滞重拖沓。但也有新同
　　事走得轻快,
几乎可以感觉到她们小腿肌肉的律动。我的目
　　光渐渐舒展,

停车场尽头是一片树林。没错,斜阳下,高处的
　　树干显出
鹅黄色,低处的枝丛是脏兮兮的青褐。(在林中,
　　正藏着

一辆警车,那隐蔽的样子和电视新闻中远方的
　　坦克有几分
神似)而旁边一棵不凋的松树超拔而出,更高地
　　孤独着,

伸直脖子,等着奶酪般的云腾出手来给它按摩。

　　只有鸟儿

听着这挺立着各个关节的吱吱声，而人类听着
　　鸟叫，因为

那才是春的证据，工作日大家寒暄天气时用到，
　　不显客套。

云边，归雁排成人字，大约在寻找人类所保留的
　　湖泊——

水开了。我决定取一点正山小种，手一碰便稀
　　碎，但毕竟

是红茶，放这么久也还可以喝吧。若发酵是一
　　种丑陋的变化

之学，那浸泡是多么美妙的物理过程啊。一点
　　点的，水分子

周身染红。有机和无机的祥瑞，释放出微米级
　　的原乡和芳香。

（我又顺手扔掉了一两种过期茶叶）感觉生命也
　　清爽不少，

不亚于压线完成了一季度的工作，不亚于天道
　　更替。然后，

拿起小茶壶，向自己的办公室走去，好像走向长
　　久的休憩

——忽然我想起了马雁，她曾写过在办公楼饮
　　水的诗，"我

拿起我的杯子，是我的杯子，我确定无疑……我
　　又拿起四颗

酸梅，不多不少，顺手就拿了四颗，美好的数字，
　　简单地

定义了美好。"二十一年前的春天，我曾亲耳听
　　她朗诵过。

她刚开口时，嗓音中有青褐，她的意外停顿，是
　　鹅黄色的。

"我进一步开始我的灌水行动，在路上，我遇见
　　了上司……"

那时，当她从饮水机折返，会不会也和上司胡续
　　冬打了照面？

有没有过这样一次茶歇，胡续冬踱步，靠近一个
　　"夺眶而出"

的源泉？我想到他们曾在这个世界，曾闲聊并
　　啜饮，他们曾

现身为春天，乃至于相信春天。"必须相信春天
　　……"必须

清明地相信春天，并接受我自己的过期腐坏。
　　我拿着小茶壶，

走向办公室和长久的休憩（如同清明地相信着
　　春天）。我已

得到了这么多，这么多爱，也有所痛苦，如今，我
　　心意已满。

给女儿柔然的便笺

一

柔然：这个世界究竟是大得不可思议？还是小
得像一个奇迹？大大的世界，小小的奇迹，总有
无数机会给你，一次次发现天性和社会……

二

女儿，你看：这书页上的

咖啡渍。十年了。

十年前,爸爸在巴黎

买了这本书,躲在咖啡馆里,

拿出它,装装样子。

十年前,你是虚空。

十年前,我和妈妈

是未完成的爱欲,

隔着海洋。十年后

咖啡渍是巴黎。

十年前,星辰庄严。十年后,星辰庄严。

三

天边有玫瑰色的云。

你也醒了。

你找我,

但不关心晨曦。

我脸上有什么颜色的云?

弟弟也醒了。

四

在这人间,什么是爱?

海的最健美的力量

拍打在黑岩石上,

溅出冰冷的、苦涩的——

泡沫……

五

我的:《追忆逝水年华》

折角在第五页。

你的:原创漫画

第四格就空着了。

我的:五十音图贴在墙上,

胶带已开始脱落。

你的:玩具缝纫机

躺在角落招灰。

弟弟的:积木火车站

没建好就拆了。

妈妈的:杂志这一期没读完

新一期就来了。

全家的:小黑板上写着"好雨知时节"。

然后呢? 粉笔呢?

你的:琴盖开着,但曲子呢?

人已在网游中。

我的:毛笔还是湿的,

但宣纸呢?

人已在微信上。

看来你我都一样:有一万个开始,有一个结局。

六

柔然:人要怎样度过一生?

要善良(但善良又是什么?)

要按照内心的原则生活(这怎么可能?)

善良地对待不完美的宇宙和自己。

要自由

自由地潜水,自由地飞,

自由地匍匐前行于泥泞。

要做新的人,

在泪水降临之时,

在闪电照亮之地。

要幸福,以工作和希望。

要勇于幸福,勇于播种,

勇于采摘和品尝果实。

七

(柔然,你虽然不说,但我知道,你对这个世界抱
有天大的梦想,也有天大的困惑。我应该如何
支持你呢? 又好像我什么也做不了。就给你写
写信,笺纸一折,如世界之褶)。

俳句：我和儿子

I

我和儿子起床
袍虎鲸穿廊；
给巨蜥之舌抹氟。（黎明哭）
进化论败北。

II

傻弟弟的内心戏
"明星大乱斗"
姐姐为什么不能
输给我一次？

III

为什么……
……每个故事里
都有狐狸在骗人？——
"因为它饿了。"

（女儿的英文续俳句：
Brother's story has
No plot. If it had, there
Would be a fox）

与妻书之又一个周末

你全身的叶子在脱落，
好快呀，点滴间，一梦间。
你不如原来丰满。
你露出了最初的树洞。
仿佛必然的裂变得到了逆转，
却又像秋冬之交干涩的雷电的证言。
（孩子们踩在落叶上哭闹，

整个小区惊惧。火警。碳排放的烟。）
我算不算室内的另一棵树？
因谎言而粗壮，
腰围即年轮，一圈又一圈。
（我好像不是面包树，但如果
擀面杖是枝干，我就挂满饺子。）
饺子脱落。落入两头哭闹的鲸
所张开的周末的黑暗。
周末的老照片脱落（曾刺痛一些
活着的人）。女儿的卫生巾和儿子的
接种卡脱落。你的洗碗机、洗衣机、
新冰柜脱落（为什么说
"你的"？）；我的吹雪机、
净水器、老唱片脱落
（为什么说"我的"？）。
本地的动画脱落。
远方的讣告脱落。
蒙难的首饰、
蒙羞的手办、
蒙尘的火车模型
也脱落吧！
（家庭和私有制什么时候脱落？）
且剩下——谎言和谎言的双乳。
我的谎言让我变成"不平衡的树"，
而你已歪在沙发上，
等待周一和周一的科学——
它无菌的手
要么递过药物，
要么紧握电锯。

标配：爸爸在做什么

当女儿上几何课时，爸爸除了等待，还在做什
么？他走出这荒僻的学校，七拐八拐，撞见一汪

野湖,就绕着湖慢跑。夕阳在树顶的反光,并不会让遛狗的老者、钓鱼的两代人和鹿的一家感到疼痛。那为什么,爸爸的心,是碎的?像波影……湖不远处便是查尔斯河无人问津的一段。究竟是谁在高估这条北美小河的美?("反正我是看厌了。"爸爸叹。)河边有小径,立着牌子:"路关闭。不安全。"哈,还能有更多的险途?

当女儿见心理咨询师时,爸爸除了等待,还在做什么? 他溜达进街对面的老牌书匠铺。多难得啊,又能逛书店了。但一眼扫到那些早该读完的诗集时,他又叹起气来。没人喜欢听他叹气。在异己之国度,他所叹之事,除了对他自己的心理咨询师,还和谁说得着呢?("要不给女儿买一本日本俳句集吧?"可惜是英文的。)

当女儿上代数课时,爸爸除了等待,还在做什么? 什么也没做,只是瘫坐在车上,整整两个小时。连伸出手指去接妈妈电话的力气也没有(因为他知道那是弟弟乱拨的)。而两个小时,并不漫长。

当爸爸开车送女儿去上这个课、去赴那个约时,他除了等在外面,还在做什么? 女儿应该压根没有兴趣知道吧? 女儿生活中的困惑,又岂是他可以了解的("虽然爸爸正是问题之一")?

当女儿上滑冰课时,爸爸除了等待,还在做什么? 女儿用余光可以瞥见,爸爸在假装工作,他拿着笔记本电脑,登上了顶层的看台。那里,还有别的家长,还有女儿的华裔同龄人。他们说着方生方死的语言。周末惨淡的太阳从馆外照进来,和冰场上的灯、冰面的反光融在一起。爸爸忽然感到窒息。"我不想就这样朽灭!"他渴望

重置人生,或死得其所。

标配:网上除夕

隔着手机屏,表姐也能看穿,表弟不止他自称的75公斤,但她没有揭穿。画外,表姐夫说,过了年自己就虚岁45了,表姐立刻纠正是46。时差的雪原上一声虎啸——表外甥高考之年生髭毛。

大伯发了一条诗朗诵的小视频,然后注意到侄子的头像换成了健身房的正午公牛。但侄子抢红包之前已是药渣。

堂妹在微博上共情了堂嫂子的肿瘤。肿瘤本应生到那咸猪手上! 老天不公。堂嫂子发现另一位堂妹屏蔽了堂兄,堂兄解释说,她现在调到了要害部门,随时小心碰倒纪律的红墨水。

刷朋友圈时,姨母预感到外甥女婿节后会猝死。但谁也没猜到,他还异地包养了梅花鹿。

表哥这才发现所有的表妹都已经离婚。他想了想:就,也都在情理之中。一别两宽。他又想了想自己,头里嗡的一声,呼吸骤然紧促——原来今天忘了服用prozac(百忧解)。还不如,怀着良知良能,跳转岁末的人间新闻。激愤之余,他又发现相关视频已经"停止访问",像沉入了暗无天日的太平洋底。即便是那里走着另一条进化路的章鱼,也是有痛觉的……

恩师晒出的餐桌上有鱼。学生们点赞时忘了这位退休老人的双相情感障碍、偏执和孤独。在他的购物车里有制造鱼雷的所有材料。他是潜

艇，要击沉所有驶向历史彼岸的巨轮。

闺蜜一边做鱼，一边发来语音，大过年的，她的心态还是崩了。从中国户口到美国国籍，再到新加坡的永居权，世界大粪坑中世界公民无地可逃。

阁楼上，丈夫在弹幕的字缝里磕到了一种绯红色的药丸（不是百忧解，胜似百忧解），然后浅笑不止，如姨父。主卧里，妻子能理解河北、山西、河南的每一起形婚和离婚，但还是要质问：一个爱豆的天怎么就塌入了隐婚？

视频上，儿子认出了 TFBOYS 已经不再扮演梦想家，女儿认出了巴啦啦小魔仙已经变身为营业员。父亲在沙发上曰：流量如斯夫。众生都在同一时光的流逝中，还有比这更宽广的安慰吗？

母亲却只觉得"这个世界吵闹"，她让两个孩子都戴上耳机。吵闹停止了，她得到了一个"无声的美国"，它的北方，正如所有北方，"是悲哀的"。

据转发，鲁迅先生称春节为"旧年""古历"乃至"废历"，他是不过的。但他又反感"叫人整年的悲愤、劳作的英雄们"，而希望我们有所快活，有所休息。东亚曾起刀兵。他笑听"上海宁"放花爆，吵闹了"隔壁的外国人"。

奶奶给混血孙子转账时，不耐烦地划走了反诈提示。

弟向兄解释，自己为什么放弃了南方的血色的高薪，回到了内地的省城的体制。他们的家乡，正张灯结彩，房价的后槽牙咬紧了暴雷的文字，就是不嚼……挺明智的选择，兄沉吟良久，其实是在琢磨"体制"用英文怎么说。一列复兴号钻过层峦叠嶂，一束代码击中楼顶轻生者的小脑，一条运河疏浚了，从华尔街到硅谷——然后沸水又环流到大湾区。格局像太空站的太阳能板一样打开，又合拢。于是，兄挪动疼痛的拇指关节，查看美股的绿意；挪动痉挛的拇指关节，确认了自己的 401K 退休账号；挪动劳损的拇指关节，在优步下单了夏威夷寿司——有虾、午餐肉和芒果。工作午餐且算年夜饭吧。

新英格兰的女主角还是"劳动终岁"。她踏雪去超市买了三头黄水仙，赶回家放在背景里，就打开摄像头，主持下一场网会。这"岁朝清供"真够"清"啊。雪又落了下来……

加利福尼亚的男配角也终于迎来除夕夜。熄灯后，他点进了校友群，在搜索栏输入了一个带女字边的名字，犹豫了几秒，又删了。他倒在双人床上，沉重地闭上又干又酸的眼。连平板屏幕也暗了下去。二十年前一个学妹的笑盈盈的脸——连同光纤，连同锁链——从时差的马里亚纳海沟中浮出来，慢慢升向通信卫星的列阵。

创作谈 被低估的当代诗歌
——"九十年代诗歌"之后写作的生活感

· 王 璞 ·

请允许我也从二十世纪九十年代说起，从臧棣说起。1992年发表《燕子》时，臧棣还是以"臧力"闻名于"先锋诗歌"界。很少有人注意到，张旭东关于二十世纪八十年代的专著（英文版成书于二十世纪九十年代）中藏着对这首短诗的细读，把它当作新时期文学结束的表征之一。在张看来，这首诗代表了一种"低调的戏剧化"，显示出"后革命"个人的社会辩证法：一方面有朝向内在永恒和更高存在的冲动；另一方面，个人性尚未充分确立，就飞入"日益世俗化的世界"，筑小巢于生活，让神话、主体和大历史都"见鬼去吧"。九十年代诗歌的个人，就这样带着"克制的玩笑感"，审视着自身散落于"符号的迷宫"。这里我们先不用管"后现代""后革命""后社会主义"这些框架、概念，也不一定要更富争议性地把当代新诗翻译成"更有生活感的历史终结"。至少，"生活世界"的确是一个准确且可靠的切入点。

由此我进入九十年代诗歌以及新世纪诗歌的生活感。恰是在这一点上，我认为当代诗歌被低估了。在疫情期间一次"文化政治"的线上讨论中，我曾说："中国新诗在语言的基线上承受着现代中国的全部断裂性。……只有在当代生活的全部复杂性之中新诗才会确立其自身，而我更进一步认为，只有落实为一种诗歌语言，中国经验才算真正得到了有效书写。记得洪子诚老师说过，九十年代以来，许多精神探索正是

在当代诗歌中进行的，但诗歌对当代中国社会变革、生活体验的想象性表征还没有得到重视，甚至很少进入文化和政治论争。"这其实也近乎"老生常谈"了。而在疫情前的一次访谈中，我则这样回答："过去二三十年中国和世界发生了深刻转变，批评家们在寻找和这个'时代'相对话、相对称、相匹配的作品时，总是首先去看长篇小说、去看电影作品、去看思想论争文献、去看非虚构文学。这种近乎'膝跳反应'式的态度，虽然可以理解为某种文化规约，但坦率说，我认为实在有所缺憾。很多真正表征着我们历史存在的总体性的作品，正可以在当代诗中找到——我这样的判断，还只是建立在我对当代诗相当有限的阅读的基础上。记得2001年秋洪子诚老师开设当代诗歌细读课，就曾提到，其实九十年代以来的许多精神探索，就首先发生在诗歌写作之中（大意）。但很可惜，当代诗对中国和世界变革的批判性再现，依旧受到忽视，甚至没有进入到大家关于许多文化政治问题的讨论之中。"人们常说中国在过去这几十年经历了急剧的、全面的、复杂的、前所未有而又不可逆转的大变革，并由此深刻地改变了整个世界。但这一回的人类生活大改组，如此纷杂错乱而又全球互联，实际上是不可能通过任何一种"史诗文学"或决定性媒介得到总体性表现的（在这一点上，我们不需要从黑格尔到后现代的任何理论，相信自己的实感就好——是为"感觉确定

性")。洪老师当年更多是在强调九十年代诗歌"表达了在另外的文学样式中并不见得就很多的精神深度"(《在北大课堂读诗》)。而我则想斗胆提出一假说,供大家批判:整体上,九十年代诗歌和新世纪诗歌有相当的延续,但如果要看差异,那么,九十年代诗歌的确体现出"历史的个人化",而新世纪以来则进而为"生活世界"之诗,当代生活的纹路乱在了诗里,越散漫越在地,甚或具有伦理实在。

臧棣在马骅意外失踪之后的一首纪念作品中写道:"活出一种气氛。"姜涛在他的台版诗集的跋中点到了"愉悦社区"的问题。我上面的看法还是在固定"诗歌和时代生活之间的关系"这一旧脚手架,而没有回答"当代新诗是正在涌流的生活世界的一部分"这一更基本的、也同样不新的"生活感"文化政治问题。我想起了江弱水的文章和西渡的回应。江对新诗历史和整体构造的质疑,我并不感兴趣,而西渡的"商榷"已经相当充分和精彩。让我觉得有意思的是,江是从当代生活实感——而非文学史和文学理论——来提出这一问题的:一个工作于长三角城市圈的学者兼旧体诗写作者,回川渝过年,在用旧体诗来"亲附人生,妙会实事",觉得古典诗可以进入"世俗生活",而新诗终究有点"装""摆""端",并且在"兴观群怨"之中,尤其不能"群"。仔细一想,在文学观上,新诗写作者是完全可以认同江的说法的,只不过,那"非凡的进入世俗生活的能力"(江引用车前子),不正应用来形容当代新诗的活力吗?我想起了从疫情前到疫情第一年,我读范雪、李国华、李春的诗,有

的用典,有的打油,有的抒情,有的议论,我至今也说不好如何去评论,但之所以曾入迷,是因为一读到,就感觉自己处在正在展开的伦理生活之中,重获了整全而又矛盾的在地体验。而且在封禁的日子里,在"朋友圈"发现有这么多朋友都在写新诗。他们写得"好不好",暂时不那么重要了,甚至作品的"端着",也是伪命题了吧,因为是"端"在汉语生活的机制内部,端在公共和私隐之间。后来范雪组了一个群,叫"四人的可能性"(范雪、李国华、李春和我),很妙。当代新诗不是最爱讲"可能性"吗?总是从"最小的可能性出发"……那么我们这个群的"可能性"到底是什么?难道就是四个都有点北大背景的新诗爱好者,疫情期间天各一方,拉个群互相点赞?半开玩笑地,大家想要提出理由乃至"理论",我支支吾吾还是跳不过"批评语汇",但这的确代表了的"我的一点点意识和感觉":"我最初的激动来自大家的诗作(大家的汉语)和'小康世'的社会生活氛围的相互弥漫,那种放松而深切的生活感,在我感觉是一种水到渠成的突破,或许是一种更自由的'后新诗'?"其实,当代新诗的"可能性"不就是"群"吗?不仅活络"社区",而且创建"社区",可大可小,可近可远,可底层可云端,可痛在城乡也可喜于虚拟,可筑巢也可解散。

作者简介 | 王璞,诗人、学者。生于1980年。曾在北京大学求学七年,后获得纽约大学比较文学博士。现为美国布兰戴斯大学副教授。曾获刘丽安诗歌奖。

王自亮的诗

舟欲行时

兄弟，没有酒
你的船不忧郁么
风是倾斜的
雨是凌乱的
况且岛是苍茫沉浮的
泥墙尚留家门，灯在桌上

你是肩负二十九个重阳走的
是遍披槐花走的
岸边人家说
你是朝着向日葵低垂的方向
匆匆去岸边解缆的
那个早晨
劬劳的母亲还没有醒来
妹妹正在把熟睡的身子
辗转成最好的姿势

是的，你只能去
但是没有酒，你的船不忧郁么

我想起十年前
那个相聚的黄昏
三斗桌上的那叠稿纸、水果刀、杯
最难忘你低头时手背青筋毕露
依稀记得你目光闪烁
眼睛里薄冰隐现，似从灵魂飘出

从那时起我便有预感
但没有酒，兄弟
你的船不忧郁么
水是冰凉的
海是波动的
薄薄的棉被能御寒么
那几条老卷烟能打发日子么
那淌水的桨能击碎寂寞么

在海上
黄昏的太阳圆而穆，且透明
我是主张带上酒的

下弦月

母亲，下弦月升起来了
神秘的事总留在天空背后
你意志的箭，语气的弓
射穿一生的沟坎，激起尘土

在芦苇中，下弦月
将海的吁请抹上逆风的叶鞘
在夜的池塘，下弦月仰泳
把最后的表情沉入水底

母亲，下弦月的意思
是梦幻的犄角唱着无词的歌
是黑暗的耳环，夜空的括号

母亲啊,不必张开你昏聩的眼睛

下弦月升起来了

隋梅

——献给章安大师,佛教天台宗五祖灌顶(561—632年)

微微闭上眼睛,他在苦修。

默想寺门口的一棵梅树,

默想洁白的花瓣,驰骋的马,

花萼微卷,涧水回澜。

没有人敢于惊动他,阳光灌顶。

树根起伏如腹部,块然

似黑色岩石,或一堆蟒蛇。

灌顶头上落满冬日意象,

比如,倒灌的风,典籍与幽蓟。

他想起了一生,想起

乘冰北行的绝望岁月,

忆及马陷身存的可怕情景,

花瓣出声,落满他的衣襟。

在手植的梅树下,

灌顶什么都能想起,记忆之树

必定根系发达,意象缤纷——

多年后将有一个修正历法的人,

来到山门,见证水往西流的奇迹;

也想起往昔,智者属意天台,

流汗负箧,一路创臻辟莽。

灌顶在梅树下似睡非睡,

四肢没有动弹,却能"体解心醉",

深知一切,哪怕是一处裂隙,

咒幔、铃杵和水晶的光芒。

三天下来,论辩获胜却遭贬抑,

获胜过于容易,信者云集——

那就是罪,就是大不敬。

唯一陪伴灌顶的,

只有寂静的梅花和奔涌的溪流。

而梅树是需要目光养护的,

春来秋往,纸鹞也变成大雁了。

灌顶在梅树下枯坐,

低头刹那,思绪涌来如东海:

在语言的深处,在神迹的浪头。

雪,就是铺陈大地的字纸,

池塘之鹅,一笔难成,而影子

在水中,在千山万壑之上,

灌顶微微闭上眼睛,他惯于独坐,

默想寺门口的一棵梅树,

默想:为何身世纠结如根,

思想却如梅花盛开?

又一个春天

恭王府的藤萝架下,春天是如此贵重。

连戏台都雕刻着向南方倾斜的燕尾,

长廊引灌和风,孔雀绿和宝石蓝诠释

欢乐与苦难,过分的梦想接近灾祸。

难以预料:密室的腹诽、屏风的奏折、

雷霆的震怒,大肆炫耀财富的人痛失

头颅,一生最大的财富。女眷四散,

他们的后人,也许就在内城那边的

北蜂窝小学附近,像一群叽喳的鸟雀,

在"老旗人炸酱面"店铺里打架,

去国子监观看纸鹞的糊扎,惊喜于

泥塑的大臣转眼间变成刀刻的亲王。

故宫外,护城河的反光使黄昏明亮。

在箭楼的剪影中,情人幽暗的接吻、
政变似的抚摸,浮滑的感觉侵袭耳根。
在一个安置着铜爵和卜骨的贵族地点,
谁在以寂寞的名义大声喧哗?谁在指点
一些正义的痕迹?鹁鸪、琉璃与烟树,
短促的日子越飞越远,一个逊位的帝王
在思念中收集疯妃子的短札,还看到
留洋建筑师的技艺在蛛网中侧身入睡。
灰色的死亡被任性的少年再次涂上一层
油彩,空洞的肺部暴露了权力的软肋,
眼眶里尖锐的阴影,保留着阳光的热力。

"五步蛇"

七十年代,一群绣衣厂女工,
大嫂子、小姐妹、半老徐娘,
妍媸参半,吵架骂街,转瞬又狂笑。
一名赤练蛇,一名眼镜蛇,一名银环蛇,
那个"外路人",绰号五步蛇,
她有五个男孩,整天说"孩子",
本地人都听成了"鞋子"。
第一个儿子长大后,被判刑,
第二个进监狱,第三个也是。
老四做了装卸工,被货物撞了脊梁,
老五后来整天炸油条,让沸油烫伤。
"五步蛇"晚年凄惨,成天没有一丝笑容,
夏日里,蜕皮似的,静静死去。

南宋官窑博物馆

一切都冷却了。碎裂之火
冷却成完美的双重莲花瓣。
降温,并非意味着遗忘,
只为凸显那些花卉、蛱蝶和云。

那只上了灰青釉的梅瓶,
令梅枝斜逸而出,勾勒虚无。
梅花遮蔽伤口,伤口恰似梅花,
镂空瓶、女俑和盏托,确定现世。
这一颗帝王之心尚未破碎——
那些鼓腹酒杯,手绘纹饰,
具有神迹一般的弥合功效。
练泥池、辘轳坑与釉料缸蒙尘,
后人的清洗术却如此娴熟。
郊坛下,这座炙热的红色龙窑中,
皲裂的双手捧出了晶莹之瓷,
这些陶器制作者,统称"无名氏"。

八卦田赏荷

一阵微风掀动深绿色的盾形荷叶,
某种旨意被表达着,又被传递。
水是运命。根茎,擎举着美的主张。
荷花有复瓣与单瓣之分,
有粉红、淡紫、黄色或间色之变化,
整个宇宙也不过如此。
水,镜子。岸,永不抵达之境。
所有低语,所有目光,
都通向佛性、净土,乌有之乡。
荷叶是秘密盾牌,星星们沉醉其中,
谁能知悉荷花的构造和所有气息,
谁就是先知,或语言的祭司。
魔幻之荷叶,幻化为雄蕊,圆钝或微尖,
与雌蕊并无爱情,却上演了千年戏剧,
一切都埋藏在倒圆锥状的花托之内。
赏荷,等于阅读一部百科全书,
等于窥见无数个蜂窝状孔洞——
那些战乱、骚动、性和意外之事。
菡萏之轻,即大地之重。

雨,四个绝句

1

青铜器上,雨是一种祈求,锈红色柳枝,甲骨文
的汗渍。
雨如壁虎盯着裂隙中的太阳,倏忽吞食之,或
逃走。
雨是江南的表情,北方的记忆。

2

一滴,还是一丝,绝句或赋不同的开头。
口若悬河,沉默无语,都是一场雨。

没有人像考证李商隐那样,去研究晦涩的雨。

3

难道,还要在那发霉的灵魂之上,
一片狼藉的心里,再下一场绵延之雨?
是哪场雨,降落途中还不忘宣谕屋顶的升华?

4

关上雨的门。尚有雨声,那是告别:
潮湿的欲望,未尽事宜,放纵之体验。
雨下着,就演绎成洪水猛兽,哪怕只下一滴。

创作谈：诗歌，自由意志的语言呈现

· 王自亮 ·

从尝试写诗开始，我关注的就不仅仅是语言。所以，对韩东兄提出的"诗到语言为止"，我既同意又不同意。这不是矛盾修辞，而是真实的想法。因为当我们说到语言的时候，已经与"存在""真理"和"历史"发生关系了。语言是生成的，也是变化的。我的《舟欲行时》一诗很荣幸被选为高考模拟试题，出卷者向那些高中生提问：这首诗中用了哪些修辞手法？若问我，回答就很简单：不知道。我认为，诗歌是"德行的修辞"，也是"记忆的激发"，同时是"精神的体操"。诗歌仅仅是语言吗？不。诗歌是"语言"加上"使用者"的一种存在，以及：行动与良知。

一写就写了四十五年，其中甘苦不足为外人道。唐晓渡兄说我写诗是"间歇泉式"的，我得赶紧承认这一点。这不仅因为忙于生计、社会事务缠身，眼看时间分分秒秒流逝而"不计后果"，也在于我对"何为新诗"，"诗人是谁"，"诗歌的本质是什么"，"什么是诗坛、流派与传播"这些问题，深感焦虑不安，有时候提起笔来也写不下去。十二年前，我终于结束了在政府、媒体与企业之间轮番转动的生活，到了浙江工商大学教书，才正儿八经地把诗歌写作当作一种"志业"（马克斯·韦伯语）。这很美好。不管世界发生了什么，不管周围有什么变化，我可以一直写下去。

诗人不是我的职业，但诗歌写作需要有"专业心态"。

于是，我写出了《南宋官窑博物馆》《隋梅》等传统题材诗歌，借以浇自己心中之块垒，也写出了《八卦田赏荷》《五步蛇》这样一些现实题材的诗作，以表达我对生活的理解，更有《下弦月》这样的作品，是所谓的"亲情之作"，献给母亲的诗。按照张清华教授的说法，这首诗中有一种超乎人伦的东西。写诗歌，我不再去考虑怎么使用语言，就像一个熟练的木匠对材料与工具了然于心，每每"拿来就用"，而且胸有成"具"（家具）。一直以来，"语言在我心中"。其实不仅是语言，还有象征系统，自由意志，内在激情。

我不是一个好木匠。我知道六十出头重操旧业不那么容易上手，不会得心应手，但我要坚持下去。这可能是一种"愚笨"的表现，但写诗不是一件"愚蠢"是事，恰恰相反，写诗需要灵性。我不迷信"灵感"，只是制造灵感光顾的氛围、空间和时间。我从来没有将诗歌当作一切，似乎不做诗人就无法做人了。生活，依然是第一位的。美，是一种别样的存在。

我的诗歌不是"顾盼生动、水波荡漾"的那种，也不是"杨柳细腰迎风摆动"的模样。不少人认定我的诗歌是"宏大叙事"，也有一些朋友认为我的诗歌"用典过多""意象密集"，擅长"正面强攻"，不够曲折有致，不能"抖机灵"。我承认这些问题的存在，也准备来点变化。骆寒超先生对我寄予厚望，洪迪先生希望我更多变化，"多路并进"，心樵兄让我来一次"衰年变法"，还有一位好友不止一次表达对我诗歌的不满足，并提出新期待。这些我都全盘接受，却不打算

"一夜得道"。这不可能。我要向黄宾虹、吴昌硕和潘天寿等画家学习，该变法的就变法，该承续的就承续，做一个对得起时代、朋友与自己的诗人。

自由意志、"天启"与语言，才构成诗人的本质。

作者简介 | 王自亮，男，1958年生于浙江台州，先后任浙江省台州行政公署秘书、台州日报总编辑、省政府办公厅研究室主任、吉利汽车集团副总裁、浙江工商大学教授。著有诗集《三棱镜》（合集，1984年）、《独翔之船》（1992年）、《狂暴的边界》（2004年）、《将骰子掷向大海》（2013年）、《冈仁波齐》（2016年）、《浑天仪》（2017年）等，作品入选《青年诗选》（1981-1982）、《朦胧诗300首》、全国年度诗歌选本等。组诗《长江传》获2019年中国头条诗人奖，长诗《上海》获第二届"江南诗歌奖"，并被评为"名人堂·2018年度中国十大诗人"。诗歌翻译成英语、西班牙语、葡萄牙语、意大利语等。

侯乃琦的诗

在夏天过冬

时间在手臂扎飞镖，试图
让我免疫诗和爱情。
另一种足以致幻的针剂，想让我
变成非我。阴雨天，淋湿帆布鞋。
迷路的男人点了三串变态辣鸡皮，
配上重庆啤酒。我的家乡，
可知，你也是一处香港地名，
或者说某一部电影名字。
语言的泡沫让我几乎失去你。
中国人安土重迁，也向往仗剑天涯。
蜷缩墙角的猫，或许有一天，
能完成攀登珠穆朗玛峰的使命。
我还在被窝里发呆，同时使用
空调和空调被。小宝贝体肥如猪，
食冻干过量导致肿了嘴。
它以臀部对准我的脑门心。
我始终不愿离开洞穴，
恨不得屯够一年的粮食，足以
过冬、过春、过夏、过秋。
愿景多美好！但楼下住着
瘫痪老妇，歌唱、呻吟、骂人。
还有隔壁那三辈人，时不时
把垃圾、玩具车放置在过道区域。
如此，便是五味杂陈的生活。
从童年起，就在期待着老年——
于是，我在夏天过冬，并猫成一团。

过去是美好的过去，未来
像硬挤出来的牙膏，挺着梆硬的身子
证明自己的价值。其实
不那么必要。因为，当未来到来时，
并未经过任何人同意。

变形

清晨，搅动牙刷泡沫的动作，
像清洗水粉笔颜料。
我的头顶筑起鸟窝，除了长发，
我能接受光头。

直或曲线有不一样的美感。
水滴从壶嘴滑落成就微缩的侘寂。
时针摇来甩去，想来，
是一束被固定得牢固的捧花。

我背诵自己的诗，
以为侯乃琦是个诗人。
无穷尽的表达，悄悄的，
在难以读懂的符码间嚣张。
鞋三十六码半，
与发胀的太阳肉搏。

走过的路不过重庆到重庆。
不敢北漂的夹尾巴狗，
输得起虚名，但输不起个性。

我的疯狂在于扭曲的时间，
我是孩子，也是老人。

冷街的轻雨落在旧楼天台，
尤伤幕天席地。
在二次元、七方界、艺落街
收藏着透明的魂魄。
一颗染色玻璃弹珠变成火焰，
无意间把我点燃。

内在小孩

设问，不痛不痒地设一个套，周旋于靶心。草帽
　　实用过尖尖的帽子，但那只是艺术的一种
　　表达。
用讲故事的方式说理，哄孩子那般。现实是反
　　叛的童谣，那就顺着说。多年前，在童话中入
　　睡的人，如今，在童话中苏醒。
不懂女儿唤男朋友"爸爸"的含义，难道现实中
　　爸爸不够用？
那就像孩子不懂彼得潘对成年人的意义。外科
　　门口的外卖小哥，短暂忘记额头和膝盖流血
　　的疼痛，用记忆里温柔的吻，给自己上一剂免
　　费良药。
功利主义不懂现实主义。清醒的人，钻制度的
　　空子与披露制度的空子。有时，他们竟享有
　　同样的名称。
看过人群聚集的城市，和了无人烟的山川、湖
　　泊。终于，你变成旁观者，借鱼冷冷的双眼，
　　看温暖的世界。

夜晚唱歌的灵魂

偶尔唱歌，钩编波希米亚头饰的时候。

异国的晚上，夜莺曾赢得蓝眼睛、绿眼睛的
　　注视。
她自由如蝴蝶，宣示着
如果被朝九晚五束缚，就要自杀！
白天的任务是收罗古怪的玩意儿，
有一天，要把它们传给儿子。

先锋形象绽放成概念里的自由花，
仿佛玻璃窗外下雪的景象。
月下小草悄然靠近——
缸花，花器是屋顶无边泳池，
漂浮的荷花是裁纸刀塑造紫洋葱。
蒲扇、铁丝、蝴蝶及一切可能性，
它们奔跑着、跳跃着，为了美，
甘愿弯折自己的骨头。

就像手臂是维纳斯多余的部分，
好些花骨朵和叶子，被摘下，
躺在母本旁边，
欣赏花不成花，叶不成叶的创造。
此刻，造物主是手持剪刀的人，
但若胡乱伤害植株，会被缪斯呵斥。

我想起了许多，遇见她和她的女孩之后——一
　　对超凡脱俗的婆媳，
她们用干净而热烈的刮刀画，满屋充满现代性
　　的手工艺术，与机械生产相抵抗。
美院有我儿时的梦想，
仅待过两个月，却想念老校区的烟囱、铺盖面、
　　台式奶茶。
我喜欢被丢弃的画板，无心沾染的颜料格外
　　好看。
还有裸露的人体雕塑，那是敞开心灵的视觉化
　　表达。

置身无穷大,作无穷小

没有狼性的人和不通人性的狼,
他们是纯粹的物种。
我领取世界的门票,看弱肉强食,
母鸡啄破自己的蛋。
无须易子而食,
仓鼠、猫,也经常吃掉幼崽。
而人血馒头,药引,
无非以毒攻毒。
人的血液里流淌着致命的物质,
世代传承。我是素食者,
没有老虎的牙齿。
周遭没有我的同类。人们披上外衣,
我也披上外衣,我们看不清彼此。
我害怕针管,害怕血,
于是,失去医生的职业。
我不能治愈心灵或改善时代的症候,
活着就是罪业。
记录下这一时期的人与动物吧!
野蛮依然存在。
这是漫漫长河中短暂的一瞬,
侵略与抵抗,生存与自由,
野蛮与文明,关乎兽性及其演变。
世界的门票无法退换,
除非以死亡为代价。
选择变成强者或趋利避害?
生命的张力在于大起大落、大喜大悲,
饮最烈的酒,写最痛快的诗,
愤怒时把月球砸出个坑!
直到有一天跨出世界大门,
接引我的鬼神格外亲切,与我是真正的同类
　　那般。

望月,捕梦,摘星星

有人说,写你看到的,
像是磕长头的老人,
或牛生前的泪。
我看见过飞鸟眼里的雪。
我写下梦中邂逅的凡·高,
他纸上的颜料,是血。

山旋转成渺小尖点刺向柔软胸膛。
我开始写,当我感到疼。
你知道我,但不知道我的名字,
诗人的名字,湮没在浩瀚之中。
你不必查阅,请把它们连成北斗星。
车窗里的人把那当成诗人的影像,
却不知,那是诗人本身。

所有人都会下车,
火车伴着夜色,直到月亮褪去。
庸碌的日子,妇人点燃火柴,
一分钱卖给穷人,转身讨好贵族。
未冻死的小女孩,回归市井。

我从万花筒,看见时间
是战争的暴虐。
看不见的硝烟弥散在城市,
行乞的人,疯人院的人,囚室的人
还在写诗。当火车经过,
他们的魂魄会被带走。

骨肉

像流体画那样缓慢,一下午
野生茶也喝得索然无味。因为

孩子们不和,在狭小的空间里厮杀。
本魄强健的那一个要被送走,
去好人家。他吞下过量的肉,
我吃下过量的糖,给彼此最后的微笑。
人类世界,也一度有过赠送孩子,
由各种原因导致母不母,子不子。
还赠送过女人,为了免于战争,
求一时和平。我躺在沙发上,
任他舔我的嘴唇、舌头。
亲手养大的孩子,为何躁动至此?
我不愿打他,在外保护他,
即使是他错了也绝不承认。
破坏的力量是生命本来的美。
所以要破窗、破框、破梦。
被肢解的昆虫获得另一种幸福,
变成残忍的艺术重生。
父母和子女之间不过一场巨大的悲剧,
一再别离,连眼泪也不剩。
世间摆满林妹妹的宴席,
让人难以下咽。
他食蛋黄不食蛋白,养出金黄毛发。
他长出眉毛,像极了我笔下涂鸦。
谁见证他的降生? 我记得季节流转,
小窝里的布换成毛毯,再换成凉席。
渐渐,他在小区臭名昭著,
凶猛易爆冲,伤人没礼貌。
他只是个孩子,却得不到人们谅解。
他不能玩人类幼崽的滑梯,
他不能不被绳索拉着跑,
他不能逛超市⋯⋯一切的不公,
我的孩子,请相信我不是那样的人类,
我只是被唤作奶糖的柴犬他母亲。

催眠

世俗以亲善而熟悉的面孔侵蚀内心。
置之死地而后生,我的诗将是处女座,患心理
　　洁癖。
真实且无可回避的日常——
狗咬坏我的唇膏和凉鞋,并把猫推向地狱。
妈妈的更年期,从我的十岁开始,延伸到我三
　　十岁。
我习惯于打扫完房子所有角落,再思索论文的
　　难题。
还有,一场大规模的瘟疫正拷问人性,也考验神
　　创制的免疫系统。
我以为生死有命,用躺平的姿态对待它,
一写再写,对世界的种种偏见。
我看见素未谋面的情人自久远而来。
生命是巨大的梦境,女人用婀娜的身影描摹花
　　的姿态。
解语花,一点点瓦解人心的防备,将黑暗吞噬。
仍有黑暗存在,不然,会缺少填充生命体眼睛的
　　物质。

天堂是所茅屋

天堂是所茅屋。里面摆满草鞋,
摆满粗线毛衣,尼龙裤⋯⋯
即使为秋风所破歌也不要紧,
那终究不会垮。落叶
是一个个无家可归的灵魂,
它们渴望来我这里,和我搭讪。
这里就是天堂。生者时刻准备着
往死者的灵柩撞上去。亡者回归,
推开老旧的木门,一溜烟,
离开沾满油渍的灶台。

谁不爱茅屋？他们用海绵之身

吸满眷恋之水。

锅碗瓢盆抛弃我。

我挽起情人的发丝，

把它与命运的绳索打上结。

那温暖，进入我体内，变成赤子之血。

我贪恋的，只有茅屋非幻象。

山夏

像一株低垂的紫藤，

以不确定的语气指点大家的小作。

或许可以让枝条换一个角度，

又或许，你的理解更好。

平淡的生活真美啊……

剪下植物的器官，孕育新的品种，

即使它的生命只有几天，

与我们一期一会。

她佛前供花，在我皈依的寺庙。

那一天，我意外错过菩萨的生日。

请替我诵经，将功德回向给卑微的存在。

寂寞清晨，修行者摘下青草露珠，

安置于浅盘。某个瑰丽的黄昏，

一饮而尽残余的光线。

梦里，女子穿着和服，与花对话。

荼蘼是忧伤的表达，像褪色的胶片，

失去明媚的展颜。

草月有自由奔放的情感，

隐藏着很多不情之请。

如今，那变成溶洞中清溪，

泛出山茶最初的芳香。

作者简介 | 侯乃琦，1993年10月出生于重庆渝中区。重庆大学电影学院硕士，从事电影评论兼剧本创作。著有诗集《镜里水仙》，主要作品刊发于《星星诗刊》《诗歌月刊》《十月》《山花》《扬子江诗刊》等文学杂志。曾参加第十二届《星星诗刊》大学生夏令营，第三届全国青年散文诗人笔会等诗歌活动。

彭杰的诗

转述

象瓷器中更替的花枝,每天醒来后
世界都在进入我,然后很快
就会被忘掉。推开窗户
风声里游鱼般的力,相互指证
抵消,将树荫中潜伏的细节剥开
如同洋葱的皮,最后什么也没有剩下。

散步的时候,储水池总能吸引最多的光
而让我注目。讯息般的来水,告诉它的
一些因为后怕而退却,一些在转述中
被磨损掉了。如同我所有的语言
都包含月光的鹤唳与模糊,无数个夜晚
它自转时急急压迫着我的神经。

摔破在地上,瓷器只剩下薄薄的一层
我们的对话却没有受到任何中断。
"还有什么是需要我帮你说出的吗?"
死亡和遗忘,在低空中散布猛禽的阴影。
"每天"在市场上被摆成一列,货币是记忆力
它们一齐涌来,说:"买我,买我!"

失重的时刻

空转着的,鹤的眼睛
余光吮尽人们用旧的不安
密谋中的植物像一场邀请

当散步的人想法被白昼困住

群星的回音仍像旧时无所事事
旁观年轻的雾号令着事物的背面
花蕊细密如静电的战栗被一帧帧具体
感觉之舌,你舐着它旋转的咸了吗?

走道两壁收集的灰色翅膀
还没有结束,是所有动作堆积成的水面
解开皓月,让它向寂静发泄

你也会燃尽倾听的距离来期待它吗?
你将知道,失眠也是一种手
划动体内细沙,形成自然的裸露

小分支

那时他几乎住在郊外,建筑稀疏,每一栋
都得不到彼此的应答。灯光携来夜晚的前调
早婚的悬铃木,向四处敞开,其中几枝
从可能性中披上一件,到他的屋子里做客。

你必须在散步中,耗尽这片区域的神秘。
一些星星的锐角,是故事的小分支
围绕着你公转。光聚拢于锐角的磁线
大半个夏天,都在沿着建筑的边缘倾泻。

人群格栅般从彼此的疏忽间观望着你。

分开那些人群,像分开回声样丛林
然后走进。不是结局,也不会是结点
身影内的孔雀束紧,成为烛光中被扑灭的海。

一直是睡眠中的月亮,在粗暴地破冰。而陨石
将沿着人群古老的注视,在某夜轨道式滑落。

衰变期

不适促使世界运转。"任何时候,
移动的都只是事物的一小部分。"

如雨水,提弄溅开的裙裾而来
银针在满载的屏息内浮现:

数个日夜,透明的力捏制着火焰
而未雨的声带,涂抹你体内的格栅

它渴盼着,镜面宣刮北国的风暴
从多云的人中,递出一束扭转的香气

应邀即死之夜,最小的间隔也是歌剧
像雨水在车窗外,彻夜摇尾乞怜。唯有

脚踝被银灯护紧,如此明朗
如此饱满,是黑暗怀中,你衰变的月。

同时

你的摆放,注定它只能看见这些楼群
而寒冷,促使盆景向阳的一侧变得萎缩——
它困惑的视线,缓慢转向
房间内我生活的那片区域。

人的扩张是梦的退潮,而梦将在醒来时
雨伞一样的收紧。天色还没有很亮
我一早就坐在角落,像依稀中的青苔
试图截获零散的雨水。随后是鸟群进入

格栅,镀银的瓷器展示着失神。
我清楚,一张相片就是一次注视
当风开始经过你时,我感受到你
如同大海分开水体般的目光①

然后时空从此刻开始,它的存在
使漫长的人与物,不至于同时降临。②

注:①化用自齐奥朗《圣徒与泪水》。
②化用自苏珊·桑塔格《同时》。

静电

带静电的午后,
事物用身体收集。
雨水拍打伞间的空隙,
当着阴沉的站台。

我仍在回忆中走动,
调试。透支它们的可能。
直到水线松手,面孔
重叠,潮汐般淹没自身。

很快,列车也将发动,
两侧的景观后退、再后退,
在另一场回忆中缓慢升起,
照亮某一天,某一节车次。

我储存很久的银线,

将于相遇时,被噼啪声消耗。
但仍能听见,昏暗的中心
花被摇醒,长久注视房间的五官。

世界在头脑中

京台的隔断门打开,呼吸中浮隐的松针。
当月光从身体上经过,驱逐着我的睡意。
台莱瑟,我想到上次你指挥着建筑工人
替我围上衬裙般,给旋梯安装可靠的把手。

昨晚,还是在这,空气中充满暴雨的图案
丛林被失控地点亮。雨点涉脚走过的真空
在植物探出的手中发抖。如蜡烛渴慕着受燃物
蝴蝶从胸衣中打开自己,为我的想象充满静电。

亲爱的台莱瑟夫人,坐在这写信的时候
再一次,我认为,小镇就是我的身体,当月亮
升起,操纵我记忆中的一些人,在街道上游荡

是那些令人迷惘的家具在相互注视,揭开
夜的眼睑。一个星期天的房间大声背诵着
　自己。
阶梯式雨声的抬升处,世界的肉帘幕一般垂下。

晚宴

节节衰弱的夜,树荫
从中召唤茂盛的海潮。
迟疑的脚,转梯身姿躲闪
终止于积水的滑落处。
还没有一种注视已经完成。

太快了。心思见针成缝

隔夜勾勒我的孔雀胆。看
你如何将松针的呼吸,刺入
听觉的晚宴,如何从
水鸟照过的房间,握住瓷瓶
如握紧你轻柔的舞剧。

夜空虚擎着的,烛焰险照
狡黠如新月,失神涨退。
花的执行者:美在重叠
扇面展开,身体昏密
全都指向是或不是。①

注:①取自霍普金斯。

失重

毫无防备地,果实酸涩的手
握紧离弦的一刻。是谁替代我

将白昼的波纹拧紧,徒手用空气
修理你呼吸内百叶窗的纹理。

一直是为松枝消音,让末梢
瞄准葳蕤易折的险境,

像烛焰的脚寻觅着落点。一直是
树影中埋伏的鲸群,翻身倦睡

推动劳作的细浪,还是将锚索
垂向肉的阶级,打捞失重的偏头痛?

密林区

从这里进入,灌木向四方伸展

修剪星辰的余声。场景跨过
重力的起伏,像花丛的反光
戒备着,永夜般充斥彼此的凹槽。

忽略到处的迹象,昆虫的音质
布满灰色裂隙,迎着下坡风
伸展脖颈,对抗林木蔓延的斜角。
如环顾家庭的展览,被取出截面

鸟群分配色彩,避免即将的丧失。
积水在视野中不断刷新,战栗着
等待雨水腾空地板,每个到来的脚印
都包含无法妥协的对抗,从上空

倾听彼此夜晚的泥泞。我们也曾
凝聚,而后属于树丛间逐渐消失的
动作。想到万物的不平均,催促着空气
穿过厅堂,铜铃般的迟疑,你水银的署名。

夜中入禁航区

窗棂悬满鹤唳,深月裁开之处
松针上久置的镜头,紧张地交光。
天气把控出行,汽笛拌嘴,对视
似潮汐耸肩,向折叠影报借来低空

施展内心的雪景。早交上减价头颅
风暴又忽至焉,灯塔蕴波色文身
满心捞取珊瑚的噪音。擎搜索马达
沿禁航区徘徊,夜黑黑可闻蔷薇色?

所有人都做相同梦。持灯入琴弦
横算星河失筹,来往剪影皆作样板戏。
树尖染粉,直至激腾深青的孔雀云

舔几瓣失神黑铅皮,玉弧绕满王公声

谁能掘来闪电,溢满穴室的听觉
唯道中托于火光曳满脚踝的姓名:
基路伯,撒拉弗。在但丁的位置中
疲倦地裸泳,"你亦不能上岸"。

沙心区

雨水的离场花费三天,他用了半小时。
云层移动植物的感官,折纸般相互隐匿。
邻座读取空桌,絮语切割遭遇,到窗外
树枝耐心地热身,距离被电网擦亮。

手头还剩什么呢?青年后奇遇并日常,
共催往事间长夜。耳窝中滑落的预感
如昆虫消食着声音,抵着工作间日程
发出强力的邀请,夜空代替了他的脸。

喝酒,打牌。逝者的冷扶住眼中潮汐
或面临体内叛离的海岸,提醒自己
从一天的波光中起身,卸落满身倦鸟
羽翼温热,是山城环抱,发动车厢震颤

玻璃形成的过程,列车返回群居之地。
刹那的茫然,席卷靠岸后熄火的卵石。
无所谓必要性,松针尖端漫长的归途
车站外橘灯还原,将携他重返一夜。

山雀区

你能想象,山雀在枝头轮流站立数十年
就为了分辨出我们的到来,再扑棱一下
飞走吗?那些完成而无法辨清的事

像漂来的人。现在雨水算完高度，

持续落入自身的尽头。可解决的事情变少，
砝码却没有移除。富裕催动水面的不安，
植物的夜晚，生产的空气与花费的空间
在账单上不成比例——压舱石被抛出

在箱式地形的内海中，泻尽所有的重力。
你我总说服自己不是其中的一员
因为取消，获得了编号与所有的形体。
花朵转梯般的噪音，持续了好多晚上

还没有想清，在什么角度停下。
戴毛线手套的狱警，正好从菜地边经过
看见光线穿过走廊，像一次微型注射
尽头的画像显露出疼痛，像人类一样。

复读区

略显激昂，从茎干上旋开花的盲目
再热些，谁能从松动的蜡纹中脱身。
枝干的传音器浮动，旧袄发展新雪
更踩灭阁楼晃眼的阶级。

必要的无。水和重力被政策隔离
好清空屋顶积压的响声。幻痛中
波纹绷紧银脸，手握褶皱的权柄
更要将自身从水面提出。

或抛出预算中的鸟鸣，叶隙般惹眼
碎镜哈着霭，宣读一片过期的山水。
又像降雨闪步滴答，暗流紧锁口舌
绕开屋檐上探出的纤维。

这么多人，标语为星辰镀上思想色彩
道路携来灰心，比升降梯更富有重力。
他做题，反复背诵。珊瑚仍在叠加
追随内海的起伏。

万物区

吊顶上的藻形纹饰，目视落下的灰尘
有时也坐下来，和他一起打几把扑克牌。
他追更、刷战力，聆听冰弦上悬停的海
涨满，只一阵抖动，就从双手中释放。

鸟鸣像一个名词的范围，从林间照过来
转授听觉中的枝杈，每一声都是此刻
彼此的尾行与结合，星辰般涂改着自身。
而所有的夜幕都是古代史，如此耐心

黑暗被呼吸阅读。阶梯走回自己的位置
复制空间感和水银般的重力。总是这样
万物窃取我内心的想法，并藉此成型
野火是被失明修剪的花丛，而所有奇迹

都包含碳化。旷野中严重的空旷与平坦
由每一个行人承担。你知道，也期待着
途中的雨水交还姓氏成为海水、湖泊
和潮汐，与你我不再具备固定的距离。

风景储物区

黑暗中失神的水声，怎样引动了你？
肉身辗转，试图捕获夜晚催人入眠的力量。
堤岸低声念的姓名，携着星藻向后退却
她也是月落的裙脚，有不时地陷落。

柏舟的不定近似烛火。匮乏遮拦的水域
雾气逡巡中辨听体内枝干的位移。
掌心的潮汐跃过丘壑，借此融化盐粒
那反复的动作将你的触觉一层层归还

一如火焰，披拂着低空的丛林滑翔。
但"人是风景的汇聚，蜗形的梦魇中
急转神智"。她每日照见的镜中
都有着隔岸对峙的奥义，唯存的实体

是他们之间奔流的河水。只心已如席般展开
平行的松枝，每一个尖端都与星辰相连。
多少夜雨下籁籁的湿矩，和星流顺服的音轨
经过肉身辗转。但松枝，那晚松枝听见了什么？

叙事中的夜晚区

叙事中的夜晚，月亮像一个猎手
使他们深陷于光晕的搁浅。而迟到的夜
向四处敞开，覆满她体表星系，
谁为谁失重，谁就如林般落入新生的手势。

急急的欢潮，撑起内海的地形
一如性中的闪电，擦亮彼此抚摸。
因双手的海拔压低，手势也是观看
而暗室在手势间隙兼听，遐想

精密于梯阶的甩尾。重叠的回望：
花群是复眼，将晒谷的手，增殖为
霜群的手，远景中树枝溃散到极尽
归还你体内折叠的水银。然后被叙事

从手势中暂居的耳骨，到她面孔上
被青苔化解的神情，缓慢恍若缓刑。

踮脚中的蓄势，叙事汇聚到草叶的尖端
积水定时交接完引力，坠落直至深心。

禁止入内区

禁止入内。哈气的人望着春心，
丢失风的园林，是虚弱的邀请。
看，皇帝的细雨描摹你的蛾眉
每一刻，为悔恨的内壁铺满青苔。

全是落差。最先从浑浊中清醒的
是积水。蝉翼玉鸣的时刻，风琴
内烁的手势，欲望的星辰已从
井中升起，冷锻同烛光液态的对谈。

不能阐释。花的造影转动长夜。
杯状的峥嵘，被波纹一如既往地
切割着，患上病雪的雾修饰缓慢
一步步后撤，搅动她新月的形体。

代替言说。帝国的话语雨意般喘息
渡河入林，铺展浑身湿透的睡意。
阵风满帆的眺望，怎样才能结束你
海床在耸肩中蔓延，曲折承欢。

电梯区

电梯上升时，他的水位也在变暗
噪音式鱼群，被滑索驱赶进身体。
粗粝的风暴仍是背景，他对着手机
海水抚平波浪一样，梳理着刘海。

"口号林冠般的叙述，顺应星流蔓延
鹤注视着我，仿佛我就是瓷器的瓶底"

波浪转身,他全部拍打监控的死角
而沉船的肺腑,在每天内部低沉宛转。

"稀薄的语法,因回潮的白昼而溃败
帝国低伏,试图搁浅自身愤怒的影子"
晚间新闻那样看着他,那样被海水
反复阖闭眼睑。它没有自己的回忆。

"当月光,模仿薄雪那样裸露出礁石
枝杈像礁石分开水流一样,辨认我们。"
走出电梯点头致意的人,仿佛所有枝杈
的延伸,都经过了微小,分散的革命。

枸子

我们在凌晨四点醒来,听见外面枸子
轻度的眩晕。像空气中悬停的果实,
无论何时,我们都是被海浪围击的岛屿
为肉身的甜沉醉,淹没,让生活的可能性

海水一样地分开我们。"月球运行的轨迹,
干扰过他们的结局。果实从树叶间露面
光泽流动如海面,无穷的承接与化解。"
似乎是四散的枝杈误导了群星,延长它们

降落的距离。他的动作,让夜晚缓慢
如更替的仪式。病的种子,也在他眼中
静电般植入雏菊的花丝。视野没有遮盖,
我们曾拥有彼此的景深,枸子碰撞的声音

如同降水般绵延不绝醒来。他说渴了
要喝水。"现在是四点钟,被激怒的群星

在这里上演。而即将固定来临的每一天
也是一种武装,使他们感到安全。"

雨

趁着还是一些轻快的声音前
绕过去,躲在商店的屋檐前面。
等待耐剪的好奇心伸展,接住一粒
照顾好它,每天的早安和问候。

从指缝过去,细碎如绽放的星体
如同树间的稀疏,吸引着它降落。
另一只手蜷缩,形成盆地
掌纹调整它的流向,小心吹去灰尘。

直到把它花丝一样吹散,像礁石分开海浪
然后在人群中再也无法汇合。
声音密林般地坠地,破土和枯萎
最后是一小摊被凝视的水渍。

但是没有办法不忘记。月影凝聚的懊恼
是睡前看的一些短视频,那么嘈杂,那么快
　消逝。
然后是动物一样的睡眠,留下脚印的光斑
告诉你它们来过和退出这个房间。

作者简介 | 彭杰,1999 年出生于安徽六安,现为
首都师范大学中国诗歌研究中心 2020 级硕士研究生,
从事现当代诗歌研究与批评,有诗歌评论发表于《诗探
索》《诗歌月刊》《青年文学》等刊物。

李峥的诗

山水

你说你爱旧山水
还爱着故园和故人
旧的事物填满了你
再后来的新意　没了空地

你说你喜欢旧传说和老故事
喜欢葱郁南方的老山水
那些老旧的并没有腐朽
那些日新月异的并不懂记忆——
喂饱饥饿灵魂的迷人香气

你说你选择孤独并终会老去
在碎梦里写不寄出的信
渐渐失去联系　与山水
融为一体

那些爱过的血液和时间的硬骨头
你把它们放在
上个世纪

迷楼

想象一座七世纪的迷楼
寻帝王留下的诗酒香气
在河道两旁聆听旧日的消息

《春江花月夜》伴着水流
从你的家乡流淌到我的家乡
从旧歌诗变为新乐章——
暮江畔,春花开得烂漫
月晖下,娥皇女英归来

吴歌的家乡歌声依旧在?
载满欲望的迷楼
消失了会不会再来?

耕几亩想象之田于河岸
召集酒徒把酒言欢
看对倒的世界里大地蠕动
荒诞始　万物变甘甜

疯女人

想问问那个女人为什么会疯?
为什么会被封锁在阁楼上?

想听听她的笑,会否迷人?
会否让男人们心惊肉跳?

那些迷恋插足者故事的人啊——
你们歌颂的可是平等的爱?
噢,独立女性?!

那些为阁楼主人正名的体面人

逝去之时是否埋葬了秘密？

很多很多的问号让我又拿起
发黄的书卷　拿起笔
旁观　记录
待机为疯子发言

复活

晨祷
唤醒少年躯内沉睡之兽
礼拜日
可否真能令基督复活？

上帝已死
证明他曾来过
尼采的证言　或只被少许人看懂

谁在犯罪？谁能审判？
在桦树林频频被买卖时
谁能清洁过狱中之人？

远在西伯利亚的少女在叹息
在朝霞中　在夕阳里
把十七岁那年的复活节
统统忘记

马蹄莲

空气是橘红色的
把对面的楼隐蔽

门窗紧闭
又是禁足居家的一日

诗人X和黑咖啡　给了我
本该由朝阳带来的兴奋

桌子中央一捧白
梦中新娘的马蹄莲
浸水　剪裁

却原来　她是萝卜芹菜
喂饱我　更待明日

雨夜送别
——赠花季小友

此刻,我正在一列飞驰的火车中

回忆雨夜惜别的场景　那些
想说而未曾说出的话　涌在心头

恭喜你——面对分别不再轻易哭泣
不再抽泣两小时　再用掉两天去平息

成长是拿到一张单程票
与乘坐火车不同的是:行进的速度
可以掌握在自己手里

再过几日你即将远行　求学路上
你会欣赏到更多风景
精彩定会伴随着你

偶尔艰辛　偶尔疲惫　请勿气馁
期冀你:掌握人生的方向盘
学会欣赏山巅白云　青松
林间人家　水边野鹤

愿你:不悔来时　不畏前路

你仍旧安详睡着　卧着
或是半睡半醒

你还会幻化为九色鹿么?
你的过去会是人世的未来么?
无举目四望
于十方世界
找寻你的足迹

半梦半醒间　仿佛你来过
猛回头　七彩云影如梦幻泡影
消失在天际

花田

——致冰心之女吴青教授
你把一撇一捺写入圆圈
一个字绘出了玫瑰花的眼

你用蟹形纹编织花田
把诅咒化成桃李果园

春水诗心载入玉壶
你常呼喊妈妈的名字
盼望爱如花瓣　撒满人间

重霾下的夜晚　繁星不再
你默念着妈妈的诗篇
燃盏小橘灯
亮在心里面

涅槃的你

——纪敦煌158窟

涅槃　还是圆寂
人们问你去了哪里
围绕着你不舍离去

捶胸顿足者何止婆娑
十九位菩萨伫立着哭泣
阿难仍倾听着你的呼吸

是涅槃　还是圆寂
是归家　还是离去

晚祷

向晚时分她望着窗外发呆
看枯枝上降落的叶
看天色从昏黄变成微黛

对面四楼的白猫　晒足了太阳
日夜更迭并不影响它的好心情
它站起来　它跳下去　它全然不管
三楼弓腰干活的妇人和此刻
凝望它的眼睛

暮色四合　晚祷开启
想起神明　眼角湿润
她念叨着:多么忧伤的人类
多么欢愉的猫咪

白夜

饱食的这一夜　灯火无际
喀秋莎台聚焦文学青年的疲态

滚动播放茨维塔耶娃的事迹

从远东到故宫到底要多少春秋
紫禁城到静园又差了路程几里

还未揭晓先生投湖的谜底
就反复琢磨起女诗人缺爱的谜题

自戕者丧命后被人们频频提起
寡爱之人逝世后得到众人膜拜

夜晚为什么要如此光明
高贵者为何会一败涂地

海城迷事

炭烧的沙子　穿不成串
棕皮肤孩童
食指冲天　唾骂落日

一轮涂黑的月悄然升起
地火烧干泪珠
墨水滚滚前行

子夜　城池
富商们面容干涸
只身投入暗黑色　默默别过
连枝带叶的兄弟
携四十年来的秘密没入深海深处

艳阳翌日依旧
警察例行公事
海岸闪现的玻璃
手机弹出的信息

面朝大海的主位兄弟
吁叹一声　长长——
长长——呼了口气

如若善良可以播种
——致曼谷素坤逸流浪夫妇

又相见了　在暮色十分
碰巧你们在吃饭
便送去两袋胶原蛋白果冻
那是很甜蜜的味道
如此刻围聚的你们

你们幕天席地在素坤逸36号
把十字路口精心装扮成爱巢
两个月来我百余次路过
你们家的模样总给我惊喜：
微笑着的小熊布娃娃
墙壁上闪闪发光的号码

这个十字路口　整洁得令人不忍惊扰
行人路过　会有意放缓双脚
有时　男人还没归来　女人低头看报
宁静的暮色　宁静的街角

第一次给你们送食物时
小心翼翼——
怕自己陌生的模样
又怕人类敏感的自尊
不料　男主人双手合十
虔诚地说——ขอบคุณ [1]

注：①泰语"谢谢你"之意。

愿它如蒲公英　随阵阵微风飘去千万里

即将与你们告别了——

曼谷邻居：素坤逸流浪夫妇

你们脸上浮起的笑颜是最好的善意

你们整洁开放式小家是这里最迷人的风景

如若善良可以播种

作者简介 | 李峥，女，比较文学与跨文化研究专业博士生，现就读于北京外国语大学外国文学研究所。近年来，创办诗歌、音乐平台"听筝读诗"；并于《诗刊》《作家》《江南》《中西诗歌》等刊物上发表若干学术论文、诗歌译作、评论文章；累计发表文字作品数十万字。代表作有：《美人如玉》《指尖舞与玫瑰》等。

古韵新唱（组诗）

· 骆寒超 ·

大漠孤烟直

是苦涩而又喘息着的
岁月吗，把你
涂染成枯黄？
这儿竟是连一丝云也缠不住
一滴雨的
连流沙也只得
在五彩的昏眩中梦想
麋鹿的清泉了
可这忽儿，我却听到打哪儿传来
马嘶的迢遥
古瀚海于是徐徐地拉开
历史的帷幔
呵，这该是宇宙造山的
意志标杆，该是
劈浪行舟的
征帆桅杆，该是

高扬生命大旗的
尊严旗杆哪
———一缕孤烟升起在
大戈壁，直直的……

长河落日圆

时间的长河
已流荡得多么辽远了

当大地醒来，水云间
漂着的那条
独木舟，把灵梦
也摇得醒来了……
你乃用荇藻编织的
网兜，前去打捞
一个个天蓝的记忆；
是晨光熹微里面壁
早读吗？扫叶楼头
对生之虚妄作驳斥吗？
是泉湖边现代浪子的
牧歌吗？怀旧者
泪洒阿芙乐尔吗？
但骄阳已
西斜，你乃宣告你已拥有
逸乐的浑圆——
呵，星沙滩头，品逝川
起起伏伏一串韵律

歌曲动寒川

腊月夜。茅屋里一朵朵
桐油灯光
已凋残
云杉的枝丫间
温暖的鸟巢
也被冰凌戳破
一切都淹没在冰窟里了……

而雪在飘,村外
寒鸦的大江
雪落无声
可江边炼铜的作坊
却发散开一喷喷炉火
轰响的光彩
为它伴奏起合唱来了
看,红星紫烟里
几个古铜色汉子,正唱着
一曲古铜色歌儿……
而冰封的大江
开裂了,哗笑了
——带春的信息奔向明天……

江清月近人

这清流,是与白云相伴的
山涧,和只有牧羊女前来
照过影子的
幽泉,融合成的吧
如今,越过草坡,又跳过
石濑
全汇流在旷野上了
于是,它闪着魅力的透明
使蜻蜓和影子的
自己相吻,使鹰发出
长啸,冲入水心……
你孤灯困守的
夜吟者呵
拥有这片莹沏吧
当你荡起浆,去看
水天一色中
那弯眉月时
云和你定会更亲近的了

可不,心灵的清流上
美,已驾鹤来临……

夜半钟声到客船

下弦月如钩
已钩尽
残星了吗
栖鸟的呢语
也变得像如梦的金沙滩头
飘忽的波光
这时,凝霜于草叶的
夜野
一暗,又漫天地迷幻出
白光来了
是夜的浮沤,在测量
江边的红枫树
对渔火
梦恋的深沉呢
而这时,钟声
忽荡过神秘的梵天
飘入进独醒着的
泊船
催我新一轮航程,宿命地
又开始了……

月出皎兮

月出皎兮……
南海有鲛人正在
对月流珠时
北国的贝加尔湖边
雪松下
流放者撩开毡门

也对月怀乡了
月出皎兮……
南澳洲,那些有袋鼠和麋鹿
掠过的棕榈树下
长发披肩的毛利人
开始对歌时
天山的探险者
也正在穿越苍茫云海了
呵,我赞美
这透明的天涯共时体——
月出皎兮
在融汇尽空间的
无限,时间一瞬

海日生残夜

你说是一条奔放的
伊洛瓦底江水
流过四月的雁虹岭
骚动的高岗,才迎来
千里莺啼的江南吗
那你还值得一提
与云为伴的那一朵
喀喇昆仑雪莲
在千载迷蒙的冰川边
冷艳出
素色的芬芳
呵,褴褛地冬眠着的
田蛙,也受感于
萌动爱情的草根
吐出了一个喧闹世界……
但我却更神往于
星流残夜里
海日以玫瑰色羽翮

拍醒早潮啊
是生之节律,宇宙奇观!

晚来天欲雪

是为的晚来天欲雪吗
红泥小火炉上
酒温过三壶了
白发的他乃举杯和壁上的
黑影呢喃起来——
"能饮一杯无"耶
而圆椅也就排演起
送君送到渭水边的悲慨了
(也夹有折柳而
扬鞭的悲壮吗)
于是,红泥小火炉上的熊熊
成了桥,通向梦幻……
可服侍祖公的炉边少年
却正惊觉于南阳街头的人声
"下雪了,好大!"
于是,帘门猛卷进
一波雪,扑灭
炭火,冲垮桥
这白屋,吐出了一个
矫健身影

西出阳关无故人

跨出畜粪气息的
那一道关卡
也就告别杏花春雨的
故园
与啼鹃三更时,离魂
与板桥的梦缘吗

也就埋葬

渭城的

那几粒朝雨,那几朵胡杨林荫吗

也就决绝

反弹琵琶的胡姬

感伤的诱惑

而浮一大白吗

拓荒人乃踏上

平沙茫茫黄入云天的征程

发誓让莲叶无穷碧

碧遍白草沙梁

让举杯唱和过的故人也来这儿

拥有千里莺啼的

真实梦幻

一片孤城万仞山

谁说我是

这远去蒲菖海千里的万仞山中

那一座孤城

春风被关在

城门外,河边消失了

柳浪闻莺

钻探井也总是

钻不出

山阴道欸乃的桨橹声

不呵! 我生命的孤城

矗立在

远上白云间的

那条大河之源

我的歌日夜随奔流

越万里平沙

正澎湃向大海啊……

于是我富有,我拥有艄公黎明的号子

拥有万家灯火

拥有无边的青纱帐

存在的尊严……

时光阐释痛感的词（组诗）

● 撒玛尔罕 ●

这个词

我不能准确地说出这个词
它确无定数,确跟你与生俱来
确在举手投足之间
确被赋予刀剑的权力
确实带着血腥与火
从天而降,确在落日的眼角
流下脆弱者的泪水
确在瞬息之间干涸血液
确比砸碎筋骨还要疼痛
它辽阔,锋利,更趋于寂静
确在覆盖着世界
确在收割着生命
确在毫无生息中渗透肉体

我不能准确地说出这个词
它确在呼吸之间
确在睁眼与闭眼之间
完成庄严而神圣的使命!

热爱

热爱诗歌,就得煎熬
就得热爱忧伤,寂寞和刻薄的词
他们细润,清澈,透明
从笔尖舞向空旷地带
雪花般飘飞

热爱诗歌,还要热爱流浪
热爱灯盏,捕鱼,星空下的私语
热爱生活,苦难,刻骨铭心的撕裂
热爱爬在墙头,节奏缓慢的光阴
还要热爱风暴
热爱俯冲而来的鹰鸣,翅膀和坦荡
热爱浪尖的舞蹈,阳光下的悲凉
热爱孤独与花园
热爱从左到右的跋涉
热爱侧身与血
热爱风中苏醒的风
热爱雪中燃烧的雪
热爱山中寂静的山
热爱马群,惊鹿,羞涩
与眼睛里的语言
热爱破碎,集结,热爱最终的判决
热爱密码,血缘,纹理
还有光明,午夜和风
我是孤独的孩子,是父亲,儿子
是与刻薄的词不清不白的人
把骨头磨成笔,把字写出血的人
是命运里攥进诗歌的人

契约

是诞生,死亡
是空寂中默读的山岳,河流
是森林,鹰和灿若星河的眼睛

是空寂中默读的波峰浪谷
是春暖花开,是午夜纤细
是峭壁,阴影,梦和花朵
是空旷,绚丽,爱和芬芳
是陨石纵横,星云花开
是光阴斑斓,大浪破碎

契约就是反复的疑惑和诠释
就是醒悟,就是惊诧于精妙
就是目光的成熟
就是影子与另一个影子的重叠
就是瓜熟蒂落

就是燃烧,就是芬芳
就是燃烧芬芳
就是诞生之前的奥秘,死亡之后的奥秘
就是裹身之白衣,惆怅之白发
就是源头的序列,身体的煎熬
就是最初和最终的典仪

就是善在善中的芬芳
就是恶在恶中的燃烧
就是美在美中的诞生

生活

是刀光,是剑影
生活就是刀光剑影
就是风暴的肆虐,时间的舞蹈,眼神的纷飞
就是皮肤被划开,胸腔被挑开
就是骨骼被砍伤
就是把血流在西部荒野
流在大河两岸,流在戈壁沙漠

生活就是锋利,是柔情
就是刀光一闪的沉默
就是突然出鞘,粉碎与撞击
就是词语,掷地有声的诺言
就是深夜呻吟,是击伤的翅膀

生活就是不断地伤害和流血
就是不断隐藏的刀光和剑影
奔跑和邂逅

无标题叩问

一只蝴蝶的翅膀隐藏了什么?
一条狼在月亮下长嗥着什么?
大地的颤抖是呼吸还是痛苦的呼唤?
树叶或者花朵对着风倾诉了什么?
宇宙毁灭的消息何时抵达人类?
鸽子的孤独是房檐下的低语还是飞翔?
爆炸,污染和毒气神示着怎样的诗篇?

谁钟情于太阳,孤独于午夜?
谁在契约的光芒里贪婪地奔走于大地
沐浴着爱,健硕,滋润和语言
谁疼痛于窒息,饥饿于黎明?
谁? 还有谁波澜壮阔的幻想和毁灭?

恩典

是所有的诞生和成长,是泛滥的爱
是贫穷之后的贫穷
是照耀,是光芒,是冬天
是冬天照耀的光芒
是细雨,是花朵,是滋润
是细雨滋润的花朵

是饥饿之夜看到的灯光
是鸽子在屋檐下梳理羽毛时的安然
是庄严的庆典,是走上红毯的荣耀
是日落之前祖母的叮咛
是一次远行的祝福和问候
是盛大的葬礼之后默默念颂的祷词
是玫瑰,是致敬,是宽恕
是宽恕之后致敬的玫瑰
是一切的欢乐,一切的幸福
是汗水,血,苦难和劳动

距离

毫无缘由地阴沉了脸
莫名其妙的火苗一直在蹿
简单的一个眼神
或许寻找十一种诠释
甚至某人的衣饰,姿态或者声音
某次侧身,或者没有意义的
微笑和回首
随时会放逐体内的恶灵
感动于几行文字
哭泣于一句问候
污染某种语言,泛滥某种欲望

?! 我和自己的距离如此遥远

善良

它就是依附在心灵的某种细胞
它浩瀚,比大海壮阔
它壮阔,比草原寂静
它寂静,比翅膀轻盈

善良是与生俱来的某棵树
需要血液的浇灌,它叶繁枝茂
当炙热,寒冷,悲痛和苦难来临
它就把阴凉的手,温暖的目光
触之生光的爱抚伸过来
众神的祷词因此而铺天盖地
犹如滋润之雨,洁净之雪,或者风之手
人间如此美好!

善良是什么? 它不是光明
不是无处不在的空气
它照耀世界,呼吸生命
它的诞生悲壮而痛疼
它穿着华丽,伪装和丑恶的衣裳
外形丑陋或者表皮粗糙
但它居于人类,凶禽猛兽的胸腔之中
流淌在血管里
它永恒,不朽,它永恒不朽
始终践行与神祇的某种契约

火蛇

曾经写下的火蛇一词还在燃烧
它在血液里,人类与生俱来
是贪婪,欲望
是潜伏骨髓里的贪婪欲望
它是最美的教唆
是诱惑,微笑和穿梭
在梦幻里的微笑,血液里穿梭
是微笑与穿梭中蜕变的蛇

它沿着血管和骨头燃烧
点燃醉酒者的梦,乞讨者的目光
它是先知的拐杖,卜者的语言

它是被驱逐,诅咒的黑暗

是天堂放逐的神

是人间醇香的酒,美女和性

是醉生梦死,是飘飘欲仙

是倾斜,颠覆,是人性的倾斜颠覆

我确信,它将与人类厮守到末日!

沐风浴血,渗透骨血!

我们谈起微笑,羞涩和纯朴

谈起火,谈起水

怎样在一个人的胸腔里燃烧和流淌

这漫长的夜晚

如此沉重,甚至暗暗哭泣!

谈论的话题

我们谈起一座城邦的某场屠杀

血溢满了眼睛,愤怒是风暴

谈起梦,怎样穿越时光看到一条河流

谈起驼铃,跋涉,追杀

甚至一群流浪的驼队

盗窃的牛羊,阴谋和情仇

在怎样的无奈和清晨中远去

谈起河流,森林和狩猎

谈起汹涌,壮阔,它的遮天蔽日

有人独坐青石,如鹰般

为泅渡,砍伐和陷阱而忧心忡忡

有人濯手濯足,牺牲勇气

第一次涌入波峰浪谷

谈起古歌,谈起无词之谣

那种悲凉,凄荒和忧伤

与驼铃,跋涉,涛声和孤寂

融溶得如此完美!

与血缘,风骨,秉性和气节

欲望

确实比火焰炙热

比彩虹迷幻

它无限膨胀,燃烧

是艳丽的嘴唇,是陷阱,密织的网

它舞蹈,它纵情歌唱

喜欢酒的元素,喜欢人类狂欢

它教唆,它蠢蠢欲动

毁灭一个人的梦想

沦丧一个时代的辉煌

确实在男人的血管里汹涌

在女子的目光里澎湃

让崩溃的世界再一次崩溃

让战栗的灵魂再一次战栗

它是贪婪的目光,舌头和手

是火的翅膀,是覆盖

是水的利刃,是撕裂

潜伏于身体的深渊

一直在喷射,吞噬,冲撞和粉碎!

戈壁素描（组诗）

· 马　丁 ·

戈壁素描

昨夜账房里蒙古盛装的戈壁
长调中呼风唤雨的戈壁
狂奔的马群中挥舞着套马杆的戈壁
鸿雁南去又北飞的戈壁
歌王戈壁

斯晨：素布蓝衣的戈壁侧立帐外
瘦瓜子脸。颧骨微兀
强紫外线烙印已经陈年
应该是丹凤眼：凝视天际

这个早晨苍茫的艾斯力金草原
如果有一只孤独的鹰
必定会落在他的肩上

比我略矮。比我单薄
比我的忧伤更深

金子海

金子海不是金子的海
是比金子还要金贵的
水的湖泊，被湖泊滋养着的
八百里瀚海一方绿洲

风吹草低

远处是羊，更远是马
羊是云朵似的白羊
马是很多人梦中的白马
谁与匹配

不是风在吹。是绿衣红冠的
芦苇在潮涌。不是芦苇在荡
是过客一厢情愿的微醉
以致眩晕

是风在吹。蓝天白云下
这绿衣红冠的精灵
只接受水的滋润
风的日夜抚爱

是风在吹
水在暗流
金子海

阿丽玛

阿丽玛
长着的叶儿是绿绿的
开着的花儿是白白的
结着的果儿是红红的
——撒拉族民歌

她总是低着头奔波于平凡的生活

无论在阴雨天气,还是阳光洒满村庄
她从村后的泉井挑水回家
她去地头锄草,上山背柴
她总是脚步轻盈,小心翼翼
低着头,像躲过随时跳到脚尖的蚂蚁
而顾不得挥手揩去颈间的汗水

是谁的无形的手压迫着她的头颅?

从日子到日子,从花朵到果实
她低着头,掩藏起面容
就像黑云遮没月亮,美的牺牲
是谁的无形的手压迫着她的头颅?
大地的水,孩子的摇篮
风中的叶,瓢泼雨中的花朵

是谁掀起了她的盖头,又将她抛弃?

月亮的脸,樱桃的嘴
葡萄的眼睛,阿丽玛

黑山羊

钟情而从不言语的,是一只山羊
就在走出薄雾的瞬间,那只
被众羊簇拥下的黑色的山羊
犹如众女侍奉着的王子
挺立着雄壮的双角
陡然出现在车窗之外、公路之侧
它悠然自得,在细雨中吃草
它别过头来,居然有一刻

深情的注目

那是离天空最近的西部以西
雨中丰盛的草场是羊群的天堂
黑山羊:百草之上豺狼之下的生灵
我是因着与你同样的毛色和命运
感动于那一别头的注目
在越去越远的途中
频频回首的匆匆过客啊

草原之鹰

文字中盘旋的鹰
心灵仰视的鹰
天空的鹰

现在它是在越野车左侧的
石头上,或右侧牧人特植的
松木桩顶:歇息或者守候

鹰!在阳光下温柔地注目过我
转眼在风雨中拍打着硕大翅膀
腾空起飞的是鹰

鹰啊!纵然飞翔得那么高远
又可曾离开过露水的草原上
每一瓣绿叶的胸怀?

在草原深处
在雪山之巅
鹰的高度便是人的高度

巴尔河谷的果园（组诗）

• 冉仲景 •

果树

没有果树曾经招摇，即使风来。
孕育才是它们的事业。

比如籍贯双河口的那棵橘树，
因为有着慈悲的血型，
所以枝繁叶茂，沉着坚定。
它以正宫调的姿势，
长期坚守丘陵，把根
深深扎进繁体小楷的族谱之中。
承天地之恩，蒙雨露之德，
开民谣一样素净的花，
结神话一样浪漫的果。
或问：谁才配写出乡村牵肠挂肚的诗篇？
答曰：且听《颂辞》——

"果，枝头上，你是群众。
果，掌心里，你是我痛心的女儿。"

果壳

果壳里，一待就是好多年。
毋庸置疑，你有
执拗、冥顽、不堪回首的从前。
你想借此逃避喧嚣，
却被寂寞反锁，远离了烟火人间。
其实，果壳并非城堡，

也非宫殿，更非家。
它以现成的律令把你囚禁，
任交叉小径荒草丛生。
虫声四起，你睡入呓语：
天堂是用来打开的，果壳是用来破碎的。
风过树梢，孤独永恒。

果核

空间越来越狭小。
我只好卸掉思想把悲苦减持到最少。

果肉和时间，
是我的两个敌人。
它们紧紧地将我裹挟，
令我深浅不知，
进退两难。

唉，举凡种子，均需历经千磋万磨。
我是果核，正在度劫。

果香

果，你一旦啼叫，
隐约的体香就会定向袭来，
赐我半生疫情。

作为久治不愈的末端宿主，

言语的试剂,无法
显影我的迷乱与昏聩;
板蓝根,良宵引,
都难以拔出潜藏我体内的病根。
听着你的弹奏死去,
念着你的名字活回,
我爱上了晕眩和休克。

我常常双手合十——
"果,请继续啼叫,请继续侵袭,
我还未病入膏肓。"

果汁

果,也许这缓慢的流溢,
正是你的表达。
至于你,表达了什么,槽不知道;
杯,也不知道。

果,此时你本应有
战栗和尖叫——
高质量的岁月狠命地挤压你的身体,
逼你交出液态的青春。

一滴。两滴。三滴。
第四滴,是血气。
果,你为何咬牙切齿又一声不吭,
为何痛到默许?

果汁以毫升计量,生命
靠分秒累积。
果,苦难终将清零。
谁欲壑难填,无休无止地将你榨取?

果酒

酒是果的异乡。
人世间,还有什么比酿造更加温情?

今天,腊月二十三,
我小小的女儿,将在白雪中诞生。
一年即将结束,
我已没有多少节余,
包括欢笑、美梦、狂喜和豪情。
因此,我不敢痛饮。

杯透明,得高擎,
得满心敬畏,庄重地将其举过头顶。
要知道,每一滴酒里,
都藏有整座果园
曾经的叶言、花语、日精、月血,
藏有一缕果魂。

酿造意味迁徙。
醉即感恩:我小小的女儿,以果命名。

果时

红,红,红,红,
彤——
刚才最后一响,
是冉氏时间,
果点整。

果魂

果,倘使你纵身一跃,
能否从视线的高崖坠入味蕾的深渊?

缓缓消逝的生命——
红。

酸难收，甜可追。
除却果园，皆非原乡。

果，我了解你的生理结构，

却无以为你招魂。

（远眺伊甸园。
何日被放逐，何时将遣返？）

归去来兮。渴的原罪，
令我频频望梅：虽九死其犹未悔。

石头开花（组诗）

• 曹有云 •

里尔克之夜

只能在零点以后
甚至在夜半
纯粹的寂静和
丝绸般的黑暗中
才能看见你
玄奥的幻象，情感的深渊
以及雪花般翩然而至的辉煌天才
因为你本身就是
自遥远的星辰飞奔而来
一束原始的，纯净的光芒
甚至，就是光源本身
孤独而强大
向着幽暗、艰深处投以正午的亮度
瞬间照亮我们所有的柔弱、哀愁和伤口
照亮世间所有的爱情与美善
让我们在无人的暗夜
莫名哭泣，莫名狂喜
如果四周只是一片苍白无知的光明
只是喧嚣
你会迅捷撤离
并且深深沉默、隐逸
复归于巨大的夜
巨大的无
像一只独来独往
梦一样飘忽不定的雪山之豹
无迹可寻

点燃一场大雪

大者，盛也，至此而雪盛也。
——（元）吴澄《月令七十二候集解》

点燃一场大雪
点燃整个冷寂的冬天
让我们在一夜之间
返回失而复得的春天

点燃我
点燃她
点燃冻僵了的手指和玫瑰
让我们在一夜之间
返回永不凋谢的爱情

看哪
大地和天空合在一起燃烧
男人和女人合在一起燃烧
万物和语言合在一起燃烧
我们在分外妖娆的冰天雪地中
终于看到了
关于人的奇迹和神话

博尔赫斯之夜

日出日落
白昼拖拽着黑夜

黑夜尾随着白昼

博尔赫斯在白昼看见的是夜晚
在夜晚看见的是白昼

博尔赫斯一直静坐在夜的中央
玄想联翩,电闪雷鸣
赫然搭建起耸入云霄的巴别塔
照见所有的夜晚,所有的白昼

南方的博尔赫斯一直静坐在书籍的中央
没有黑夜,亦无白昼
有如东方山水间独坐千年的寂寞圣哲

一觉醒来

一觉醒来
钢架床还在,绣花枕头还在
昨夜的少半杯茶水还在
不堪重负的书柜和

海量的图书还在
一沓不屈的稿纸还在
文化还在,信心还在

我想
这新世纪像患上了哮喘
刚跑了几步
就气喘吁吁,咳嗽不止
还结结巴巴,念念有词
似乎在嘟囔着二十二世纪光辉灿烂的前景

我想
这些接续而来的世纪
又像大爆炸后的宇宙
不断膨胀,不断远去,渐渐变冷
似乎已不太适宜人类继续居住玩乐

但结局我不能知道了
未来陌生的子孙们或许能看得到吧

如此月光（组诗）

· 林海蓓 ·

风吹凉溪

古道绵长
行人渐走渐无
溪水悄悄流淌
那些幽静和神秘
仿佛让时光倒转

金樱子　野百合　覆盆子
杨梅树　枇杷树　柑橘树
还有路旁那些
枝蔓丛生叫不出名字的植物
散发出异香

细雨飘在小伞上
风吹过身旁也吹过山冈
我仿佛看到
许许多多脚印
深藏在山道
一块块陈旧的石板上

如此月光

沿着东官河
伏在路边的草
长在河边的树
在秋风中依然葱绿

圆月升上九峰山
与大地一起
成为秋天的一部分

水波忽隐忽现
带着月亮的倒影
无声地流向远方

秋风渐凉
有多少月光
照着千山万水
照着情深意长

十八坵田

这个名字很土
"坵""田"
与土地、乡村紧紧相连
可是这个地方
是在两地交界的山梁
就有了诗意
山上的坵　山上的田
留下许多想象的空间

或许是地壳运动
或许是沧海桑田
当雨中的格桑花
开出粉色、淡紫色的花朵

好像初夏明畅的天光
照亮了千年的古道
浪漫了游人的双眼

守望尤溪

不远不近
翻过一座山
就走进了细雨蒙蒙中的你

湿润的风
迎面而来
伴随着清脆的鸟鸣
绿色的山影仿佛倒退着
只有桥边的老树　古宅
默默流淌的溪水
述说着大山深处的秘密

风拂过水面
远处　云雾缠绕在山腰
让传说更加神秘
那些过往
早已盘根错节
和你在一起

而我
愿意
消融在这无声的寂静里
用漫长而又短暂的一生
不远不近　守望你

清芳

春分已过

寒凉悄然远去
阳光温暖
鸟儿低飞

伴着顽石
看时间缓缓淌过
看行人悠然而行
看春天慢慢靠近

那些曾经凋零的落叶
开始寻找枝头
那些隐身藏匿的花朵
也在微风中吐露芳菲

中药柜

大同小异
在一个个古色古香
国医馆大堂中
整齐排列

隔着高高的柜台
你可以隐隐约约看到
一些熟悉或陌生的名字

千百年来
她们曾栉风沐雨
也曾深藏于土地
她们曾奔跑在旷野
也曾翱翔于蓝天

终有一天
她们安静地收心于方寸之间
干干净净地等待

在夜里散发异香
为人类送去安康

黄昏里的高迁古民居

木雕　　石雕　　砖雕
见证着四百多年的岁月风霜
菊花　　荷花　　凤凰　　月季　　牡丹
述说着一个个家族的荣耀与辉煌

沿着窄巷的石板路
能否遇见散发着诗酒清香的书生
翘檐耸角的马头墙
隐隐传来佳人吴侬软语的轻吟

精致的鹅卵石
倾注了当年铺路人的多少心思
春夏秋冬　　阴晴雪雨
走过多少繁华的青春

宁静的时光里
一个个旧台门
掩去了许多斑驳的往事
只有老墙上
一串串凌霄花
依然开得茂盛

缆车坐到景星岩

如果想爬山
在江南
可以爬爬景星岩

可以在三面绝壁的悬崖尖
看月色初现
看繁星点点
看云雾缭绕
看四周平坡矮山

看看那些茂林修竹
亭台轩榭　　楼阁殿宇
那些平时仰望的事物
此刻都能看得真切

不是其他山不够高啊
只因你站在景星岩

月亮湖畔的百子莲

人们说，你来自异域
你的花语是爱
一簇簇蓝色的花瓣
美好地矗立在路边
如烟花般绽放绚烂

在神仙居住的月亮湖
我与你不期而遇
亭亭玉立　　冰清玉洁
仅仅是对望了一眼
仿佛早已等待多年

夏天的微风使人沉醉
而你　　一定会让经过的人
深深迷恋

雨落在街角（组诗）

· 那　萨 ·

鹤

落在纸上的鹤
映照落日橘红色光镜
仰头哼唱胸中万重山
淡蓝色虚空无物可寻

逆光使两只亭立的鹤
变得肃穆，奔向彼此
又止于被暮色笼罩的地表

每一支歌谣都是精彩的绝唱
加速心跳捂住黄昏的耳朵
星辰退回到微光距离

动一念，开一花
花瓣沉浮

光摄走了一双眼睛
两个墨绿色音符
拆下骨节，涌向天空

小鹿

要勾下它的温顺和善意
就先勾出一棵树的静默
和一个年代的金黄

风摇动树叶沙沙响
小鹿闯进午后墨绿色光圈
给它默许一座山的陡峭
和一朵莲的赞誉

攀爬光的悬梯
接近被念头点成的影像
心的漏洞使光袒露出细密的涟漪
像无边的海域将要迎来风暴和沙砾

小鹿放回到空山谷
风叩响谷门
风来去无序

雨落在街角

雨水携带忏悔者的清晨
虚空里坐满光的名字
过往的声音没有一个清晰
路走到街口全是雨的栅栏
旧雨伞滴落新污垢
失落的一念之词
像是有根有据
记忆圈在中年的腹部
金黄的麦穗和千年的灰烬
荣耀固定给一个地名
羞涩的人从昨日抽身而去
清净的想象里美使人泪目

雨水奔向阴郁天

遮挡面孔，呼气过重

咽下谜题对答案的执着

时间可以延长到无限

也可以有所不及

优昙婆罗花

向死而生，每刹那

在各自的旋涡里制造心象

镜中人不断认领自我

前世的标记长在别人面孔

像勋章错过的表彰

像晚归的人站在暮中

光阴在拉伸身后的影子

没有一束光为照亮自己而生

幽暗在成就它的另一面，念头持续

像爱情对永恒的执着

走遍晴天，阴雨里保存闪电

月光掉落水中，一根光的愁绪

避开众目，心跳凌乱

有人走向骨骼与力量的美学

传说中找回自己的基石

英雄的宝剑扛在右肩

保持柔情，退出自我一公分

裸露众我纷扰

每一个都在光阴的戏里独唱

生命因死亡而显得可贵

手心滴漏天的水分

原谅那只手的局促难安

无常畅饮满盘正月

时光在一朵花的底部

拉响火的预警

又一场大雪落在了远方

带着初识的矜持

画圆一座山的轮廓

把孤独带回家

梦里的石头放在梦里

妥协于一次偏爱

万念之躯凌驾于古老哲思

生命在被预测的期限里

保持虚无的恒久

旧时的地标上

找不到对应的位置

可以放置一条河和一座白塔

梳理每一场风暴

在一条消失的街上

被众口吹落的灰

在供养一朵花

走不出时间的人

重复穿梭于时空沙滩

丢失玩具的孩童仍在原地

放大幸福的漏洞和空心

每个路口都有一个南北

每一种时光都走向同一个胡同

美好如你，满月的光不及你

机翼划过云层听见了虚空

面如止水，放过自己

说一句感恩之语

对崖壁的花

对雾里的露珠

春风镶嵌过往的雪
衣着庄严，领受恩赐的语言
灯盏寻觅的神殿在拐角
喇嘛手敲木鼓，万籁声长

雪线之上垂头的花

默哀千年，红颜如万象啼血
众花落入谷底时，它望见了什么

千年后，一棵花树下
三个神态各异的神
阳光、粮食和一颗绿松石

镀金的尘世（组诗）

● 嘎代才让 ●

早安

早晨，试图站得笔直
望着急匆匆的每个人，跌跌撞撞
似乎这一天配得上一句早安

一层层凛冽的空气，早安
冻得发烫的耳朵，早安
雪地上至高无上的脚印，早安

雪白的一天，早安

大象

1936年，来自尼泊尔的驯象师
骑着一头雌性亚洲象
驮着宝轮，围着布达拉宫绕三圈，代表虔诚
人们有机会目睹这头熟悉各种礼仪的
热带动物

这头上贡的产物，战胜了时间和空间
来寻找它绝望时的主人

镀金的尘世

从外到内，偏激越偏
把心情搅浑
喧嚣依旧激情

我挥一挥刀，难过美人关

呼吸起伏，唱反调
身后的父母奄奄一息

冰凉的路面上
蜗牛凶猛的队伍愈加庞大

知识分子织毛衣
听不进意见
有时觉得，每个人是肮脏的
转过身一洗而空

略高于诗意，有脉搏，汗毛
有泪，有精尽而亡的秩序
我更愿意承认这颗禅心

危楼晃了晃
脆弱的钢筋水泥
让人时常内疚

出生与死亡，忽远忽近
想安静下来，试图坦白

未做完的梦
仿佛如初，没有打乱
清晨，像一份厚礼，敬畏佛陀

大约在晚上,脚踏实地,重新从婴儿做起——

她的名字叫:白

她的名字叫:白

仿佛血淋淋的亡灵,在森林中奔跑
直至天明,野花和动物是唯一的受害者

她的名字叫:白

雨是急促的,没法洗净愚昧的颜色
这一幕很可耻,所谓的成熟也许就是可耻的

她的名字叫:白

似乎一生之中,勉力修行,不敢乱语
发现,内心是干净的,这是唯一的线索

她的名字叫:白

身世显赫,保留所有记忆,在黑暗中
写下了自己高贵的一生

去年的事

1

何以承受
这深深的黑暗

接下来
我们记住这些
深深的伤口

给黎明哭诉

2

地球病了
鹰怎敢落地

天空病了
我们不敢仰望

3

分不出彼此
于是发现

每一道伤口,都是肺腑之言

4

信任鱼儿,但水已流远
漫长的告别,即死亡

信任愿力,但觉悟不高
奢侈的幸福,即幻影

5

"我恨我经历过的一切
同样爱我一切认识的发心"

灵魂垂下头

6

掌纹,像曲折的人生
让人有点不甘

能吓唬你的
全是人为的

新年到了,不怕任何人
去请来美好愿望

腾志街

天空把白云压得很低
鹰无处躲藏

一些人偶尔仰望天,获取风的自由

而更多废弃的院子早已改造成
商城,酒吧,电影院,SPA
一些人进进出出,把生活控制得足够好

所以,很多事物的变迁是看不见的
就像无法形容某个事物的静态,颜色
或者,沦为废墟的心态

时间固然是我们的天敌
整个庞大的空间,被拖入具体的泥沼中

他坐在对面像一束光（组诗）

● 河畔草 ●

预言

远处的山巅
风赶着白云的羊群
歇在树木短小的手指上
山坡上缠缠绕绕的小路
仿佛捆住山的绳索
也像是山蹙起的眉头
而那些弯弯拐拐的梯田
就是山的皱纹了

曾经，石头像词语
从山坡上纷纷滚落
有一颗是预言
落进你命运的湖泊

一半，还是另一个

灰色的早晨
一半清醒，一半仍在沉睡
风在树叶上翻了翻身
琥珀色的茶水，在玻璃杯中
来自雨林草木的清香与微涩
沿喉而下，温暖地牵引你
一半坠在雾中的身体寻路而回
山林已经空旷
你逆水而行的时候
在白色的水花中，遇见了

那只隐匿已久的狮子

石头

石头说
走了那么远的路
你应当坐下来歇一歇
你的骆驼不会因此变成石头
我于是坐下来
坐到了石头的身边
一坐就是许多年
石头里长出了草
石头里开出了花
石头里涌出了月牙一样的清泉

紫色的夜

灯光塞满房间
阴影像云一样飘过来
绣花针落地
空气在无声流动，旋转
带来甜草莓，青苹果，夹心饼
下巴上的胡须
嘴唇上的香烟
装在核桃壳里的往昔撞开虚掩的门
烟火明灭里，夜被烙穿一个空洞
众声喧闹中，有人跌入深渊
沉默中有巨大的虚无

一双眼,隔着夜的帘幕
向虚空搜寻飘散的影子

侧影

粉紫的马刺根花朵端坐于茎上
侧影照亮天空。朋友们在山顶欢呼
我在山脚接住他们飞落的声音
犹如捧起飘落的花瓣
花,开满一树
又落了一地
像那些我们奋力去做然后遗忘的事
荒草枯瘦的骨骼开始变绿
绿,是不说话的水在经脉里流动
羊群默默地走来
它们有草一样的柔顺与执着
它们相信慢,相信
一声不吭背着风中的刀子
走到山巅就可以成为白云

他坐在对面像一束光

琥珀色的茶水,冷了,暖了
水上漂着没有桨的船
岸,在那边,看得见
不过离我还远
你是要坐船的人
你是你自己的桨
我们心底都明了这个道理
所以我们要聊聊爱,说说虔诚
谈谈怎样让坚硬的石头变柔软
甚至从里面涌出清凉的泉

船,浮着,岸,看得见
那些惊惶如叶片掉落的日子
此时仿佛离我已经很远
他坐在对面像一束光
照亮了那些隐藏在我骨子里的暗

明天在夜的边缘

引路的骆驼丢失
怨恨堵住泉眼
从绿洲到沙漠
一念之间

恶,源自别人
也来于自身
以恶对恶
天昏地沉

他们独对自己的影子
月亮的白发三千丈
他们背负身上的空洞
刮过的寒风卷来一地霜

总有不甘枯竭的心灵
要打扫自己,掏出淤泥,变轻
承认一切不完美的存在和苦难
是通往救赎的必经之路

获救的磐石里涌出清泉
明天在夜的边缘
那是洗过的蓝,
重得的新生,也是,余生

在我们共有的时光里（组诗）

· 绿 木 ·

在我们共有的时光里

西山顶上
我跟随着你，漫山遍野的山桃花
是你给我的火焰
我们彼此依靠着，谈论信仰
谈论人间喧嚣
谈论未知的将来
以及一些往事

你如花般寂静
从不惊悸于风声四起——
此刻你是我的
正如我是你的
整个四月的西山是我们的

在你身边
我有着无法言说的欣喜
阳光照耀我
山风吹拂我
都不及你的万分之一

大地会记录
我们并肩走过的每一行脚印
天空会记得
我们为彼此的每一次虔诚祈祷
因为那是心与心的碰撞
是相拥而暖的交融

两个默契的灵魂
是多么欢喜
在我们共有的时光里
连满山草木
都在为我们祝福
你看，我们眼里是随风飘扬的风马
写满了慈悲的六字箴言——
唵——嘛——呢——叭——咪——吽。

炸裂

楼上夫妻的脚步声撕裂夜的一角
我躺在床上，仿佛上帝遗弃的一份陈旧简历
就是这样：需要风的时候无风
需要哭的时候没有眼泪！

或者，现在的我是一块石头
置身于茫茫黑夜的荒原，斑驳苔痕是
时间给我的唯一馈赠

如果有人问起我的履历
请你毫无保留地告诉他：姓张，
年龄无从查起……河州人氏
正漂浪于无垠青藏

此时此刻，就把浓重的咳嗽还给肺
把深重的夜色留给我

沉默是我最后的倔强了

看那今夜的星辰
都是我内心的炸裂——
这饱含无尽祝福灯盏啊,在茫茫时空里
我为人世一一点燃。

落雪的时候

等到落雪的时候就给你写信

告诉你北方的天气以及辽阔和苍凉
告诉你一个人深夜里点起的灯盏
告诉你蒿草历经风雨的一生
告诉你石头上默默无语的苍鹰
告诉你牦牛啃食的旧时光
告诉你因爱孤独的喇嘛庙

——这是我所乐意的,是唯一值得诉说的

最后我不唤你亲爱的
只道一句:天涯两相安

起航

终于在茫茫的水上升起了一轮红日
千帆竞发中我是偏爱炊烟的那一个

我的陋屋立在无休止的风雪中
铜炉上正烧着一壶青海熬茶

我就是那烟火里的尘埃,漂泊之后
向烟火更深处跋涉,从零开始

远处身姿如经幡的女郎呀
我知道你的眼里为何藏着一方湖泊

那是你的心向无垠穹空倾斜
那是你千帆过尽之后的寂静悲戚

是的,经历等待是矿中炼铁的苦痛
我情愿带给你春风的讯息——

我情愿你火一样盛开
在我高地之上的陋室,看见漫天星辰

默默地,我们起航了
我们无处不在

雨中即景(外九首)

· 张金陆 ·

一只八大的孤鸟,兀自
立在老朴树光秃的枝头。

冰冷的雨水,顺着羽毛
一滴一滴砸碎在静寂的时空。

瘦削的身子微微颤抖,双眼翻白,
盯向雾幛重重的苍穹,
寒风刺骨,它在守候枝繁叶茂。

探望红梅

天地苍茫,冻土之上,
如血的花瓣一片一片滴入……

此刻肃静,现场
还有一只眼神迷蒙的寒雀。

一阵冷风袭来,
一树熊熊燃烧的香魂,
瞬间,照亮了整个江山暮色。

春 归

从噩梦般的暴风雪中惊醒,
从庚子立春领旨,瞬行十里。

循着寒梅留在人间的血指印,

飞踏太阳的风火轮　英雄逆行。

火尖枪、阴阳剑统帅天地,
从早到晚,从东到西,
红红的混天绫舞动起苍生希冀。

夜行者

每回开窗　总想
巧遇童年的记忆

上佛公路,四海大道
故乡和他乡的分叉口

那一声声鹁鸪的呼唤
三十年,依旧
在老家的上空回旋　回旋

湖上中秋

暮色漫过断桥　龙井山顶
夕阳的灯笼一闪一闪熄灭

老了　就在孤山脚扎根吧
一云一鹤一湖南宋之水

有露水顺叶尖滑落　想老家了
就盘盘胸口那枚秦时明月

那是一枚曾藏麦磨滩的羊脂玉佩

菩提树下的冥思

寒风刺骨。嗖嗖
雪花,一片连着一片的飞镖
茫茫乾坤,是谁蒙着面?

既是轮回,那卸甲也罢
正好露宿修禅

枯荣尚有四季
生死只是瞬间

山雪楼的端午

恍惚中有白影在窗外纵身一跃
水面　花岗岩般的波纹上
千羽白鹭如碎玉飞溅…

楚已亡矣
鹭神永生

山雪楼立于亘古江湖
是个小小的庙宇　供养忠魂

夜钓

千帆过尽,风止
心被灼成渔火萤亮

汛期,洪水屡屡淹没历史
潜溪故事已沉沙千年
独钓小舟飘于无边的孝川湖上

夕阳在白鹭的惊唳中彻底熔落
岸焦糊了。航慈渡的幡旗寂空中猎猎作响…

中秋帖

潜溪似锯,登阅江楼遥遥北望
老家的记忆四分五裂

今晚的月,是乡愁的抛光轮
尘灰落满微曲的背井之身
星火四溅的中秋啊,恐非良辰

铜山嶙峋,谁能磨圆呢
一如掌上三十年前误伤的焊痕

击鼓

近得老鼓,木匠修复,试鼓中…
宣统鼓
木鱼槌

南窗外
暮光鹭影

鼓声咚咚
茶未凉
模糊的远山万马奔腾

与雨诗语（外九首）

· 王青木 ·

风，忽然撩拨娴静的枝叶
荷，脱下了包裹的泳衣
无须再计较，雨或者不雨
四处已是涌动的空气和湖水

尝试观察乌鸫的十三种方式
看见绵长的阳光和雨线
淡妆浓抹的西子
谁拨动了你内心的琴弦

在语言的寺庙里点一炷香
用签诗照亮朦胧的远方
学老松，用松针排列出诗行
用树上的蝉鸣鸟啼伴奏弹响的音乐

去找回一缕缕柳浪一句句莺语吧
内心的曲院里，风荷已如佳酿飘逸
风过处，每一朵浪花
都是明亮的诗语

纵然穷尽一生
只是一个跳动的音符

在路上

兄弟啊，你赶路的时候
天色已开始阴沉
无边秋色也一片混沌

几艘轮船南来北往
终于开辟出咖啡色的运河
一群吟诗的人
在湖山和夜色深处
被名贵的红酒涂出了红晕

一些平白的诗句
拥有了许多廉价的掌声
灯光暧昧地吟诵
越轨的语音，我的
无边秋色被身旁的画家

一下打回了原形

兄弟啊，好日子已经不多
也许，终究不会出现
让我们彻底沦陷的人
你还在纠结
如何在深夜安顿好自己
高贵的肉身和灵魂

等待戈多
等待内心奔涌
大唐的风韵
而一只不知雌雄的蚊子
破坏了睡眠

黄龙诗话

下午的格桑花在天目山路
发表美的宣言
而我看见太阳的热情
和坚定的信仰

今夜的风吟诵着轻松的雨
你我却听见众生的欢笑和泪水
黄牛反复抬举树木的重量
黄龙再三呼啸我的春风

杯水微澜
抒情表面小小的波浪
千秋西湖
依旧将白堤苏堤紧拥入怀

一杯水与一湖水
孰轻孰重
水中星河
有着怎样波澜壮阔的走向

走失

木兰花已开放成春天的诗行
红山茶,分明是
不肯谢幕的灯笼
而我前年的灵感,走失已久

猴王抓耳挠腮
溜走的蛇了无踪影
跑远的马没有回头
走失的羊去了哪里

墨水瓶早已空空
片片花瓣交给信风
智齿,有的走失
残存的,正在疼痛

孤岛

茫茫人海。我孤独
如一座荒岛
万朵浪花点赞
也难讨我的欢心

两岸不远
我等你来
就将海水煮成一杯
上岛咖啡

让我们,趁云淡风轻
取下月亮这盏银杯
将茫茫大海
一饮而尽

唐诗

字字珠玑
你是无邪的孩童
行行潇洒
你是豪放的好汉
一梦千秋
我和你隔着五个朝代

如血液,鲜红的火焰
抵挡四起的烽烟
越来越黑的夜里

升起李白的明月
越来越冷的日子
加固杜甫的茅屋

经过一个个渡口
我赶到前朝的邮局
将一封封诗书
投递给
千年之前的
兄弟

桃树的伤口生长琥珀

远去的莫兰蒂收走了淫雨
一阵阵阳光突围出阴云
栾树的黄花丹果，面朝扩展的蓝天
我如轻风游走于溪边

白鹭翔飞，彩蝶的翅羽
我的心，渐渐轻盈
经过一棵又一棵桃树
想起朵朵桃花，曾经红红白白

忽见树干上凝结了桃胶，一处处
在手机镜头里色彩斑斓
这伤口流出的乳汁尽是琼浆玉液
犹如千万年孕育的琥珀

桃之夭夭是美的。人生在世
总有沉重的日子
而疼痛的伤口，将流出
琥珀一样美丽的诗句

天上散落的种子

一定是天上散落的种子
有的三三两两
有的一群群
那些草甸上的音符
前世就是
天上安详的白云
或者厚重的乌云

任凭大大小小的铁盒子
来来往往
它们熟视无睹
波澜不惊
只是偶尔抬头打量
仿佛沐浴佛光的藏民
满腹经纶

想干就干

让我干掉乏味的日子
和你一起
将一座高山踏成门前的天井

让我干掉生活的沉渣
和你一起
将一条大江喝成一小杯老酒

任性的春风，跑得真快
我是要落叶的树
你是会凋零的花

光阴就是眨眼间
秋后的蚂蚱

飞不高,也跳不远

世界那么大
和我
去看看吧

诗宁波

我翻开换季的白露
采摘晚熟的桃子
娇艳的水蜜桃
渗出了鲜血

我穿过天一广场
迷乱的星空
咬下一口新鲜的苹果
秋雨滋润的土地
拱动着草根

我小心翼翼
轻轻吟诵诗句
将狂潮宁静
如摊开的纸张
放平的波澜

一个爱尔兰乐队 (外六首)

· 赵小北 ·

主唱,伴奏只有一个人
他叫戴维,白天
他是大巴司机
大部分时间,目视前方
握紧方向盘,一言不发
夜晚,他走进酒吧
熟练地抚弄竖琴和哨笛
唱着欢乐的爱尔兰民谣

在生存和热爱之间
他需要,这样的切换

跟我妈通话

松鼠在院子里上下奔忙
要在下雪前藏好过冬的坚果

小狐狸拖着长长的尾巴
独自在田野漫步

肥大的野兔子端坐在山路中央
像是在等着我

远远望去像是一群羊的鹿群
或站或卧在山坡上

野猪一家,行色匆匆
一只一只在我面前鱼贯经过

我讲诉着我的乡村生活
我妈却担心,野猪会不会吃了我

酒吧老板娘

他们喜欢盯着她勒紧的腰肢
琢磨着,怎样能掐一把
她颤巍巍的大屁股
把小费塞进她钢圈挤兑的乳沟中去

她咯咯笑着,一点也不生气
甚至有意无意蹭一蹭,那蓬勃的
牛仔裤下鼓鼓囊囊的生殖器

这是周末的夜晚,对于
那些老光棍儿,老酒鬼来说
她的放荡　也是她的慈悲

给我的狗再写一首诗

被解救时
根据你的牙齿
判断你约等于半岁
一眨眼你就约等于三岁了
据说,等同于
一个30岁的人类
你应该爱和被爱
流浪时的创伤
仍然让你胆小,梦里发抖
当我把你抱在怀里

你均匀地打着呼噜
我一松手你就醒
我不能再离开,这一回
我要做个负责任的母亲

我是一个被自己放逐的人

与猫更亲近,与狗终日为伴
我院子里的鸟儿
比任何人院子里的鸟儿都多
今天,我又收获了新的喜悦
一场春雨过后
在我必经的山路两旁,树上
旺盛的香椿头,树下是
密密麻麻的婆婆丁
只需揪上几把做午餐就够了
自然的馈赠,可以随用随取
我不用去抢菜
甚至不用去买菜,也不需要跟谁打招呼
整座山就我一个人
整座山,就都是我的

我知道她还活着,这就够了

教堂的钟声,苍老浑厚
是冬天里不多的声响
雪花轻飘飘地来和去
我的邻居玛格丽塔,又没出门
共用的台阶上,没有她的脚印
我知道她还活着,这就够了
烟囱冒着烟,深绿色的
天鹅绒窗帘,开开合合
史蒂芬被抬走时,我也在窗前
黑色尸袋看上去很空,像是

一个道具,配合着史蒂芬的诀别

多少次,他在院子里怒吼:

别拦着我,我受够了这样的折磨!

玛格丽塔总是忙不迭地,藏好猎枪,藏好拐杖

然后蹲在地上,去收拾

那些被她丈夫摔烂的药瓶,和水杯

收留两只猫的始末

起床第一件事,去仓房,看看杰克在不在

杰克是一只猫,一只黑白相间的

有主人,有老婆的猫,它喜欢我的仓房

几乎每天都来,在麻袋上,在烧烤炉上

在各个角落待着,在我脚踝来回蹭,我伸出手

它就势倒下去,把肚皮翻给我摸

昨天,它老婆也来了,那只害羞的母猫

慢慢靠近我,靠近我手里的猫罐头,它们看上去

　　饿坏了

主人四处打听,不是雨夜它们睡在哪里

而是"有没有邻居愿意收留它们"

她有两只狗,两只猫

她的新男友只同意,她带着两只狗搬过去

删繁就简（外七首）

· 晨　默 ·

一声叹息

滑过秋的夜空

覆盖了夜的寂静

凝结成草叶上的露珠

在溪边徘徊了一生的祖辈们

随着轻轻摇曳的柳叶

从掌心抻出一条纹理

让岁月删繁就简

往事炽热随风

一场盛大的告别

穿透了十月的胸口

潮水将至

凌晨的江面

打搅平静的生活

伫立一旁的我

似乎找不到存在的理由

如水的风景卷起千堆雪

在南方

江河湖海自动还原

原始的感情

远处,微澜渐起

渐变的潮头,托起地平线

同我涌来

远和近,交织在我眼里

我用灵魂,才能对接的事物

无比神圣

令人神往

在夏天

一株紫薇,披着彩云

一丛灌木,缀满星子

一枝斜柳,独钓晨光

风,问过它们,捎来咆哮的河流

许多事物都在告别

与春,与夏

我在河流低处,比低处更低

忍不住想在晨风里唱一首歌

很快,选择沉默

一个微弱声音的分贝

不及风的万分之一

绿道上的鸟鸣

转山转水,绿道宛如一份意念

在美丽乡村孵化鸟鸣

山在目送,水在引领

每一声鸟鸣都是醉人的乡音

抬头仰望,碧蓝的天上

每一朵白云,都是鸟鸣的投影

田埂上的光阴

那时风轻,麦浪起伏

脚丫很小,走过窄窄田埂

庄稼编织的光阴

描绘出一望无际的金黄

网兜高举,搅动一地麦香

蜻蜓飞往家的方向

一顶草帽

收集着一路阳光

溪水的赞美

萦绕群峰,展开激情的赛跑

山谷里只剩下叮咚声

仿佛太寂寞,就忍不住开嗓

一刻不停地赞美我的故乡

我的故乡山清水秀

美丽从天而降,沿着山谷一路蜿蜒

岸上的树,用生长悬念的方式

凝望着绿水的欢腾

山水相爱,在仙居巍峨的版图上

生群山,育碧水

草木的逸兴,感染了勤劳的子民

顺势而为的溪水

向远方源源不断地运送宽阔

每一个旋涡里都住下花朵的语言

每一片浪花都在起兴涛声

而我欣喜若狂的是

它们从我家门前流过时，会停一停

仿佛等着我送上温馨的叮嘱

无论走远，请别忘把家乡赞美

葱茏的草木人间

换上新装展笑颜，歌唱着理想大地

在我们爱着的尘世

所有关于春天的消息

在路上，展现桃李报春的一望无际

一望无际

蜡梅枝头，春天举着花蕾

一遍遍高声喊着

在蜿蜒的山间小溪，春天如苔花

睁着迷离的细眼，滋长漫山的喜悦

像隐隐的雷霆，被激情点燃

山谷回荡此起彼伏的祝福

带着吹过山顶的风

它温暖的手，将故乡亲切地抚摸

写意

像清风坐在青石上

像深刻的思想，坐成了寂静

夏花如虹，芳菲过眼

像相爱的人，默守一生

荷池装下的天空

深度睡眠，任由花朵争艳

怀念（外九首）

· 康 泾 ·

我只用一个夜晚怀念往事

剩下的时间，熄灭所有的灯

我能想象，爱上蛇，也一定爱上它的毒液

离开一条河，就远离湿润

我穿越茂密的林子，只剩下湿透的衣衫

我穿越茂密的林子，总要忘记扬起的尘土

我穿越茂密的林子，将子弹推上生锈的枪膛

我穿越茂密的林子，野花已经开满背阴的山坡

我看着细菌快乐生长

它们长出一丝丝光线

缠绕我再也回不去的时光

回忆

被车流的尾气止住呼吸

一个人狂奔

想等到下一个出口

再吐出那口恶气

我敲着窗，密不透风的玻璃

隔断了我与这个世界的相互依偎

我其实深爱着你们啊
怀念我们举杯时的泪光
可是,枷锁总是束缚我
把想说的话扼杀在脑海中
现在,我形影孤独
多少人希望从我身上剥去
苍老的树皮。他们谈笑风生
没有一点亏欠之意
我擦拭一下溢出的血
戴上口罩。多年以后,我依然会记得
曾经路过这里,种下过樱桃,也摘过
带刺的玫瑰

手指折了

手指折了,那是我痛苦生涯里
深刻的教训
就像蚊子强奸一个人毫无防备的睡眠

我花九牛二虎的力气
将暗伤抚平
痛苦却总是在深冬的寒冷里提醒我

每次,我用另一只手去掰弄它
回复我的,只是
一阵一阵麻木

我猜想,只有当残疾的手指
指向蔚蓝天空
才能忘却
曾经与我的血肉相连

童年

几把废弃戒尺,几棵带露青菜
一幅生硬书法,一篇引以为傲的文章
仿佛春节前升空的焰火
还有点燃时的余温

一个人待久了,会想起抽穗的声响
人总要成熟,像麦子一样低头
对竞争者服输,致敬
都是胜利者指向天空的麦芒

我和我的兄弟姊妹曾经在中草药仓库里
捉迷藏。他们嘘嘘的时候
我突然在奇异的药味中长大成人
我爬到高处,看他们幼稚地嬉戏追逐
那些无名石子
和凌乱的野草
早已模糊不清

反刍

在高山与溪流之间,多年前的石头
洗得干干净净,像岁月,又像记忆
洗过的石头越来越轻
与骨头说出的话
一样温柔

风把路也洗得干干净净
没有了清洁工,路越来越虚无
总有一些碎石磨牙
总有一些夕阳挂在枝头

我偶尔还会在冰冷的河岸坐坐

绿植吸收直射的阳光
我开始慢慢学会光合作用
把吃下去的草
一点一点反刍

飞鸟

一只鸟终于飞走
不知还能不能回来
端坐枯树之上的我
萌生发芽的念头
石头如果同时开花
一定可以一起度过这个寒冬
我打开垫在屁股下面的废旧报纸
那些字迹充满模糊
这时,又有小鸟飞临枝头
我开始对这些陌生新客
喋喋不休讲老掉牙的故事
它们不小心掉下几片羽毛
像多年前就已找不到的
薄薄春衫

背叛

别再往前走了,为什么要走到尽头
你跟那些石子散步
它们会融化你的反感吗
你踩踏过野花的张扬
却跟着一阵风行走
你将丝带系上树梢
还把背影留给善良
我有衰老的肌肤
却没有腐朽的思想
我只学会把一滴露水

奉在手心
三年了,耳朵里灌满
背叛的风声,依然用透明的镜子
照亮忠诚。在黯淡下来的黑夜里
我只要默不作声的呼吸
把一枚鹅卵石
磨出霍霍的声响

戏

只是早生华发。我一根一根
拔掉,拔去碍眼的钉眼
疼痛时,后悔就开始窖藏
郁结时,悲剧就悄悄上演

我化最后一次妆
扮演老生的服饰还崭新如初
为仅剩的两三位观众
端出廉颇热气腾腾的饭菜

剧场空空荡荡
虽然没有落幕
无良观众却举着斧头
守住出口
世界啊,我忍不住捂住
行将爆出的粗口
一个人,呵护善良
让它绕道而过

绿色植物

装修一新的书房需要绿色植物
来评估。我向来不研究
植物的功效,只在乎颜色

那种由内而外的晶莹

你不会在乎蔬菜的颜色

不会在乎客厅的壁画
出门笔挺的女式西服
还是饱满的旗袍
甚至不会在乎穿什么鞋
喝什么牌子的啤酒
不在乎这些,因为更在乎冬天
每花透出嫩嫩的绿枝

而放置这些绿植的阳台
它们肯定不知道
自己何时会被一个在乎的人
移动到别的故事中去

逃离

我们在匆忙中逃离黑夜
逃离一个乡村的安宁

明天,我们必须逆风远行
跟早起的鸟雀不辞而别
跟幸福说声抱歉

我们是停不下来的磨盘
将土生土长的食物嚼碎
我们背上悬着一根鞭子
它抽打黄昏,也抽打着黎明

城市（外六首）

· 王景云 ·

下班了
夜晚的城市,怎样着笔?
虚空的霓虹,闪烁迷惘的词句
虽有光亮,却是破碎摇晃的红酒
易碎,不真实

踉踉跄跄
踽踽褴褛的梦
疲惫,已超载
卑微的幸福,止步于胸膛
不敢掏出来,不敢掏出来

怕它,灼痛
你的眼睛

运送小星星

一颗螺钉,就是一颗小星星
它的闪耀,组装在工件上
流水线,传送带哗啦啦
运送着许许多多小星星
那些小星星
寄托着无数迷离的梦
和清晰无比的名词:

房贷,生活费,医药费,学费
它们变成了跳动的音符
幻化成流水线上每一粒
汗水析出的盐

填满接口

夏夜,闷热,无风
150瓦外热式电烙铁
在烙铁架上"嘶嘶嘶"吐着黑烟的龙
腾绕厂房。烟雾混杂焊锡
焊锡膏和松香的气味
钻进干渴的喉咙
张师傅,咳嗽声
随烟雾飘出窗外

电热丝烧得通红,汗湿的背部
一大片盐渍地图,就是他的远方
铁折板,码在盛具箱里
一排又一排
焊接金属计量壳与铁折板
光亮无痕,接口严丝合缝
工房内,40℃高温
炙烤他的耐力和低微的愿望——

一部儿童自行车,儿子盼了好几年
周末夜晚加班,好多挣几个钱

郑幺妹

一根黑胶圈,套住郑幺妹的青春
流水线上,手被胶腐蚀,溃烂
脱皮,红肿
几次去医院,未好

我告诉她"你去找老板啊!"
"不敢"

胆怯的幺妹
你的青春被黑胶粘着
被粘在了四分五厘般廉价分值的工件里

没法讨价还价
日子还得继续
"妈妈病着,弟弟要上学"

八点半上班
你七点就来做工
半夜还在车间

老板却甩你一句
"没看见你半夜做工"

黑色幽默

焊接,这工种
是小兽,长獠牙

我被分配做焊接工的时候
怀着身孕
好心的易师傅告诉我
这小兽会五毒掌,手掌携风一扑
焊锡丝,焊锡膏,松香
就发出黑烟,气味攻喉

黑幽默,敌不过恐惧
壮着胆,找主任
他甩给我一句:
先干着吧

愤怒的小鸟

班产量指标
像疯长的野草

小安和我同路坐公交。说：
最初1200涨到2000
现在涨到了2800

终于，沉默如蚁的工仔
变成了愤怒的小鸟
车间里噪音陡升——

这下喝水，上厕所
都得跑步了

娟子

娟子，三点一线
车间，幼儿园，家
铁锈斑斑的程序
日复一日

今天，例外。倒在床上
做了200只表，测试不合格，
明天得返修重测
太累了！

五岁的女儿问：
"妈妈，你不舒服吗？我饿了
你别上班了好吗？"
"乖乖，妈妈不上班你吃什么呢？
妈妈的肺伤口有些痛
歇一会儿就好了"

天上的事物（外八首）

· 萧　萧 ·

苍天不断给我们来信
那时的一场大雪落在镜片上

在镜中，我们依次看见
惊雷、闪电、秃鹰和积雨云
它们都是布道者
冒死奔赴人间

天上的事物都是人间的倒影
让我们心生欢喜。而看不见的
总有一条地下河越过生死界
竖起抵达神殿的天梯

我所爱过天上的事物
都是亡灵写给后世的绝笔

薄暮

此时坠落的不只是夕阳
一片羽毛托起天空
在迫降。暮色逼近
我比飞鸟更早抵达苍茫

彼岸的人民在跳圆舞曲
广场上每个人枝繁叶茂
像极了沿途的树
忘记了那年冬天
那么多叶子卷走了暴风

异乡人的暮色
配不上一个城市
伟大的庆典
埋在他们心底的疼
与黑夜来临前的恐惧
在薄暮中加剧

新年书

寒潮来袭,关好门窗围炉夜话
该说的风雨都已经说过了
然后雷霆重复一遍
来不及说出的交给一场大雪
摊开辽阔的控诉书

一场雪奔赴的人世
已经面目全非。努力堆起来的雪人
始终没有骨头、血性和灵魂
像极了正在消失的肉身
此刻万物开始建构新秩序

再次写到尘埃

如果再次写
我要把一个巨大的人
写进尘埃的内部
成为它卑微的一部分
把柔弱写入骨头
把大江大河写进血里

如果非要写我与尘埃
血肉相连的关系
一定要写它落定后的叹息
更要写它在风中扬起的瞬间
向天狂笑
让大地瑟瑟发抖

当它在风中坠地时
那一声巨响
我从不敢轻易写出

今日雨水

下雨了,人间更陡峭
街上的行人再次裹紧了身体
正在发生的事情仍在继续
春天仍然与人间失联
更多的失踪者生死未卜
雨再大也无法洗净
铁链的锈迹与人世耻辱
隐约听到风吹进了战栗的身体
万物仍有所期待
只有遍地野草才有资格
宣布春天的到来
也只有任何一棵野草

宣布春天的死亡
才值得可信

虎年春居图

立春之后,春天剧烈摇晃
盲山还在习惯性沉睡
等一阵春风吹过来
蜷着的人仍在彻夜难眠
铁链之痛蔓延人类的版图
到春寒逼近每个人

纸上的春天如约而至
太阳霍霍亮出锋刃
万物乖乖地交出鸟语花香
一棵树拥抱自己颤抖的影子
大雪封山,慈悲之心收纳的春天
有白日焰火、更有滔天虎啸

在青岛

天空昨天给来信
雨夹雪,似乎有千言万语
又似乎什么都没说
但我最终收到的
只是一个电影的故事梗概
再过几天
如果老天继续给我写
酒店已查无此人
我走过的路
将被另一些脚步
再重复走一遍
像一部没有开始的电影
预设了一个结局

所有的剧中人还在画外

再续白露辞

一些树矗立街头
来往的路人替它们行走
我仍然站在白露深处
落叶赶来陪我送秋天一程

我还不配做任何一棵树
无法替人间承受一层白霜

白露之后我像个伐木者
在禁锢之地砍伐一片神秘森林
更多的时候我只想做一棵树
使用落叶的声音叫醒另一个我

乌云压顶,群山提着闪电
冬天正准备从我身上伐木取火

与秋天无关

愤怒的不只是那些树瑟瑟发抖
还有空山、悬崖和流浪者
等着瓜分秋天的第一枚落日

第一场秋雨暗藏杀气
许多事物开始再次挣扎
所有战栗来自风声的内部

每一阵风都蓄谋已久
总有夜归人从一座空城里
掏出落叶、朽木和薄凉

蝉鸣下山压低了屋檐
雨后不宜在门前高声语

那么多鸟在倒影里挪动天空

新年辞（外九首）

· 袁同飞 ·

不需要暗示。当腊月的雪花
落下时，我开始数着不眠的步履
与一条溪流亲近，在雨水反刍的响动里
每一场雪，将为春天吐出一个美好的隐喻
还有比一只蝴蝶更接近这春色的词汇吗
我的四周，已被春风点燃，或包围
此刻，整个世界是甜蜜的，热烈的
良辰美景里，临水而居的桃花无声地绽放
而我一直爱着的白玉兰，始终没有出现
但我不会拘泥于一草一花，一城一池
更不会再低头在尘世间翻寻命运的奇迹
我只愿意做一株小小草，小小叶，小小茎
和你共沐阳光雨露，遇见久别重逢的欢喜

冬天的边上

从这里开始
时间，噼噼啪啪
我想念的地方，野草开始点燃
像一朵朵思念的火焰

寒风的骨髓里
我一遍一遍地凝视
那些又白又嫩又艳的人间精灵
它是否压紧母亲的心，成为乡愁的药引

我已很久没有见到故乡的明月了
冬天的边上，风在逃跑，河流在逃跑
只有我深陷尘世，一遍遍看来来去去的人
徒步走过苍茫的一生

序曲

岁月之外，粉墨登场之前
我忽然发现，所有的人间起伏
都是生命写给大地的情书

那些无声的、飘着墨香的字迹
在阡陌中崛起，化为彩色的图案
始终充满一束影子对光明的敬意

白天黑夜，以轮回或重生的方式
像一对孪生姊妹，走向四面八方
在纵横捭阖，在滋生力量

在我经历的每一个阑珊中
我试图阐述一种铺垫或一种必然
原来它只是一个错觉，或一次梦魇

通向远方的道路，也通向山水

及事物,如同内心的潮汐
流淌的记忆,都是无言的背影

这个夜晚

这个夜晚,在许多年前
就被儒家、道家、墨家用过
被兵家、阴阳家、纵横家用过
还被数不清的农家、杂家、法家用过
只是这个夜晚,早就脱胎换骨了

想起这个夜晚,我的眼泪就止不住了
这是人间第一个,也许是最后一个夜晚了
它像佛。像慈悲。更像一寸寸爱的影子
经过这个夜晚,也许没有人记得我的爱了

这个夜晚,已经沦陷。我却无人同忆
还是回到梦里去,明月,灯盏,还有
舌尖上的甜蜜,仍在我的血液里挣扎疼痛
我哭着,喊着。这个夜晚就和我就较上劲了
我被风吹得七零八落。骨头铮铮作响

我无比热爱的这个夜晚,一直有山的影子
有水的影子,有故人的影子,也有你的影子
遗憾的是,这个夜晚,已经没有人陪我同醉了
一条通往天堂的路,终于在这个夜晚平静了

与己书

月光之上,一只盘旋的飞鸟
轻吻理想。湛蓝的云朵飘浮在空中
向着地平线,眺望第一缕曙光
一颗烂漫的心活着,总长出涅槃的翅膀

人生,多像隐秘的风,隐秘的潮汐
又如昙花一现。时光不会再回头了
指尖上的流水和鸟鸣,将带走一切悔和怨
只是经历的每一个夜晚,都不曾忘记

因为一次次茫然,身心变得空旷
只有流水,保持着一种浪漫主义的忧伤
一张张白纸,压不住我内心的焦虑
只有沉默,将心绪梳理成惶恐的暮色

一个人的天空,是多么的寂静啊
唯有时光的背影,雕刻着内心的光芒
一道划破夜空的闪电,让我失魂落魄
因为,我就是那醒来的忧伤和风霜

还乡

无数次,无数次
忍不住为你写下两行,又删去两行
雨,最适合在今晚落下

影子漫长。时间不过是一种幻觉
只有你在寒风和老屋中为我独自守望
炉火旁,总有我爱吃的爆米花和烤红薯

外面天寒地冻,我要还乡
失眠的人,已动身迎接露水和晨光
亲爱的,因为有你我不再恐慌

一个意象中的词汇

一个意象中的词汇,就在那里躺着
不动声色。更不能自己打开自己
只能悄悄地抹着泪,打发昏暗又无聊的日子

它空旷,寂寞,战栗在绝望中
因为无用,它灰头土脸,反反复复自虐
那些抓不住的情节,抓不住的意念
在寒来暑往中,终于化身为梦的钓钩
突然撞进透明的、有故事、有灵魂的风里
之后,它就变成鲜红鲜红的一朵花
在装腔作势地活着,在天马行空地活着

明天有雨

天空低沉
水边,叫不上名的几只小鸟
忽上忽下地飞。天黑得很慢。很慢
我坐在从前的岩石上,望着天边黑漆漆的流云
　　发呆

一颗杯盘狼藉的心
伴着羸弱的生命,让一切琐碎、惘然与裂痕
有了许多战栗的情节。而世事的棋局
和绳索,在黎明前,悄悄地完成

往事,已如残梦
明天有雨,而灯光丰盈。则是另一场虚空
还会停留在我的天空,我的河流。但我的梦想
　　和前程
无论如何,将会在明天——安放

一阵风吹过

一阵风吹过
月光,如漫天纷飞的小雪
把我泪珠里的花朵
一次次灼烧

一阵风吹过

火焰,藏在我的心上
暖暖的,欺骗了我多少年
落下许多虚弱的词汇

一阵风吹过
月光,把一片片雪花藏起来
让失魂落魄的我
咳嗽着,写下一个怀念的名字

一阵风吹过
火焰,从记忆里走出来
并四处游荡
将承诺和至死不渝在那个冬夜

涛声远去

一条小路,弯弯曲曲
直通大海。我听见了大海的涛声
我的眼前,无数浪花在翻涌它的前世今生

有几只海鸥
带着云朵在低低地飞——
风,从海上传来涛声远去的消息

此时,我想起满腹珍珠的石榴果
想起外婆的月饼、桂花糕,想起妖孽、鬼怪
想起淬火流金的儿时岁月

我怀念的夜晚
再次跃起,冲上悬崖。那么多的光和影
幻化成一张张走失的脸,从不回头

涛声远去。看白鹭飞翔
看潮起潮落。我点燃心中的远方
那潺潺的意境,咿咿呀呀,山高水长

母亲和煤油灯（外四首）

· 汪东福 ·

寒夜，我在火盆边做作业
借一豆灯光，翻阅手中的课本
窗外的月光已经沉睡
凝结成洁白的霜花
母亲坐在昏暗的煤油灯下
给我们兄妹缝制棉花鞋

孩子们的鼾声轻轻地敲打着夜色
灯光越来越微弱
母亲用针头轻轻挑拨灯芯
房间里顿时亮堂起来
密密匝匝的针脚，泛着一种
被抚摸出的温暖

我无法知道，那些年
母亲熬过了多少个夜晚
只记得冬天的时候
我穿上厚厚的棉花鞋
走在冰冻的上学路上
煤油灯染白了母亲的头发
而她缝制的棉花鞋
一直陪着我
走出了偏僻的小山村

我坐在月色的空白当中

我的肩上落下了该落的尘埃
我的脚下长出了该长的乡愁

我坐在月色的空白当中
轻盈如一声颤动的蝉鸣
等待冬天的到来

像雪花一朵朵从空中落下
多情，洁白，无瑕
向四处飘散，飞舞在各个角落
有的忘记在梦里，有的遗失在山间
我在河面上眺望
循着月亮的脚步，踏歌而行

一场相聚，可以如此简单
在故乡某个空旷的地带
漫游在一杯酒里，不知归途
每个人都想回头，在逝去的
时间里找回自己
却发现，从来都没有走远

我在风中站成一株稻穗

如果愿意，我会时常在
朝东的窗户驻足观望
在窗前种一盆兰花
每一个早晨，闻着它们的芳香
迎接旭日的升起

随手打开一本书
在字里行间，找寻似曾相识的情节

有时,会把另一个我
藏在过往的故事里
生怕被别人翻到

我一直向往这样的生活
小屋笼罩在雾中,水声荡漾
一朵朵野花竞相开放
我正从田野耕耘而归
露水的晶莹沾满衣袖
此刻有蛙声穿越,鸟鸣围绕
我在风中站成一株金黄的稻穗

秋天的眼睛写满彩霞

傍晚的时候,我总会刻意走到门前
倾听昆虫的鸣叫
每一株稻穗扑闪着秋天的眼睛,写满彩霞
清纯的山风吹弯了它们
金黄和绿色交融,如此的和谐
我把一些喜悦放在露天
草丛、石头或者河床上
希望耕耘的回馈
吸纳天地灵气而得以无比澄澈

流连于浑厚的田野,端详
每一株稻苗的苗壮
想象它们被阳光轻轻抚摸
如一本诗集被翻阅,大声地朗诵

作为这个节气最好的注解

我希望秋天驱散一切迷茫和疾苦
心底充满感激,常驻温暖
用一首歌向季节诉说
祈祷每一个黑暗的角落
有灯光,亦有笑容

最好的意念是黄昏

从呼吸的颤动中,感知
亲人一般的宁静
这是八月,最好的意念是黄昏

喜欢几座土屋,牛群,野草
点缀放牧的路
轻松的小调,解读自然的味道

几缕清泉,抚平石阶的泪痕
当初的约定,风中的誓言
仿佛听得见
人类与城堡之间的对话

线穿过针,溃疡直抵血泡
阵痛无法表白
正提笔写下:一段生命的飘摇
最好是今天,最好你走在我的前方

渡江行（外九首）

· 津生木措 ·

舟行之上，我们都是无骨之物

重量近于浮云

被江风簇拥着往前赶

而世事空茫，江水跳跃

不确定的光的直线与水的曲线

将把我们引入何处

我们这些理想主义者比浮云想得美

舟行江面让我们突然成为旁观者

江风提醒了我们站稳的能力

对岸码头的附属物

像哲学里伸出的手臂

它招引我们的是仙境还是虚无

玄密的远行充满惊悸

假如有鱼跳上甲板谁能说

获得了短暂的欢愉

白头鹎从头顶飞驰而过

谁又能说这不是一次偶遇

谁能从浪花的明灭里

完成与鱼的对话与求证

浮云不得不向我们道一声珍重

这大面积的偶然性

赠予我们的是什么

舟行其上，对岸逐渐清晰

与我们的想象力所能达到的仍有不同

奔月行

从月光与树影的混合物里

溢出的是什么

是梯子的一段横木还是

飞鸟的一截翅膀

无人回答

留下来听墙脚蟋蟀讲述奔月

故事的，会是谁

我试图随便抓几个让你看看

其实我很快结束了这想法

这几个人你都不认识。他们与嫦娥

一样成悬浮状

地上的时间比月球上要慢

我用风吹加速我们

逆月光而上的行程，似乎已成必要

蟋蟀长鸣有必要

夜加深有必要

是什么让月光产生了斜坡

又是什么，让斜坡长成了梯子模样

悬浮着，等我们攀登而不能

插花行

月季喝足了尘世的露水后逐渐苏醒

它的叶面上有迷人的香味
早霞有说不出的甜味
植物美和人世美,同时与以我

我剪下一枝泡入药液,再移栽到
另一花盆。盆土深褐仿佛
已在尘世停留太久
花盆安详,仿佛刚抱住一个婴儿

我将有更多的朝露与晚霞
谁能坐在我对面,饮下今生的爱与美
像这枝月季
深深喝下泥土中的养分
再用力抬头,在垂直中欲迎风雨

而麻雀声清冽,像是谁的幼年
这从墙头上掉落的声音
保持着它的垂直性不被风吹散
而我插花的身影在时光中
仍旧弯曲,是那种向垂直致意的弯曲

晚霞行

一只燕子冲上晚霞它
仿佛只做出一个姿势而
始终没有冲出去

始终在冲出前的一刹那使劲用力
像一头牛
掂量对方斤两决定使用的力度

我点上一支烟,看燕子如何使劲
如何从与晚霞的距离中
完成一种高难度的接近与喜悦

地下一排白杨树,在风力作用下
拼命摇晃
为燕子的冲力提供后劲

半空中,燕子孤悬
晚霞浮悬
一场无声的大战空悬

我应该暂时退到燕子油黑的翅膀下
或者闪亮的牛眼里
而晚霞还未散去,仿佛将永不散去

故家行

老房子孤独,昏暗,瓦上草直立
如我的记忆
风吹弯仿佛也不可能
昨夜在城市餐馆喝酒
酒意至今还在我体内滚动
那个闪亮的女侍者
仿佛是我初恋者的身体
现在她突然从空中直着掉下来
我从一个旧木椅子上
看见了最初的恋人

在房前直冲云霄的老槐树上
我完成了体内积压的失衡的转换
属于我的稳定性正在到来
倾斜已无必要
我身体里的信念直立,均匀

房顶上恰好落下一句
棒喝:回到童年的深渊中去

房子突然变大
我还未来得及带上几声清脆鸟鸣
就被连根拔起
刹那间,我严重不足的身体完成了
从故家外壳的进入
稳稳地出现在深渊里

柳岸行

我看到三种下沉物:湖水、垂柳、芦苇

湖水,在一只鸟漂浮的叽喳声中
慢慢沉下。它是谁的身体
需要多大的叽喳声
才能拉住它不至于沉得更深

垂柳降落,想到它为何这么顺利
那速度是谁给的
现在它不语,我们也不再喧哗
在它的安静里我们找不到柳枝的浮力

芦苇,夕阳中它低下高昂的头
就像寺院的钟声完成了
从僧侣到俗人的转换而
我们仍在仰望钟声之顶

那只鸟盘旋在我们上方的高处
它用力这么大
仿佛在拉着我们,仿佛不能舍弃

永夜行

蟋蟀在鸣。高音部似乎在房顶
低音部在树根

我在床沿,在无声区。此刻
蟋蟀的叫声蓦然入窗,似乎高过床沿
我此时的困境
似乎在床沿之上与它相遇

夜晚安宁而透明,解除困境的秘本
似乎一个指头就能触到
能看到这些年,我离它有多远

现在,蟋蟀的叫声回到房顶与树根
床沿空置
像一个临时客栈

床沿因减却蟋蟀的叫声而飘浮
作为房客,我应该在床沿坐稳
还是转移到蟋蟀叫声的深波里

扑蝶行

花坛上方,一只蝴蝶的到来是
谁也挡不住的审美暗示
蝴蝶在这个下午,应该优雅飞舞
或者退回到乱草的籽粒中

我们这些生育了好多子女的人
现在应该生育一堆青草
即便荒芜,草籽深深的喉咙也能
把蝴蝶的理想主义吃进去
在这个时代,理想主义给我们的是
稀少,单薄,孤寂
草籽空着的喉咙,多么有用

此刻,蝴蝶的理想主义附着于翅膀上

我们守着这看得见的趣味怎么办
而花坛让出了剩余的时间
供我们俯身一扑
也难免空劳芳心失败而归
如果蝴蝶的停留只是一瞬
那么我们的俯身一扑,离蝴蝶会有多远

寻爱行

你们说爱已逃亡假如我能从这
纷乱的世相中伸手摸出
一个寻找器呢

此器不可示人故存于秘制罐子
存于墙角的枯枝败叶
我扔掉的鱼骨头中
我的不合时宜与莫名苦笑
脚趾头抵着的烂泥中

我的寻找器就要上路了就像
棋盘里的马镫紧了后腿
时刻准备越过楚汉

对面的街灯像是被谁拧得更亮了一些
过街猫脚步加快
我的寻找器准备了足够的"嗖嗖"声

也许爱只是一个名词本来居无定所
并非它的形状如盘声音如鼓
而我的寻找器
却以永不言弃为恒定速度呢

听鸟行

起初是一只鸟叫唤,之后
是众多的鸟
听出一只鸟与众多鸟声音不同
但仍然需要倾听
这树林深处有什么

众鸟不鸣。它们集体歇息
但仍然需要倾听
这树林深处有什么

此刻,我们口中发出呼喊
它与鸟喙里的呼喊有何不同
让我们的声音如此低沉

鸟们站在高于我们人类的地方
此刻,我听见我们骨缝里鸟鸣不已
也许是小鸟钻进了我们的身体
让我们翩翩而飞却不能声布华林

天涯（外七首）

● 胡庆军 ●

文字之外
那些故事渲染了天空和大地
可以寻得到一些珍惜的痕迹
消逝在云里风里的
是相生相依的万物

该演绎一场生命的聚焦
像日子紧靠着日子
像光阴追赶着光阴
像我紧拉着你，感悟之后
折射成岁月，还原
咫尺或者遥远的梦

生活

生活，规则或不规则地排列
被放逐了的，是鲜活的陈述
时光中，抹不去的是经历
朝朝日升，暮暮日落
忽然想起儿时，远方
就是村子之外的世界
而如今，身在异乡
远方是一缕故乡的炊烟
在一首老歌里升起

日子如微风
不急不缓地催促着人生的脚步
缓爱漫步或行色匆匆，都不重要

老屋 镶嵌进我们的历史和传承

如同站在时光隧道里
日子与宁静连接
诗意的色彩被镶嵌进感情
光阴在慢慢流
老人们诉说着祖辈的故事和荣耀
眼睛里闪烁着光芒

伸手
就可以触摸到了老屋的温度
一种温存的味道
维系着固定的走向，旧事
被那些记忆剪碎

山坡上盛开了鲜花

你看，那山坡上盛开了鲜花
在季节的末端，那些美丽苍老了岁月
故事苍白了等待，心情清瘦了时光
那一季花开的声音，在目光里绽放千年
谁填了那阙古老的词牌，把盟誓珍藏
捻一瓣心香也好，诉一段忧伤
那些红尘初妆装点了最初的面庞
回眸，那些泪水映着一缕月光
一起走过的地方，味道
在经络的脉线上蔓延
伫立在时光隧道的堤岸

痕迹遗落在河流的每个转弯处

阳光下的景象

你轻柔的话语
绚丽了阳光下的景象

你看,盛开了鲜花
如同我们走过的青春
当最后一片花瓣飘零
日子慵懒地安憩在我的眼角
心事在这样的安静里被细细打磨
那些斑驳的光影也晶莹如琥珀
定格了流年里的曾经
记忆里那些脚步装点了路程

此刻,那些诗句
打湿了我们的眼眶

多少故事在光阴的尽头成为历史

记忆,被阵列在时光的山坡上
那些花朵,斑斓成最真实的样子
细节,一代又一代延续演化
安静或者大声喧哗,在空地的边缘聚散
走了很长时间的路
穿过了一座一座营寨,将自然景物糅合
真或者假,都丰富了我们的想象
谁的背影在拐弯的街角消失
怎样的声响,伴着社会变迁的脚步

历史肯定也有记忆,坚强与刚韧

被深深埋藏,被刻骨铭心

打开

可以打开历史的画册,也许
无法找到我们的故事
那些大人物、小人物,那些英雄、平凡人
都用文字的形式,留下自己浓墨重彩的一笔
忽然想起很多年前,我在族谱上翻查自己的
　名字
如同查找农耕时代的传说,祖先定下的规矩

现在,我的户口本上的籍贯一栏里
填写的是一个对我的父辈来说很陌生的地方
在这里,没有了熟悉的老屋、悦耳的乡音
故乡和某些历史逐渐淡出视线
而我也被老家遗忘

岁月之外

岁月之外,故乡
在整理族谱的时候会加上几笔
那些有关历史和我的记载。然后
会被时间一一抹去,了无痕迹
越来越多的人,叶落归根
也许只能是想想罢了

音乐 文字 风景和故人
是生活的解药吗
很多年以后,那些真真假假的故事
也成了历史。很多年以后
那些历史也成了真真假假的故事

桃花情（外五首）

· 西　玉 ·

有些爱总是那样缱绻，不管
是红楼，还是聊斋
在春风里一茬茬默念着发芽的爱情
仍旧惹恼着春光和蝴蝶

虽然，日子越走越厚
倒春寒在一场雪里一片一片叠加
妖气魔法
可是，鬼神恋，人妖恋的故事
让一棵树悟透了天机

桃花开了。粒粒春光读着
岁月寄来的情书，那些
从画屏上走下的美人。还有
粉红的爱，让江山年轻了三寸……

桃花吟

二月料峭。北风不敢退出江湖
燕子用声声呢喃修改着一些还在肆虐的病句
春天的马蹄逆风而上
哪些残缺的蹄音溅起了一枚修辞的春红
我看见桃花奔走在去往春天的路上
我看见蹒跚的春光露出血色镶边
红红的高跟鞋在趔趄中擦出泥土的芬芳
走吧，跑吧。朝着春的方向
从黎明到黄昏每一步都是你花开的底色
也许，一眨眼。天和地都是你的……

桃花梦

我看见，卖火柴的小女孩手里举着火头
在夜里奔跑。跑到哪里
哪里的星星就在桃枝上安家了。黑黑的夜
点缀着一缕春风的绝句，一弯寒月
走着走着就被一枚修辞拽进一枝春天的门缝里
待爱醒来的时候，一声轻吟从黎明探出头
春就红了

桃花灼

灼灼的爱，未下轿
一声唢呐就唱出了妹妹的娇羞
黎明打开尘世的眼睑
带血的爱情在一身旗袍上放逐着一阵风的娆娆
没有人比一只蜜蜂更好色
一不小心就陷入一场爱的风潮
灼伤的痛
让爱不再麻木

桃花艳

寒冬漫漫，她躲在江南的红楼里
西厢下吟诗弹琴
不吃不喝
靠一些婉约的词撑起寂寞孤独的
日子

一九、二九、三九……
海棠花搀扶着沦陷的爱情
雪花送来天堂的贺礼
桃花在一夜间装饰了春天
红红的嫁衣,醉了迎春的人
喜鹊叫一声爱就长三寸

桃花痴

春天没有了你,就少了三月
一旦你绽放了三月,三月
就无人敢染指。爱你的人走了
年年的春风还在
笑吧,笑吧……
只有你可以让一个月份倾国倾城
一首唐诗流着爱的泪滴
所有春潮都为你涌动

一头驴（外三首）

· 林 枢 ·

这一头驴今天本该休息
却要驮一袋麦子去远方
肩膀上溃烂的肌肉
在冬天里渗出了血水
我用布渣叶没能将它治好
那些痛。在它心里
那些无奈。在它声音里
这些都像我的父亲

驴驮着麦子不断走向远方
它不知走到哪里才能卸下肩上的重量
山草已经荒。河水已经枯
太阳下山就是夜
驴走到哪里。哪里的夜就特别的深沉

庄稼地

晚风陪我去过庄稼地
九月的稻谷。没到霜降
不肯低头不肯黄
田野灌注着禾花鸟的声音
它们吃虫子也吃谷子

这个吉祥如意的北风天
我对所有的田野充满盼头
金黄的谷子。让土地有了荣光
犁耙们向着雨水宣誓
多么好的年景。牛群住在温暖的草垛里
开心听冬天的风响
替农人仔细地盘算着今年的收成
想那些庄稼地。空闲时节
长尾的黄鼠狼

也行走着。夜风的呼呼声

练硬自己的翅膀

飞出自己的高度

给一只鸟

你来。我院子冷落着夏天

空树装满蝉声

我依然听得见，你和谁说着秋天

在一朵云里我睡了很久

风不曾来过。夏天还住在

一片叶子里

这人世间，你对我贡献了什么

空落的院子

你对我贡献了声音

多干净的日子

去了又来。如人的前世与今生

在某一个场面

我们把水当作一面镜子

柔软地现出外表，和内心

我也想做鸟，在风中

关于夜的印象

天是蓝顶的

近处杂物篷的轮廓

形成抽象的人世间

房舍黑灯的人睡了

夜用心地收集起白天的语言

远处桉树林墨糊糊连成一座

城

此刻。城里面应该

宿着鸟。行走着兽。飘着魂

靠海的南方。渔火点燃了一片云

夜最像夜的地方是山，依稀看得见脱毛的背脊

与我想象的样子

一个僧人提着经幡

默默地朝拜神灵

雪线（外三首）

· 深　雪 ·

村庄也静了下来

我端坐在窗前，看见自己

闪烁的星光跌落在冰河上

我怀揣隐疾，体内的水声寂静

时间的灰线倒退

火焰仍旧在梦中出现

天亮了，我重新整理房间

仍旧不施粉黛

在干净的清晨

迎着凛冽的风向

成为寂寥的雪线

从沉默到沉默

从沉默到沉默

独饮一杯喝不尽的苦酒

我关掉手机,紧闭嘴巴

把自己从人群扒下

待在苦觅而来的岛上,如此自由

从沉默到有人躺在我身旁

风暴还在我紧闭的双眼里持续

我感受到我的矛盾使我真正迷惘

大部分时候我们沉默

不要谈论忠贞,被丢弃的玫瑰早已丧失迷香

当你说出永恒,黑夜塌陷为窒息的牢笼

不能碰触金钱的腐臭

现在是空谈真情的时代

大部分时候我们沉默

在休战的和平里,治愈别处得来的负伤

无从表达

海水早已退去多年

残留在体内的潮水仍没能

教我柔软,这些年里

我依旧坚硬

握在掌心的沙砾越来越多

我时常试图摊开

又时常较真紧握

我总热衷于美妙而失真的梦

仿佛那里才有我该过的一番人生

夜晚的星辰我已经看不见了

我自己我也很久找不到了

庸俗化的生活远离着诗歌

我如尘埃我越来越低

属于我的表达

埋葬于无数苦闷之下

每次试图用力发声

却发现不是音量过低

而是我已无从表达

偶性的光影（外四首）

· 王少明 ·

我习于孤居

更喜于独行

孤居在简陋的小屋

独行在一朝风月间

我不想去憧憬高悬的永恒

也不愿去叩问

有否铁定的究竟

只想自由的呼吸

让思想的细胞

多一些偶性的光影

我恐于内卷的纷争
也耻于无骨地躺平
唯愿在孤往的夜空
营造一座灿烂的星辰

淡淡的香
无声的笑
从不因风
而飞舞
因雨
而飘摇

秋草

不知何时
突然喜欢上秋草
因了它
我的人生多了一道坐标

我喜欢秋草的
无私　无欲
自足　低调
从不在这个世界
争名夺好
侧耳聆听它细美的声音
宛若天籁
在耳边萦绕

它紧贴大地
不去与大树比低高
也不愿攀上高枝
争个什么俏
只管拥着地球
一直吟唱自己喜欢的
古老小调

我也喜欢秋草
浓浓的绿
细细的苗

我更喜欢秋草
雨后天晴
身上挂的露珠
晶莹　剔透
纯粹　美妙
在七彩之光的映射下
珍珠般洒落在
每一片叶梢

秋吟

她挽着秋风的衣袖
款款而来
不意间与我撞了个满怀
我陶醉在风中
风入住了我的心寨

她乘着秋夜的星光
温柔而来
眉目传情地寻找着爱
那夺人心魂的双眸
简直迷得让我发呆

她披着明丽的秋阳
闪亮而来
大地因她铺满一片斑斓的色彩
在色彩的映射下

她唱着丰收的歌
天籁般的歌声中
我聆听到的
只是一份自在

灵曲低回

我想让双脚
像榕根深植于地壳
免得它紧跟风跑

我想让秃顶的大脑
重新生出万千发毛
每根毛上站着一位天使
高唱着
"青春"的歌谣

我想窃取古老智慧的灵巧
让它在我心坛发酵
酿出爱的慈悲
再也听不见
无辜生灵
在地狱发出
撕心裂肺的嚎叫

我也想成为
一根不起眼的小铆
铆接的地方惟妙惟肖
哪里有裂痕

它就会在哪里
默默闪耀

自由地潇洒

我从大海撷取朵朵浪花
把它洒向海角天涯
如如的海天
互相拥吻得像
伊甸园中的亚当和夏娃

我从天空裁剪几片云霞
让它灿烂地照亮在我生命的低洼
唯愿栖居的大地
诗意地弹奏着
我心中无弦的琵琶

我曾在生活中拼命地挣扎
满身刻满道道疮疤
告别熬过的苦难
让它化作一杯淡淡的禅茶

我曾虔诚地卜过卦
卦语难以给我一个圆满的回答
禅坐中渐渐感悟到
只有佛号的纪念
才能让我沐浴在佛光里
一任自由地潇洒

春天，在动静的心扉（组诗）

· 张　牛 ·

立春

意在飘风，乖巧的树梢亮出手语
蝴蝶铆足了劲儿赶来
如约，闪现在许下诺言的日子
俯仰之间，思想有趣地滑过脸颊
在花朵燃放的爆竹声中飞扬神采
行云洞悉漂移的陆地，明媚蔓延
在一条通透了的道路
奇幻如所见，或所不见
橙色一面，在橘子的甜意里
春光在祈愿的天空
外星人在更远的天空

雨水

呼应时节，雨水跑起了马拉松
在时续的飘洒中演绎花样
微小或不微小的声音集合在一起
迸发思想的旋涡挤拥在汇流的雨水
弧度之外的羽毛匿迹在凌乱的天空
在亮相水光的轮转中释然幻觉
吮指。品读原味。疏野刷新了叙事
草丛披露葱茏活泼的截图
芽叶上欲坠的水珠触动心弦
在烟雨低垂之际找寻风的呓语
人走在路上，仿佛轻了

惊蛰

骤然腾空的一声鼓点，骚动在大地
"清脆的，嘶吼的，嘈杂的……"蛙叫虫鸣
倾注在隐没不见的一片海
蛰伏了整整一个冬季的能量，迅疾
汇聚于此。爆发，如火山般的认知
已然冒出的笋尖投向行走的眸子
蝴蝶扇动的一双翅膀
在看不见的彼端递出口红
涂装的效应覆盖了一角冰山
在喧嚣抵达之前，试图麻醉幻境
在喧嚣抵达之后，索要归途的证明
如果一种形态需要物的掩饰
那窥探真相便是一辈子的修行了
把一栋童话的房子放在人迹罕至的地方
沉睡者，寂静无声

春分

计算在有光有水的角度
隐形的线等分了白天黑夜
无须刻意多高的温度可以熔化铁板一块
雾气缥缈的空灵落在一朵好看的花
见与不见。沉溺在多余的杂质
把24小时的视听给混淆了
感知，竹排开悟在一条清溪上
在一个过客的眼里，世界始终在跑

靠近山峰滚落了多少石头
撂下尘烟,拂拭在风的遗址
天空之外撑开盛情的伞,洞见
树叶迷醉在忘适之适的语境

清明

参差不齐,一般的草绿
高大的树萤光闪闪
小路钟爱泥土,在煮沸的天空下
味觉分娩其中。清爽的风
放高纸鹞,湖面小浪眉间
在时间的深渊聆听思念

清明不止在纸上,在动静的心扉

谷雨

解数,晃荡在机缘的巧合之下
碰撞与融合,致意海绵般接纳的韧力
土地捕捉了雨水酣畅阅读的意义
风破茧而出,驰骋在敞篷的日子
发芽,长茎,无可置疑地绿
莺飞吐露了草长的窍诀,祈愿辽阔
预见将接踵而至,百谷璀璨繁衍
空地上走出房子,邂逅花开

时间简史(组诗)

· 陈世迪 ·

影子论

盯着七空间门口的墙(左边,
靠近弧形的木窗)
我绷直身子,街灯的光
透过盆架子树的枝叶
把我的身影——两个影子
投在墙上,还放大了几倍。
两个影子、树影和更多阴影,在墙上
确立着一个世界的纵深感——
"诗人啊,诗学不在明亮中。
未来在看不见的阴影里。"
一只飞蛾撞在玻璃窗上,一次,两次
三次,它灰色身影扑腾的微光

像一个悖论,不断闪烁……
一辆小汽车从大道拐弯,一刹那的光亮
照亮我的侧面,很快灭寂。
我翕动鼻子,在盆架子树的花香中
呼吸,然后移步到树影之中,
墙上的两个影子
像盆架子树上的猛虎跳下来,
向我走近。多么丰盈的时刻,
原来影子也有肉身——
现在,在午夜即使到来的时刻,
我绷直身子,愿意接受
两个影子和我
合二为一的时刻,
我走近我自己,像光走在阴影里。

时间简史

看见火中的栗，我摊着
空荡荡的双手：一个早已消失的我
站在火焰中间，用自身的蓝
燃烧着红，更多火星正在向上。
倒映在墙壁的火影，摇曳着
乌有的形象，一个即将诞生的我……
七空间的窗子透着霞光，一朵云
悬在盆架子树之上：它饱满的白
倒映着黄昏深处，阔大的寂静。
我凝视左掌心，一只鸟沿着
命运线掠过，然后消逝；
瞄向右掌心，一只鸟沿着
命运线掠过，然后消逝……
两条命运线，空空的
空空的，一条红褐色
一条青褐色，随时传来鸟鸣？
轻轻捏起拳头，两头豹子
蹲坐在拳中——我感觉到这一刻，
两头豹子是宁静的。火焰和栗
缓缓消失。七空间只有一个
空荡荡的我。云依然悬浮
盆架子树之上，它身后的蓝浩荡。

"我要给一幅没有名字的瀑布命名"

暮色从阔大的木窗融入，
我坐在七空间的藤椅上。
伸伸双臂，舒展
我身上丰收酒的气味。
头顶的七盏灯闪耀，震颤
我微醺的双眼：纯粹的视角
不会遗弃前瞻性布局，我知晓

幻想着飞和飞的闪光，
我也敛眉凝望面前的墙。
靠近木窗的墙壁，黑，灰，白
在我面前成形，看上去像
不可名状的事物——瀑布
它泻下，一群惊醒记忆的声音。
站起来，睁亮双眼
瀑布，一幅瀑布，我的闪念
如此突兀，血气和酒气
上涌：一幅瀑布在我面前
轰鸣，如此缄默，如此笔直——
蓦然间，想起"蜷曲已久的理想"。
多么理想的命名？蜷曲的光
或笔直的阴影，不过是
我目光深处的隐喻。
越凝视，越洞悉
我自身静寂的形状。
我身上的血气和酒气
又一次上涌，拭拭眼角，
我眼中的余光清澈。
一幅瀑布，正在清洗
我身上的阴霾。

墙上的吉他

它在高处，被缚的普罗米修斯：
一个受难者的形象，它信仰
声音的火焰，像解放了的
智慧之火到处游荡——
多么隐忍的譬喻，一个丧失自由的
吉他，墙上的赋形者，你能看出
什么是厄运，什么是欢愉？
我仰望之际，仿佛触摸
它身体的残缺，以及

闪着金色的颤音。
墙始终在眷顾，以逼仄的方式
倾听：寂静是爱与黑暗的证词。
还有什么见证，暴力、伤痛、悲怆
孤独、荒谬和死亡，一如人世艰险？

夜晚的七盏灯照耀，墙上打开的木窗
恍如人间的剧场，聒噪、赞美和静默
不过是听见的形式——
此刻，它闪烁微光，六根断弦的幽白
消失于琴箱的暗影，看不见的音孔
或许隐匿声色的契阔。
我突然看见，它身上的空寂
和我相仿，所有静谧汇聚成
我的静谧。该凝视一切哑默的重量，
我的目光拨动一个天籁之音：
　"欲创造，先毁灭。"
我终于听懂墙上的吉他，缄默是
它决绝的热情一部分——
这，何尝不是我的完结与开始？

夜晚的慷慨

"我昨夜还梦见我母亲……"
他的声音响起，一股静谧就此降临
我看见头顶上的七盏灯
闪耀，不断溢出的光潜入。
两个姑娘的歌声中，她们在唱
《爱的代价》：赤，黄，绿，蓝，紫
红，橙，光在游荡，光在潜行，

光在冥想，我生来就爱那些光。

木桌上的花，满天星、红玫瑰、散尾葵
冬青果，正在进入我的目光：此刻的风
该是蓝色的，在绿色的葵尾跳舞。
满天星呀，粉色的，白色的，淡红的
密密匝匝，像无数骑手骑着元音。
我的目光透过花丛，瞥视非洲鼓
敲鼓的男人沉溺于节奏，
十个手指正在拍浪，手心是个大海。

七面木窗形成28个玻璃格子：
各式叠影，构造几何般夜色。
盆架子树的绿，从叠影深处
浮现，一盏灯和更多灯，
若有若无的闪光，悬浮在绿荫中。
多么温软的时刻，我的形象和如歌的谜
在那里燃烧：我把自己交给光，
同时交给声音和宁静。

"我写了好多关于母亲的诗歌
但很少拿出来……"
他的声音再一次响起，伴随于
两个姑娘光线弥漫般"走吧，走吧"。
我转过目光，凝视着
他侧脸的光：在那里，光凝聚着
夜晚的慷慨，那么柔韧
那么柔韧，仿佛在旷野
传来母亲的一声呼唤。

风霜悄然（组诗）

• 游子衿 •

1. 论过去的重要性

猫们不再嚎叫，在这寒冷的夜
都躲进了他们尚未出生的
那些夜里。悲伤也是如此
它们躲进了那些快乐的时光
——朋友们一起喝酒，一起唱歌
为重逢欢呼雀跃！
——过去是多么重要啊！它几乎
等同于沉默，等同于内心的哭泣

2. 夜行火车

我曾在异乡，一个深夜
等候火车呼啸而至，车头的灯光
由远而近，由弱变强
晃得我睁不开眼……那一夜
你没有任何消息，我也不知道
自己将去向何方。所有的路都消失了
我拎着行李登上了火车
车厢里无人说话，我知道
所有的乘客都和我一样
牵挂着你，都和我一样
失去了你

3. 彼岸花

这些年来你一直不声不响
在人群中注视着我，像一个
不声不响的人，有着江南故乡的优美
与寂静。你开在水边

趁我不在，趁时光流逝
让世界明亮起来。我知道
你没有真的看见我，而是趁着
自己的萎谢，来到了我身边
趁着擦肩而过的一刻，给我时间
让我去继续爱她，永不放弃

4. 晚安

一天总要结束的，道一声晚安
拉下时间的闸门。时间如流水
此刻不再向前，一切得以平息
你依然是遥远的，道一声晚安
就像在我的身旁。灯光多明亮
照彻永夜，请向它道一声晚安

5. Everyone

漫长的冬天不再是一条沉默的河，每一天
都说出了自己的悲伤，每一个人
都如此难忘，每一棵树都在历经风霜

6. 我们的旅行

当我回到黑暗中，眼前依然是
灯火明亮的大街，川流不息的车辆
与陌生的行人。我知道这一切
才是世界的原貌，无论我多么爱你
你都不在其中。当我回到黑暗中
你拿下我的帽子，卸下我的围巾
我们开始了在另一个世界的旅行

7. 平安夜

她已经走完灯光寥落的长街
留在了我心里。此前她曾经面对群山
等待暮色降临。她的一切都是陌生的
我用自己的过去爱着她

8. 在原野上

阳光不再重要,叶子已如此明亮
恍如灯的海洋。楼房矮下去
一直不停,直到埋进了土里
漫长的道路融化了,距离消失……
我拉过你的手,我们将随之改变
我们需要在这个世界上须臾不离
原野变得空旷,不会再有人到来

9. 星汉遥寄

这人间如此宁静,皆因星月
仍遍布苍穹。苦难终将结束
皆因身边的脚步匆匆。多少人心中

皆有一个远方的爱人,此刻
皆已入睡,闪烁着永恒之光

10. 大风吹

一阵大风吹过,满树的黄叶突然
就离开了枝头,飘飘洒洒,一起
在球场上空飞舞……我们一起欢呼
宛如节日到来! 又像是和心爱的人
一起走到了今天,这幅景象
是我们送给她的礼物,取代了原本
要送给她的,我们无此丰盛而优美
我们无此广阔而具体! ——相对她而言

11. 最后一天

最后一天已经来临,已经改变的一切
尚未在这个城市出现,街道,灯光,行人
依然在大海上航行,圆月高悬于天际
告别在悄悄进行,彼此都没有察觉

义肢(外十一首)

· 雪 克 ·

从小到大
一双脚听从前人指引
走错了,踩错了,都说是必由之路
磕磕碰碰的痛
一个人忍受
有血有肉的脚
我们只是当作义肢使用

如果一定要说痛,并痛定思痛
那我告诉你
命运的
缰绳,在你剪去脐带那一刻
已经有人为你系上
并紧紧捏着

侧身

在祖国密密麻麻的人群中
我已学会侧身
我侧身让过摩托、汽车
让过刀和疯子
让过腆着肚子上台的领导

我还要学会
更快侧身，让过子弹一样呼啸的高铁
明里暗里倾轧的履带，以及
垂直砸下的熔断

哦，如果十几亿人
跟着我侧身，那是多么壮观的
广场舞，多么柔软阔大的
肉体百叶窗。

诊断

先生，经过检测扫描
我认为，你身上的器官都是你的
现在存疑的是
声带。虽然它发音正常
无异物
没有受损迹象
但它，好像不是你自己的
先生，请大声说出你藏于胸口的秘密
复述三遍你个人的
最大欲望
我才能给出准确的诊断

梧桐树

写下梧桐，我想起雨中寂寞
千载烟云一如金陵沉重

而实在，她向上弯曲的枝干
不适合渲染爱情

此刻君临，她振臂欢呼
此刻我到，她扑进我的怀抱
此刻刀锋逼近，她们列队，举手投降

文身针

针有针的
使命，这时，该刺向何处

绣花，织锦
弱女子，我不反对你的纤手匠心

男子汉，当左青龙，右白虎
当挑破血管，啸傲江湖

当一万匹马奔腾
把无数针尖，踩成蹄铁

眨眼

堰塞湖不动声色
接受涓涓细流
死水上面，几片落叶压着微澜
我半夜起坐
发现风帆在
危崖转动，冷月怀揣一把快刀

天上的星星，还是那些星星

它们小得那样空泛

它们眨眼的次数

比昨夜频繁，比天书深奥

我不能意会

不能猜测，不能告诉你

天上，其实也有一个人间

诗歌就是这样子

她说桃花开了

我在杀鸡

她说李花白了

我吐出最后一块鸡骨头

一对夫妻活了

半辈子

女人，对着民国的书纸发嗲

男人依旧蹲在灶前磨刀

图像录之三

你把许多鸟，放进同一个国度

燕雀对鸿鹄的意见

瞬间大白于天下

秃鹫飞在半空，斜翅如刀

猫头鹰闭目养神，算计

夜间出动

谁将统治这一片天

假以时日，必定知晓

假以时日，又将一塌糊涂

你没有看见，水面的鱼

看到鸟的落毛

吐几个泡泡，又迅捷沉入海底

视线

车速慢了

风声弱了

伸向远方的路没有收窄

天还是老样子

它准备下雨

它告诉世间万物

这时候的心情可以黯淡下来。

探病

试着说些温暖的话

试着把复方药片捏碎

试着抬头

看天空的雨会不会落到屋顶

泪水开花了

试着把头转向一片白色

试着在草丛里

找慢慢破茧的蝶

我的治愈系

又一天过去了

我低下头，看到暗红的心脏转为灰褐

我说这是昏灯的缘故

是下弦月映照下的残缺

一个端庄的女子

背着长方形的

药箱，往那残缺的深处走去

她每迈一步，于我就是一次撞击

说不出口的痛和

欢悦，无一不裸露在夜色中

多么浩大的黑和夜空啊

只有她是治愈系

只有她能扬起黑水，把我的灰褐

再次洗得鲜红

所谓幸福

所谓幸福就是

我还没有喝完手中这杯酒

你已溺水

你已撞车

你被不知何处飞来的钢管

砸中脑壳

所谓幸福就是

我未喝完一小杯酒

一个人，或许多人已匆匆离世

这种情况也可能倒过来

你脸带微笑

举起祝福的酒杯

我和另外一些人

已死寂如泥

薄薄地，敷在你踩过的康庄大道

灯火的用意（组诗）

· 曾欣兰 ·

半个月亮

这足以承接暮晚的余光

那些逐渐圆满之物

需要撕下一张张日历

对于衰败的描述

我看见蚂蚁搬离湿地

大海收回波浪

许多事物互为镜子

熟悉彼此的完美或丑陋

也许只有这个时刻

"守护万物的墓碑随月光升起"

我们才确信丰盈之爱

隐藏一部分阴影

灯火的用意

每一盏灯，都是失败的使臣

从点燃到熄灭，未能回到过去

恢复那些年的身份

我们无力辨认灯火的用意

它在背后布下深渊

陷身其中的，被盖上一层白雾

——时间漂白的流萤

星座是我们失传的手艺

天亮之前，蝙蝠回归洞穴

而那些迎合而来的

才会被持续照见

纸鸢

我该步过河去
渡桥于梦中生成
群鸟飞在雾里,靠向对岸
那里有陷阱,冠以春天的盛名

没有一副喙子能喙破浓雾
闪出狗尾草冰凌的微光
这场假面舞会不断有人加入
芦苇花飘起炫目的舞曲

人是时间的堆积之物
如蚁蝼之轻。而比之更轻的
是风吹动之物,——纸鸢与苍鹰
看见彼此的渺小

这不是木棉的别名

九月的花朵开到了二月
这不是木棉花的别名
它的影子举着花瓣
在前枝吹起响哨

迎春的窗户还没打开
归程的燕子被途中耽搁
它们散落成一个整体,像夜归人
在消失的门牌前进行辨认

在此之前,你鄙视过这个季节
如今却遵循它的花团锦簇
而二月并不完整,缺下的这天
燃灯者将自身熄灭

花期

他在花期修剪树枝
云的形状像拉动的锯齿
那些香气未明的花蕾
与叶子搁在地上

我未能阻止蚂蚁爬到树的高处
无法阻止烈日,成为杀手
它们都想摘下玫瑰
获取对等的薪酬

而秋风还是那般专注
——所有生者,都曾得到荣誉
但对于逝者,却没有什么
比棺椁的木盖更为冷漠

画马

每个人都在内心画一匹马
跃于峭壁之上
这不是传说中的马匹
它是某种象征的纵腾之躯
屈居于没有胜负的战场

历史是一张惯用的宣纸
写满鸟形与人体文字
天空与水纹以柔软之色
构成巨大的笼牢

在漓江,夕阳是每天的句号
——染上夕照的马蹄
再也没有跃过江面
回到马厩,寻找那根绳索

即景

每片落叶，都会留下疤痕
树纹是已折损的生命
新的叶子从不在伤口处长出
谨慎地离开它的祖先

夏季的秋枫本该茂盛
而它，未能躲开红蜘蛛的嗜血
又一只木瓜挤掉叶子
像拨浪鼓的弹丸
悬挂着腹部的母音

没有一朵鸢尾花能开过夜晚
——向往秋天的短暂之物
徒有结果的野心

异木棉

没有人在秋天赞美英雄
有一种树，躲开春天
在这萧索季节
为一群无名字的人加冕

那座牌坊，将公园里外分开
时间抹去牌匾上的署名

正如季节所料，一切都在败退
再也无人评说他的功绩

每次经过这里，我都会看见
那棵异木棉的花瓣，并未落下
与胜利者，隔着那么多年

就要响起音乐

在北方，一座无雪之城
空中悬浮着尘粒
等待在人群中靠岸
我自南方而来，从潮湿到干枯
如同冰凌被点燃
移动之物与我之间的摩擦
使我积累无数电流
安检门金属，高墙铁栅栏……
——但凡触碰之物
都会为之战栗
甚至女儿外露的小手
也令我心有余悸，忧惧顿生
以至于在城墙下
我不敢对一张画像凝视过久
生怕多看一眼
就会掏空闪电，响起音乐

幽微之处（组诗）

· 黛 眉 ·

火

那天，在陌生的城市
他们丢掉矜持，十指紧扣
前进的身体彼此贴近，再无缝隙。大海已生出
　　潮汐
浪花一朵接一朵涌向，那眼，那唇
在无法抵达的疼痛与不安中
两个灵魂的旋涡已然被冲动放弃，那火在浪峰
　　之上

镜中人

昨夜，大海接纳了无数分离的音符
你在喉咙深处的试唱破碎无声。那些消逝的
　　热吻
随着潮汐的起伏，依次被唤醒
大海已打开月亮的镜子。你的脸孔如浪花扑
　　倒我
翻滚着涌向海岸，野蛮的身体

虚空

他抿一口酒，把月亮咽下胸膛
与酒杯隔着一片汪洋。他拉长的影子在虚空
邂逅群星。他的身体透过黎明，走进苍白的光
　　之阴影
在黑白之间坠落。如碎银入大海

对决

两个异乡人，带着隐秘的雷霆
引来一场暴风雨。命运的纸牌揭开又合上。早
　　已为他们
划出界限，过期的雨水形同伤害。是时候了
趁着年轻、强大，占据肉体的昼与夜。否则就来
　　不及了
爱恨犹如生死对决，相生相克

献祭之后

他的爱全是想象，不必救赎
还没有犯下爱的罪孽。因而没有鲜血。没有背
　　叛者
他练习的幸福，埋藏着欲望的大海
他的爱人期待复活，所有的新生都在一场献祭
　　之后
这仪式预谋已久，像恐惧终于滋生

双重女人

她迷路了，乌鸦带来启示的夜晚
她发现，海的风暴在她们的眼睛里起伏不息
命运走到哪儿，她们就在哪儿承受厄运
打破秩序的，仍然是镜中的双重女人
相爱时，她们鲁莽；离别时，她们孤单
死亡让她们站成了一排排椰子树

果实已衰败。爱人互道晚安,晚安没有性别

抵抗者

她的身体在暗夜里发光,凭借抚摸

凭借颤动,我打开一个臻于完美的天堂

那里有我的母亲,我的妹妹。还有我不曾出生
　的女儿

她们都像我一样,坚守爱上男人的天赋

一旦遭遇抵抗,她们的眼睛就永远停留在忏悔
　的地方

当洛丽塔叫他叔叔

他被禁锢,被压迫。在情感的幽微之处

他从来不是一个摇摆不定者。心中的珍宝不可
　碰触

欲望比爱多了一个保护的字眼。这差异

让他确信,不被认可的胜利将来也许会轻易地
　失去

当洛丽塔从银幕上走下来,叫他:叔叔

第二个那喀索斯

水一样洁净,他爱上自己的第二张脸

何必非要长大呢,愿面容永如少年。成熟的向
　日葵

已经弯腰,遗憾的模样还保存在凡·高的画布上

他对着干瘪的种子说:晚了,稚嫩的少年就要
　崩塌

此地不可久留,第一个那喀索斯已被流水吞噬

以萨福之名

她的堡垒已被攻破,她的罪赤裸裸

她爱过的女人,冒犯过的乳房。尤其充满缺陷
　的子宫

都是罪证。作为男性的异类,对她进行了审判

他们宣称:她欺骗了母亲,侮辱了妻子。最后教
　坏了

少女。这些罪状连同性别一起背叛了她

作为罪人,她长眠在诅咒之中,只因生来如此

关于一个赝品的联想

她在一个男人的脸上窥见父亲的影子

漫长岁月的另一个赝品,已经堆积了无数表情
　碎片

尚未释放出对她的偏爱。这些陌生的无意模仿

让她惧怕:一旦有意外的希望,把他们

黏合在一起。他又重新活着,开始抵抗她回溯
　时光

燃烧的岁月

她快要走到未来的尽头,那里她的丈夫失去

知觉睡在铁床上。身后的二女儿

正在和疾病的雪花,比赛融化的速度

大女儿已经把遭遇的风暴,交还大海

现在,手握玫瑰的小女儿

帮她取出伤口里的石头,挂在天上

排列成星星。恒星和行星一闪一闪

像身体的骨头在发光,像最后的岁月在燃烧

玛丽的婴儿

玛丽顺从了指引，生出金色的婴儿

是有福的妇人。那不愿顺从的，自动被脱离

已然被放弃。那有福的必拯救：爱他所爱

见他所见的一切。那无福的，当保留智慧

生存的缺陷在于：从罪恶到救赎，是漫长的

晦暗旅程。永远啊，永远在路上……

我的儿子

那一夜暴雨突袭，你暗中反抗，缩小如石

被我张口吞下。那一年的镜中，我找到缺失的

　　影子

于是生出又一个自己。更换性别，成为你

你是我愈合的伤口。重新沸腾的大海，余生的

　　波涛

致未来的爱人

海上升起苍白的月亮，你的半个身体

进入阴暗之中，寻觅消逝的时光。被风吹走的

　　回忆

落在身后。你的爱人背井离乡，远离

故乡的落日。不像你，那么小心谨慎

漫长岁月的每一次分离，每一朵浪花都崩溃如

　　眼泪

石头记

他沿着闪电的方向奔跑，撕裂的光芒

接来了雷霆，做了标记。他找到那块受伤的

　　石头

曾经燃烧过的火焰，现在黑暗而深邃

像静止的星辰，不再释放自己。这是命运迟

　　到的

礼物：被凝固的灰烬，未绽放的玫瑰

沈园外

他切断梦境醒来，看长夜将尽

她在幽深的小径徘徊。黎明的曙光追赶她的

　　身影

仿佛要把她带往旧日家园，无数次

他拥她入怀，为诗歌重新找回了女主人。沈

　　园外

她仍然是一个时代恭顺的女人

时间之书里，痛苦挥霍了他的深情

缺失的部分

在你之后，她说出的每一个词语，恰如

某种缺失。藏于体内的黑暗，回避着月亮和

　　繁星

每当有光线穿过裂隙，她抗拒地举起手

保持她的世界不被分割。每一次

你的抵达，制造的动荡，都在重复撕裂她的完整

梧桐时间（组诗）

• 阮雪芳 •

听花

山路转弯，毛棉杜鹃的锦簇
风将一缕清凉的芬芳
从众多香味中独立出来

从花到种子之间
横亘着爱情、死亡
和无数被漏掉的生命之光
你到来
离开，对一只鸟的思考
越过天空的深渊

一条路消失在山的尽头
密林深处
那么多隐匿的声音还未被听见

黄花风铃

你口中的幽微之物，向我显现
火的薄纱之舞，恒星的肉身
黄金之灵
一千个词和小小的沉默同时登堂入室

你看不见这存在
雾中，映山红折叠着上山的路
明明灭灭
树木集满各自的前生

春日将尽
暮晚用细雨清洗双手
我们的呼吸在无声靠近

再听杜鹃

山间杜鹃正在破蕊
空谷清洌，偶尔的鸟鸣
一簇透明的火焰
惶惑中闪过

爱的筹码在无名事物身上下注
一场花事是色的符号在空中舞蹈
划出灵性的盲文
你用手触摸
它的凉
没有带走一朵

这些属于任何人又不属于任何人
时间以美唤醒
意识是一股野性的涌泉

大雾锁住这一切
无数的露珠、新芽、落叶
花蕊构成
另一个空间的奇迹

一棵树身上的地图

在一棵树身上寻找住址
丢失的鸟，天空的门
掩埋的足迹
未使用的名字
时间以生命自我疗治

这些集枯叶，朵瓣，种子
嫩芽于一身的植物
如果有人召唤
心就轻声应答

这些褐色的，白色的，青色的鸟
栖居在枝头
瞬间张开双翅
风和雾遮挡了眼睛
解开美的秘密
它们一旦飞翔，天空就是大地

通往远古的道路
生活在暗处
人造物在这里经历了失败
不知名的野虫
鸣声磨着空气

倒塌的树根空出一个家
树底下生活过狮子
水晶石，从镂空之窗望去
一只天然的钻戒，等待谁的手
哪一只手？青铜般冰凉
锈迹斑斑，穿树而来的光影
冻结的疼痛，从未细细思量

到达山顶

在山下，山中
灌木丛，石头，蓝蝴蝶，水潭
真实的个体
一个个擦身而过
发声和沉默的
摇摆和稳固的
隐匿和显现的
从体内来到眼前

当你到达山顶
祖母绿的森林
蓝色的城，涨墨的大海
相同的星宿
从未有过的整体感
一下子统摄了你的灵魂

旧歌者（组诗）

· 容　浩 ·

泥沼里的哭泣

心理咨询师在打电话，
谈一个抑郁孩子的哭泣。
哭泣，像铁黑的云，
笼罩过来，
让我慌闷、难过：
世上
又多了一个哭孩。

看不到窗子多么无助，
世界在床底，
木头的骨头是酸的。

那些讲大道理的人
永远不懂你的心。

旧歌者

回家的路上听流水，浮世中的真挚，
我喜爱这些旋转，回环，
金属中的曲折。

乐器是次要的，鼓钹自有灵魂，
歌者已不在世上，他爱的人已垂暮。

人世的刀剑
还插在他的肋间。

诗歌课24

给学生们讲起一些事，
关于良心，
关于远游的学长。
沙哑的石头在心中，在喉咙，
露出水面。

它仍坚硬，披稀疏的光斑。

很多人已不相信师者如父，
但如今讲台上坐着的
却是哽咽的父亲。

初雪
——给诗歌班的年轻人

我从未见过纷飞的，
使用"鹅毛"和"覆盖"
那种大词的
它们。只见过年少而真诚的，
有时化在空中，有时落在地上，
变成一摊水。

如果沿着枝条下来，
它们也会成为
时光中的河流，
带着轻，和湿润的伤感。

我爱它们，
在它们还没有
变厚，
变白，
变沉，
的时候；

在它们还没有资格
成为大地的伪装之时。

给小叶

在遥远的霍尔德小镇
有自由的背包客
房子低矮
石头扁平而善良
柔软的面包
拥抱清新的空气
小动物们，爱恨交加
你走进它
才知晓一望无际
辛歌里有等待收割的牧场
我们有时候分不清这些残忍
你是那棵树
一无所知地长大
眯一下眼睛
就有了岁月的折痕

割草机

风吹来，未必是等分的
草坪也不是一个
和平的世界

叶子们有迥异的认识和态度

控制和失序之间存在
复杂的博弈
狡黠而聪明割草机
开了过来
轰轰轰的割草机
开了过来

深沉的凝重的割草机
垄断了切割和表达
它现在要获得崇拜
和爱情

手鼓

买的不是音乐
是木的回响
我想到你将要用真心
将它拍打
就有些乱
仿佛有一段间奏
在我的脚下，向对岸延伸

现在木鼓有了新鲜的呼吸
我背负着它
跃上一座小桥
我羡慕的沉静的小桥
石头的坚忍的小桥
很多我们做不到的
它可以做到

它永远凝视河水
在茫茫人海中

白龙的哭

有一天
白龙马冲到河边哭
老和尚从没见过
这般光景
猴子、猪和水鬼
也没见过
都走过来
嘘寒问暖
猴子说
白龙别这样
有什么
大不了的
我们西游
走这么远的路
了然世间确实没有什么
是大不了的

白龙摇头
把头埋进水里
在心里说
你来自石头
怎么会懂得
晚霞千里
系我故乡云锦
水流万丈
曾绕我至亲

猴子迷惑

白龙痛哭道
我刚才在天边
看到晚霞
我知道晚霞后面
藏着我的妈妈

鹅群

鹅们很小就
被长杆和塑料袋驱赶
停下来时
长脖子伸进田里
吃虫子和
遗落的谷子

久而久之我对它们
也是很有感情的
这很残忍
瘸腿那一只也是最瘦的那一只
偏头的那一只
常常被欺负

我看远处青山沉黛
我看书中岳飞沉冤
它们都不知道

它们不懂得
它们就这样长大
渐渐地靠近了杀戮

我赶着七只羊赴冬天之约

· 陈仁凯 ·

0

阴天。云层厚重
像汹涌的波澜
又纹丝不动
停靠无限远处的岸
喘息

太阳被遮蔽
藏身不可及之处
牧羊人
斜倚一棵孤独的树
等待雷电来临

1

矮小的草垛
在雾气中虚幻,壮大
金字塔般压住
蠢蠢欲动的惊魂
旷野,死一般沉寂

第一只羊出现
在紫苜蓿的花瓣里
舔食露水。致幻的药
双胁长出了翅膀
渴望飞向路的尽头

2

栅栏折断了黑夜

第二只羊

慌张地逃离藩篱
未知的道路
散落零乱的蹄印

风,催得更紧
一场雪
或许就在近处降临
噢,荒草深处
它压低自己的叫声

3

天空的云开始涌动
第三只羊
仿若遗失在大地上
唯一的云朵
寻找虚渺的故乡

迷茫的眼睛
惊惶失措
杂乱的星光
敛集于内心
无序。而不掩饰平静

4

夜来香散发致命的
诱惑。河流浮躁
沉潜的蛇

献出有毒的蜜汁
一颗苹果将要坠落

羊。第四只出现的
牲畜。或兽
温顺而无辜的哀号中
暗藏欲望与杀机
玫瑰，正慢慢死去

5

第五只羊
已从远方赶来
追随黄夜落下的雪
紧堵峡谷之口
四野，骤然失声

小树林关闭
无数暗黑的伤口
植物之血
翻腾过后趋于凝固
像一滴滴冰

6

踏上独木桥
它找不到归途
举步蹒跚
悬崖峻峭，流水湍急
远山把夜色一层层加深

望不见灯火和微芒

牢笼尚未修补
第六只羊
渴望再被囚禁
而无法回头

7

面对空洞无物的深渊
草根蠕动，寻找
赖于存活的温暖与
怀抱。第七只羊
借以咀嚼隔夜的枯叶

体内的柴草正在燃烧
仿佛升起了火焰
泪水已干涸
盐在凝结，结成痂
深深地打下烙印

8

目睹一切
美好，善良，无助
沉默。与罪恶
七只羊，像七朵云
向我围拢而来

它们终将抱一而终
活在暗处
云层渐渐变薄
黎明到来之前
我要赶着它们去往冬天

偶然（外四首）

· 迪 夫 ·

在深圳这座城市生根

纯属偶然

如果我不来深圳，会去哪里，多种可能

以及各种不确定

今天退休了，地铁该下站了，但我不，我故意遗
　　落自己

看吧，哪儿会吸引我

这么多年，规定太多，固有的律动

已让我成为机器和木偶

按初始设置旋转

够了

——"我知道前面总有出口，亮光，会有另一双
　　手伸来，以另一种微笑……"

地铁上的光闪烁不定，沿途没人与我交谈

我等待巧合出现

当几个农民工上车后，我起身

站到门口，背对着他们

我故意拉下一把伞

它会继续流转

作为工具

蚯蚓

小时候玩蚯蚓

首先拉伸它，然后断开

成为两条，然后再拉，成为多截

本来是一个方向游走的，成四下纠结，起伏

它变成了四个

四个陌生的彼此

但没有一截向另一截靠拢

相互已为敌

它们每一截都在流血，都活着

一起失踪

如此顽皮的事，让我对蜿蜒行走的软体心存
　　畏惧

每当下雨，看到窗玻璃上的水线

都要忏悔

蝴蝶

我从未成功活捉过一只蝴蝶

它飞行的方式多变

即便停驻，翅膀仍张着，随时会飞

它掌握了我的心理，要活的，翅羽完好无损

最好把它请入，或诱入

我的蚊帐或掌心

它们太美，无法起杀心

这是我失败的原因

钉子

我把墙上的字画取下
但钉子没能取掉
这个钉子如留下来会供下一个主人用
悬挂他愿意展示的东西
我和钉子无法商议
它绣在那，或已生根
与墙壁有了姻缘？
它比我原先用膨胀螺丝固定时更为坚定了
今天下午，所有的东西都已搬走
没有我的痕迹
唯这根钉子，赫然在墙
盯着我
与我说告别
仿佛还说了，什么无可奈何
或好自为之

论爱

我爱过的人

生活在另个城市
或许活得有些焦虑和痛
但在当下，活着就是硬核的
我曾经送给他们的鲜花，可能仍艳丽
还有那些止痛片，处理伤口的碘液
我的擦拭，冒热气的水，你我身体共搭的暖与凉
在风里飘摇
噢，如今
你们和我一样，也在向天边的亮线走
等待那一抹火转暗
至熄，也和我一样
手指已触及生命的苍穹下的云朵
你们说它是花也好
是烈马也好
是个未转世的孩童也好
我们一起探索过爱，爱这个东西
在仅有的时间里
最后一刻会不会死？
你们点的火，或我生的火
仍如此明晰！

草木（三首）

· 黄昌成 ·

窗前的树

如果我说，我是因为要写这一棵树
才开始关注它的，你信不信
我这样做，并不是出于细节
细节不等于吃饭，它有时不是必需的

我关注这棵树，是要敲打自己的过往
这样近的距离，这棵树摇摆出的
居然是我的冷漠。在大多数日常
窗前的树于我，是两个概念
窗前和树，它们的顺序表明了我的需要
如果窗前代表着明亮，那么对树的忽略

是否可以说成对明亮的短线投资
我开始了回忆，很久以前的一场台风
这棵树断了几条枝干，比手腕粗的枝干
伤口就可以直接用到断掌比喻
我还记得，之前的一对男女在树下拥抱
结果有天我听见那个园艺师恨恨地叹息
"满树都是他妈的'心'"
然后一个小小的栅栏，成了树的保护神
树的境况随之好了，一波一波
葱绿的情绪，伸到我的面前
直到我提着目光离开
又被目光提着回来。我的窗前
就这样粘贴上了一棵活生生的树

杂草

有多少人会关注
草地上那些杂乱无章的草
先不说它们是否有意无意
把自己变杂，反正在一堆
平整的人工种植的草地上
它们的奇装异服，挺上镜的
也有不上镜的，像匍匐的蜥蜴
为此，园艺师练好了眼力
顺便加固了工作
这至少是杂草的一个贡献
并且，实在不是黑色幽默的那种
我不怎么关注杂草的来源
和其他的草抱团过来是常识
想象则是一只远方路过大鸟的礼物
我也不怎么关注，杂草的历程
反正我看见的时候，杂草就
把妆化乱了，或者拒绝化装吧

在草的家族里，草与草
产生分歧似乎是必然的
当然它们相同的生活习惯也存在
比如没有春风，同样吹又生
这还是一片草丛里，那枝拼命横向的草
沙哑着嗓子喊出提示的
却错手推开了一个季节的房门
和我庸常的步履

榕树启示录

让我想起榕树的竟是戏剧里的脸谱
那些长长的胡须，接受飘动检阅时
像极了榕树的气根
那棵长满了胡须的榕树
一个入世不久的树的毛头小伙
却用沧桑绘画了一个不等的
脸谱，一阵风抢先揭幕
叶子之上弹落一串串笑声
更加青春的筹码，是榕树的胡须
打着节拍，秋千一样荡来荡去
时光轻快返回坐落上面
风又赶过来了，大多数逗留在
榕树的外围，这已是多年以后的事
榕树的叶子依然在笑，那些胡须
忽然收敛了怡情，埋首地下
当一群过夜的大鸟从里面慵懒飞出
榕树顺便定位了自己，一个茁壮的旅馆
或城堡。这又是榕树美工设计的脸谱？
可来自自然界的手指再怎么用力
也无法戳破了，就像传奇
老了还在年轻

坐在南海边看落日（外四首）

· 老 骛 ·

比刻在电白　坐在南海边
与远道而来的陌生人一起看落日
大海不再喧腾　暮光隐匿于内心的云
黄昏拍拍我的肩膀带走波澜辽阔
如同佩索阿的孤独默默走远
天暗下来　看不见星星
但看得见陌生人的茫然若失
仿佛另一个我
在地球的另一边等待日出
彼岸正白昼　闪动光明与灿烂
日落日出　隔着茫茫的南海
但愿所见皆为幻象
只要幸福不再自以为是
人生的疾苦就一定还有得救

余生

好不容易才走出荆棘林又陷入沼泽地
就该停下来反思是否走错了方向

从出生到死亡每一步都可能有意外
为此故步自封不越一步永远不会有意义

没有波澜的人生不是自己的人生
但不能沦为推波助澜的帮凶

我要与我的灵魂保持一定的距离
才能看清悲剧属于自己还是属于世界

英雄与刽子手是一枚硬币的两面
即使做不了英雄也要拒绝做刽子手

我一字一字地把自己从荣光中救出来
声名狼藉地活着　给这个时代留点面子

风铃花

疯了　芳村的风铃木开疯了
比风铃花更疯的是赏花人
远道而来却离内心越走越远
他们只看见花张扬得震耳欲聋
他们哗众陶醉像翻脸的蝴蝶
花飞花谢　败落的是花不是色彩
色彩才是四季轮回的主宰者
沾满花香的色彩丰盈不败
蜜蜂也不是不朽的传播者　诗歌才是
黄色风铃花　黄色的不一定是风铃花
晓风吹醒醉酒人　吹不醒装醉的人

清明

清明雨落在你没有带走的人间
我知道有一滴是你
但我不知道是哪一滴
应是最倔强的那滴
像你生前不肯掉下来的眼泪

迟暮之年

雨忐忑不安地下个不停
我还得浪费多少白茫茫的光阴
才能看清你笔直而深刻的脸
你责怪我这么多年都走不出悲伤
死亡不过是摘掉面具而已

面具遮蔽的不只是一张脸
而是一个真实的世界
生别死离的尽头是新生
摘掉面具和眼睛　让看见去看见
你至爱的枇杷在枝头上晃动

我真的老了
不像年轻时听到敲门声
就会激动　总是以为是幸福来敲门
哪怕它从未来过

我真的老了
听到敲门声就以为是死神
当然每次都不是
意外的人意外的事都不是意外

我真的老了
不是我害怕　世界本来如此
一生抗争　就此别过
枯叶不慌不忙地落下来

凌霄岩

· 颜仰建 ·

题记:凌霄岩,位于广东省阳春市西北部河
塱镇,是以喀斯特岩溶地貌为特征,自然山水溶
洞为主的风景名胜区。洞内高度120多米,上
下分三层,有凌霄大厅、凌霄宝殿和观景台,被
誉为"南国第一洞府"。

这里生长着惊叹,如石钟乳
一滴一滴

在洞口,你哇的一声大叫
世界这么大

骨碌骨碌的眼睛,满是惊奇
你睁开了人生第一眼
一百米? 一百米是什么概念?
四十层高楼全部镂空
就像你看见的苍穹,你每天仰望
每天流动不息的苍穹
你渺小的内心在呐喊
"凌霄志汉",上天给你安排的一个隐喻——
是鹰还是雀? 是享受阳光还是挑战风雨?
"健步凌霄",你的额头刻满自信

你摇摇晃晃,跌跌撞撞,走过百步云梯

一生的华丽与辉煌瞬间呈现

十九根巨大石柱,长满五光十色的灵芝

似龙非龙,如梦如幻,撑起一殿庄严

您好! 寿星公笑容满面

您好! 群狮踏乐而舞

您好! 照镜的美女

您好! 万年长寿之龟

您好! 玉皇大帝……

罗伞高挂,他哪里去了?

那个宝座,你坐上去也是一样的

真的,只要你心光明,管他背后阴风阵阵

你坐上去,你就是你

人生说长不长,说短不短

不用急,慢慢走,慢慢看

喝一杯吧,人生如梦

那只酒杯,或许一直在等着你

率性随意吧! 那条龙成不了正果

那个和尚也是。为什么?

仙女思凡或许能告诉你

人间有的是柴禾

噢,那只神猫,多么尽忠职守

那个吕洞宾,醉得一塌糊涂,何仙姑呢?

唉! 今天不是七夕

牛郎织女只能隔河相望

神仙的事,怎么落在人间了?

难怪那只雄鸡高唱:喔喔,喔喔

天忽然亮了,那颗闪闪的星星

一定会带给你好运

你看,不管前路多么狭窄,总有一线天

给你无限光明

人生总有惊喜! 那个孙悟空

在这里等着你呢:摸摸猴头,一生无忧

贺一贺吧,福禄寿三大仙人在向你敬酒

饮吧,人生如瀑布,滔滔无止境

饮吧,人生如瀑布,一切如烟,如雾

如刘三姐的歌声

如那张晾在一旁的渔网

如那只猴子,金钩倒挂,只见那枚月亮

在水底晃呀晃呀,晃了一世又一世

走吧,慢慢地走

走过九曲水,走过九重天

还是回到志汉大厅——

人生之惬意,莫过于寂静的夜晚

摆一张茶几,邀三五知己

听脚下流水潺潺,看星,看月

看风云幻变

编者按　2016年10月，由岭南师范学院张德明教授倡议，以黄钺、梁永利、符昆光、杨梅、林水文等成员为骨干，"湛江诗群"宣告成立。诗群中活跃着不少散文诗写作者，他们的诗歌先后在《星星·散文诗》《散文诗》等重要期刊集体亮相，所著诗歌入选多种散文诗年度选本。其中，梁永利、孙善文、陈波来著有散文诗专集，黄钺著有散文诗合集，并获"国酒茅台杯"全国十佳散文诗人奖，陈波来、黄钺先后参加过全国散文诗笔会。

音乐情调（组章）

• 梁永利 •

向黑夜出发

爱人！躲过黄昏的手，我的眼睛比夜更深。

向黑夜出发，跫音踏碎钢琴的狂想。

白马在奔腾，没有河流过滤你的蹄风。

走在夜的心地，走在爱人的城堡，走在云彩的栖居……柠檬一样的情绪，在家园沸腾。

如果今夜有三十支烛光，点亮梦的眠床，爱人！请拒绝黎明的到来——当我的情缘未尽，当我的洞箫未鸣。

星空旋律

一生审视的棋盘，暗藏杀机。刀光剑影，毕露在开花的时节。

极地。浪人遥想雪花纷落。

梦中的银河，美丽的承诺缓缓而动。

设法为不眠的足迹，延伸到音符据守的途程。当承诺被微光割离，血红的沧桑，是否缺乏贞洁的日子？

梦中的银河，叩响空旷的是我的呓语。

星星并蒂开放，感觉是甜美的，满足残冬的企望，在没有边界的棋盘，浪人吹响了冲锋的号角。

六月之船

在蔚蓝的天边,星星忧郁着过去的时光。

笑声来自崩塌的堤岸,有些古典。六月里,可爱的女孩,浪花为什么溅不到你的脚跟?

白桦林中的幽灵,令远方的岛屿失去宁静。与一只草莓相晤的是苦恋的星瓣。星星细诉了琴韵的美妙,阳光在浪尖中起伏,不能抗拒悲壮的生命。

女孩伫立船上,渴望照耀,短促的闪电,裂开岁月。装载的情怀,久违了异邦的诗人。

在蔚蓝的天边,星星独来独往。搁浅的船只,成为梦中忧患的景观。

阿里郎

金达莱花呀唱起春天的歌。

白云飘过山崖,黑夜里的等待,星空失去欢爱。

阿里郎不再来……

白雪小屋,邪欲的风暴卷走父亲最后的挣扎,无辜的小天鹅逃离苦难的魔坊。

可怜的羽笔,盖着春天的金达莱。

一颗寒星,仿佛农家祈祝的花瓣。

白雪里的小屋,离猎枪很近,罪恶的手封锁了山林。阿里郎,追寻乡亲的期盼,听不到心爱的天鹅带血的悲声。

歌唱的金达莱,受伤的金达莱,在阿里郎日夜的呼唤中盛开。

海边诗（组章）

· 黄 钺 ·

大海的空

我目睹一条大鱼，被人从海中牵出。

海面上水花四溅。围观的人欢呼雀跃，啧啧称奇。

我却感觉到，大海轻了很多，在某个地方，甚至空出了一个洞。

同时，也深深地感到，即使是一条小小的线，如果掌握在别人的手里，唯一性的生命，也将无法把控。

更重要的是，余生啊，必须学会：忍住……

白鹭辞

白鹭如一只只白面书生，朝代更迭，却还陷在赶考的途中。

在红树林的顶部，它们只是优雅地按下了时间的暂停键。

我们互相对望，互相考察。它伸了伸脖子，吟：不知有汉。我晃了晃脑袋，对：何论魏晋。

滩涂上，它们则要明朗得多。迈着八字步，伸出毛笔一样的长嘴，写下："大海如巨著，我只是一粒白色的逗号……但为了保持这粒逗号的白度，我周而复始，晚上把长衫换下，洗净、晾干，白天再穿起……"我辨认了许久许久。

然后组团，向着天边，或另一个朝代，大大咧咧地，把一个"一"字，写成了"人"字样。

片 断

晨光升起，一只鸥鸟展翅飞过。

远方有多远？

那只鸥鸟肯定知道。

太阳继续上升，海水开始变得温暖，一些人挽起裤脚，走进浅滩。

有人从水中摸到了一只贝壳，甚至有人从水里抓到了一条小鱼。

我没有围过去。

远方有多远？我关心的是,那只鸥鸟一直还未飞回……

海边书

大海边上,那棵巨大的椰树被台风刮倒后,实在有损美学原则,可我扶不起来。

沙滩阔大,洁白如玉,却始终是一地散沙,我一次又一次地教育它们,要团结,要讲究策略,不能逞匹夫之勇,可没有一粒沙肯听我的。

一只招潮蟹钻进洞穴,我在外面苦口婆心,只是想近距离看看它漂亮的大钳子,没有恶意:你不要害怕,别闷坏了,快出来吧! 它就是不听。

退潮时,那么多可爱的小鱼小虾还停留在小水窝中,还来不及通知来不及说明也来不及后悔,潮水就一退再退,毫不犹豫,无牵无挂。

就不能慢一点吗?

造　船

小渔村的滩岸树荫下,斧凿叮当,锯声悠扬。

一艘小小的渔船正慢慢成形。

宽度,吃水线,必不可少的舵,和放鱼的船舱,和躲命的船舱,和……

造船,造船。一艘渔船还没下水,大海上就刮起了风暴,船就开始摇晃。

只是从一旁路过的我,就开始晕船,甚至——呕吐。

鱼和虾

鱼和虾,其实是两种称呼,两种身份,两种活法。

过于细密的渔网,却把大海中风马牛不相及的两个单词,搞混了。

那个不负责任的小贩,只用一个扁箩筐,就把它们笼统地装在一起,让它们活蹦乱跳地抗议着,抗争着。

整个市场的人,当然都是聋子。

更不能原谅的是,他以极低极低的价格,就把其中的一小部分,卖给了一个熟人。

"贱卖"这个词,突然就成了一把刀,那天下午,一直都在割我。

而他傻笑着,从始至终都不知道。

咸

　　天下的河流，没有一条敢咸。

　　那是大海的专利。

　　它们学不来，也学不了。就像有人在亿万年前，已在河与海之间，划下了一条线。

　　毫无人情可言。

　　"天下熙熙，皆为利来；天下攘攘，皆为利往。"

　　在河流的入海口，我目睹它们滚滚而来，泥沙俱下，才突然发觉，这段具有高度概括力的话，写的其实是河流。

　　即使版图上细微如血管的那一条，都适合！

车八岭，从远古走来的家园

· 庞小红 ·

一

它一直站在这里。以最初的状态，站立着。新鲜的风，吹过原始的它。明媚的阳光，照耀它笔直坚毅的树干。

我进入它，放下尘埃和满身疲惫，以一缕清风的姿态，走进它。

它是一道山岭，横亘在南岭山脉南缘。而我更愿意把它称为一座山，一座从远古走来支撑着未来的山。

二

行走在它的腹地，青苔在脚下蔓延，身旁是不知名的高大树木和各种奇异花朵。阳光偶尔透过树叶缝隙投下斑驳的影子。

或许还有我们不知道的物种，在斑驳的光线下走动跳跃。

行走在它们中间，犹如和素未谋面的先人见面。

不被打扰的相逢，是如此的贴切与喜悦。

风吧，泉吧，风雨桥……都是家园里的一座座院子。华南虎，黄腹角雉，穿山甲，伯乐树，伞花木，红椿……它的子民数不胜数。

这里是它们长久生活，繁衍生息的家园。

我知道，一定是温暖和热爱，让平凡的人间，有了生生不息的坚守和传承。

三

一片叶子隔着另一片叶子，当山风吹来，它们彼此相互握手致敬，关于风雨雷电，关于风霜雨雪，它们彼此都懂。

无论是黑沙椤还是金斑啄凤蝶，又或是黑麂，它们已经和这方土地紧紧地连在了一起，包括守护这些子民的人们。

它站在高高的云雾里，躲开尘世的喧嚣，它的子民们萃取了云雾、天空、日月星辰的精华。所有关于时光的词语，在这里黯然失色。我甚至找不到诉说的语言，在它的古老幽深面前，一切都是苍白的。

四

我只需要描述那些参天大树,它们支撑着我们的脊梁;那些清澈的溪水,滋养着我们日渐干涸的理想;那些干净的风,拂去我们满脸的尘埃。

我还需要描述,那些让美好落地,让生命从容,让幸福滋长的气息;那些让心灵净化,让热爱回归的绿色。

三月的车八岭,岁月的河流,依然流淌在这里,我走了进来。

我们本来就是自然界的一草一木,每次走进,都是久别重逢。

我始终相信,因为温暖和热爱,因为那些守护的人们,一直是我们从远古走来的生生不息的家园。

秋之韵（组章）

· 袁志军 ·

秋　阳

初秋,早开的菊花散发着淡远的清香。

而升起的阳光,羞涩地掩着脸儿,浅浅地笑,笑得柔波轻漾,迷蒙着张望的眸子。阳光就如音乐轻轻展开,每一粒光宛如五线谱上起舞的音符,轻奏在心坎,心房遂涨起温暖的潮。

此刻,我喜欢依着黄昏,独坐旷野,看草儿摇曳。夕阳深处,有一种思绪如云雾般淡泊远去,而天地间那一份苍凉,仿佛一羽孤翎和怅寂的归影。

秋　叶

沉默在坠落的边缘!

为什么要忧郁呢?绯红的心事已将你的芳容刻画得苍老了,你曾经祈祷过心中的太阳。在稠密的绿色中,迟迟不忍将往事掩埋在苍茫里。

如果是一段错误呢?

哦,又何必忧郁!生命的讯息,就如一只鸟儿展翅飞起。

你想什么心事呢?春天总是从最寒冷的地方来。

不管是清晨或是黄昏,我都会将你轻轻拾起,放进胸怀。

秋　雨

……那声音,就像凭窗而眺时,在茫茫的苍然中一记轻轻的叹息。

凝视着湖面细密的波纹,在那一汪盈盈复脉脉的秋水中,许多美妙的东西向我涌来:

记忆的海里总有飘不断的雨丝,在你的瞳仁深处,令我想起那些给你的诗篇,总有一页是最美丽的吧……

下雨天,是缠绕我的思绪,让它披散,然后淹没在灰色的海里。沉默的日子,回忆雨中那飘动的淡蓝色小伞,眼泪流过无奈的黄昏。

我想告诉你,这季节眼泪美丽着……

秋 风

靠近湖边的地方,我站在石头上,夕阳照例准时到达。

远远的,有一缕愈远愈清晰的声音,就像轻飘飘的歌声,穿过飒飒而动的枝叶,渗进我的发丛,然后划过我的手臂,绕在我的指尖。

在我生命的最深处,涌动一股湿润的感动,往事的忧郁在回忆和叹息中渐渐明丽,灵魂在耐心和平静中倏然净化。

秋 梦

这就是果园了!

汗水和泪水凝固在果核中,咬开甜甜的果肉,核仁漫出淡淡的苦涩,这便是成熟的真谛。

也许,在眺望彼岸的时候,我领悟了桥;

而在秋天沉甸甸的收获中,我理解了播种的希冀和灌溉的艰辛。

那枚坠落的红叶想必正做着曼妙的幽梦:洁白轻盈的雪花舞着美的极致,而春天也轻踮着脚步,悄悄地来了……

另一个世界浮起（组章）

· 林水文 ·

小心这条路

暮色，被下班的人带了回来。

一条灰尘纷扬的路，或许更适合潦倒的人行走——这让他对生活更加了无兴趣，面目更变得潦倒了。

坑坑洼洼，像麻子的脸，写着沧桑。车辆走在其间，像跳扭捏的迪士科舞。

它叫"沙井村路"，没有洒水车，没有愉快的音乐，只有浮躁的尘埃，行人远远地避着。

它的一头，是快废弃的火车站，另一头是康复医院。他经常徘徊在这并不交接的途中。

"医院里的病人会不会乘着火车偷偷离开？"

他有时会把自己搁在这疑问的幻觉中，并聊以自慰："离开居住地，肯定是离开痛苦的使然，离开多年他们不敢离开的噩梦。"

他看到了火车晚点的人，都住进了肮脏的旅馆。对于旅途中的人来说，它却又是另一种孤独。火车或旅馆都是无关重要的路途，在哪里都是一粒粒游动的尘埃。

他继续走着，对雪糕批发点、网贷公司、美容院……都不屑一顾，路上的招牌甚多，但没有鲜艳的旗帜。烟尘让它们保持彼此的统一性。他觉得它们盛产的甜蜜之下，满是虚荣。

泥头车乐此不疲，运送沙石泥土进出城，他看着像浑浊的溪流走向更深的河流。

"小心这条路，它会把你的身份变得不伦不类。"有人告诫他。

他愤愤地踢走了一块小石头，这是他对自己这个不伦不类的身份有力抗拒的下意识动作……

短波收音机

夜深人静时，潜伏的故事在天空中走动。一副硬床板吱吱作响。雪花般的喧喳声,在夜色中展开多个镜像,多个秘境在寂静的小村庄铺开,带着湿漉漉的水气息。

一个少年伏在床板上,沿着收音机的小圆盘像探险般深入。洞穴的世界在电波中铺开。平行又立体的未知的世界,在海平面岛屿般浮动。

"他们都说普通话。"普通话涵盖了我们村子以外的生活和气息,更容易接近大城市。外面的世界是另一块大陆,犹如外星人的世界。

"我们不需要这种声音医治好奇和贫乏的生活。"一位年长者说。

电波受到某些意外干扰,耳朵又冒出了粤语。我们的方言是它的蔓枝。"亲切甜蜜的毒素"。我们隔得并不遥远,水和岛屿是我们隔离的大陆,彼此遥望窥视?

空气中有无数的枝丫干扰电波。所听到的是枝丫交缠,像闪电般的声音,看到的是在众多枝丫间构造的模糊的世界。

沿着刻度走下去,除了纠缠的枝丫,还有吱吱呀呀众多的外语,听不懂他们在说什么?陌生产生多种想象,如萤火。

整个夜晚,耳朵听着两个世界的声音。家人起床,暗黑中灯亮起。吱,声音停止,停止一个世界。灯光暗下去,另一个世界浮起。

母亲在一边嘀咕:"可怜的孩子,他在说梦话,说了什么?"

他只需要一杯酒

锣鼓声已响起,风吹开了戏幕,似乎只缺他一个了。

他怀着酒杯上路,大雾如铁,前往理想的铜鼓岭,黑暗中昆虫在喊他,声如口号。

他常常混迹于采松脂人的乡愁,混迹于一头牛的牛绳和松涛间。

他又是丑角,在另一个地方,欢喧的人群需要他,他喝着酒,唱着小调。滔滔不绝地跳唱,搔首弄姿,在另外一个地方。

他一点都没有准备好这个角色,锣鼓声里他找到了自己。

几十里外的村子,他的家空徒四壁,他在重复着他的酒话:"不多,不多,喝得不多……"

怒斥贪吏,黑云在树上升起。喊冤,夜审鬼魂。有人在农家稻草堆叫醒他,星星坠落在沱村河。

戏幕已落下,鞭炮零落响起,村子霜迹斑斑。

罗马斗兽场

我看见这些斗兽场，并不是历史的斗兽场。它坐落在大海与陆地交接处。这个斗兽场是虚构的，古罗马人的海平面虚构。

众多的光在那里盘旋，在大理石座位上，在贵族的脸上，欲望和虚妄。奴隶和野兽的力量在流动。奴隶们深处的骨头在呐喊。

我站在那里，哀恸不已，同情心无处可放。大理石基吗？或在万神庙？我仿佛遇到古罗马贵族们，从沉没的海底走上来。坐在斗兽场，看着一场场的人与人斗、人与兽斗，其乐无穷。

仿佛是影视剧般，人和兽斗、人与人斗。贵族们高高在上，将一颗人心藏于大理石，藏于黑衣袍下，尊贵地饮酒取乐。他们是来自另一个星球的外星人？

或许，斗兽场是外星人留下来的玩具。奴隶们也只是玩具。

夕光照进了斗兽场，它的身体仿佛获得更多的生命。微风吹过斑驳的墙体，又吹向现实的我，吹向喧哗沸腾的观众席上。

斗兽之后，一边剩下无穷的欢愉后的虚妄，一边剩下血腥和兽性。许多未解之谜，面色苍白。

连同这些古建筑留下，很奇怪它们为什么能在水与火之间留至今天，供我们想象、考察。

只有天知道，野史充满乐趣，而正史充满说教。

一次酒局（外二章）

● 黄药师 ●

小王走了，取而代之的是这个夸夸其谈的男人。说起疫情期间美国的"甩锅"，说起世界经济大格局，他颇有指点江山的气势。

在他身上，看不到一点失业、焦虑、困顿的影子。要不是他其中停了好几次，用衣袖擦嘴角残留的啤酒沫，我敢肯定——

原来的小王出去叫啤酒时，就把他换了进来。

我把空调又调低两档，他的额头仍不断渗出豆大的汗珠。

狗日的天气，真热，快受不了啦。他端起啤酒，狠狠喝了一口，说：这还不算什么，最可气的是看到上月的电费单，这个月家里有空调也不敢开！

他说话时，并没有在字里行间过多酝酿情绪，这让我相信他只是一个转述者。

我很难把眼前有点落魄的中年男人，和一个在外贸生意上颇有心得的小土豪联系在一起。

他，更像一个捡拾落花的孩子，不知秋日将至。

我能感受到他压在身上的重量，和凋零，可我并没有感到萧索，反而觉得有什么正在集结，像浆果。他说：谢谢啊，还记得他这个兄弟。

我抬头看了看他，最后也没说什么，只把端起的酒杯对着他抬了抬。

在这个时候，提起共同的小伙伴小邓那过于短暂的人生，显得有点煽情。

窗外，不时传入的刹车声，似乎是一个提醒。我们都说，不管怎么样，此时此刻还能坐到一起，就是一种成功。

是呀，面包总会有的。

烈日暴晒，路旁蔫了好几天的小菊花、兰花草、太阳花，一场雨过后，都活过来了。我们还有什么不能释怀的呢？

临走时，小王拍了拍我的肩，不算很有力，但很笃定。

背影

一直在行走，没有停下。路旁，有一篱蔷薇托住的花香，有被阴影移开的部分。

我们略过它们，就像略过命运、稻草人。

有如一个病人，不断的寻医问药，却不知病在哪里？他在哪里？

回头时，才发现错过的太多……

一个人的背影，也是一座山。我不断攀爬，在起伏，在露水中，寻找昨夜的月和星子。寻找你丢掉的真相。

只是偶尔，才摊开那背面被遮挡了的风景。

有如流云，大雾，我们一定想摁住其中行走的真实。

为了看清楚自己，我们不惜借助一些已碎的事物，以身犯险——比如湖水，比如镜子。

"湖水怕风，镜子怕碎。"

而麻醉，是否不能消除受伤的本身？

或许，它只是一种痛，代替另一种疼。

落在身上的尘土越来越多，越来越多的人举起火把。

它们是你也是我，这是种旷日持久的对峙。

说胜利为时尚早——我们太累了。

日子还在继续，要带去远方的还有很多。我们，模仿着水里的石头，试图只留下内心。

让钟摆倒流、石头开花，让死去的蝴蝶复活……

除此之外，我还有什么愿望？我还有什么奢想？

越来越习惯醉后的言语，我俯下身体，脚下就有恒河的落寞、城市的碎片。

失望，俨然在水里。希望也是。

下雨了

一场雨落下来，穿过田野和山坡给我看。

豌豆花因它而低垂，一滴一滴也从我的心里落。

母亲此时还在田里拔草，她已习惯弯腰的幅度，习惯不再去咬紧牙关忍住痛。

一条进城的路，在雨中显得模糊。堂姐拉着拖箱等在路边，十八岁，就要到城里打工。

而未到的小客车，坐着的应该不是邻居三哥和村头的小红姐，他们——已外出整整两年没回来。

躲在窗口看雨的人，是记起了在雨中走失的人或事。雨在低处，一次次翻阅着脚印和回话。

等待是磨人的过程，如同我们拥有后的丢失，丢失后的复有。

"我总觉得有把伞会为我打开，幸福也会收于某个亮灯的窗口。"

总觉得，事物会像一场雨水，在滴落的过程中完成完好的拼接。总觉得，还有人会在那早已荒废的老屋里，用白乎乎的米粒下锅，往灶膛里扔进一根小木柴。

想象是最冗长的消费，如同那一次的拌嘴、摔门而去。

擦去纸上的痕迹，好像一切过去了。有人敲门，是追债者，还是还债人？我听见了，又很想装作没听见。

我见过拧湿毛巾时那种挤压，像一个人双手按住眼窝，但还止不住冒出来的泪水。

雨下着，没有停的意思，像一束纸做的火焰，不会熄，仿如我少年经历的疼痛。

离不开雨水中的一切。和一株植物一样，要学会爱他们。

我是如何荒凉，这个雨中世界如何寂寥？谁要最后与我隔岸相望？

想做一颗种子，它总能在雨水和荒原中醒过来……

残荷的执念（外一章）

· 程继龙 ·

徘徊在烟雨江南，我暂时驻留的地方，心若不安定，在哪里都不是家。

道路纵横、修缮齐整的乡下，因为人少，颇有荒村野店的意味。这颇合我的趣味，风朝雨夕，我都愿意独行在菜园边，疏林下。

果不其然，我爱上了一塘荷花。荷花红酣，荷叶青碧，在蝉吟鸟语中上演着光影声色的大戏。花瓣层层叠叠，向上构成一个个玲珑的塔座。叶片田田翩翩，托举着一颗颗圆润净白的灵珠。

花在上，叶在下，它们形成两个平行的世界。上面的世界梦想着霞光和日月，下面的世界连接着清波和大地。沟通它们的花光叶影，在水中的小世界里辉映、拥抱、交融。一阵风过去，仿佛所有的声音和颜色，都不可思议地停滞了一瞬。

我起了私心，伸出手去折回两枝。捧在手中，悄悄又匆匆地赶回住处。我仿佛摘得了梦想中的星星，又仿佛捧着恋慕已久而不得的心。

没有插花的器皿，我找来一个玻璃水瓶，洗净，盛上清水，使她们得以站立在我的窗台上，外面是泛着白光，在风中摇摆的杨树的枝头，再后面是远山的黛影。

我就这样守着她们，看书时回头顾视，甚至半夜小解回来，还要瞥一二眼。

可是一连三天，它们就是不开。一高一矮，斜倚着窗玻璃，形成一种呼应。矮的还只是荷箭，青的脖颈，腮部微红。高的泛着粉色，玉臂紧紧地搂着心胸，不露半点内部的旖旎。

我勤快地给她们换水，以弥补我心中的歉疚。甚至给水中滴一二滴酒，想延长她们的生命。

暮色来了，回过神，蓦然发现，那支高的顶端已悄悄地打开了一个小口，杏仁大小。我欢天喜地，将眼睛凑上去，里面黑洞洞的，深不见底，什么都看不见，只流出幽幽的香气。

我像武陵打鱼人那样，进入了那个小口，四周皆是胭脂色，像锦绣的质地，少女的肌肤。只有中间的心，是无限的金黄。只恨我还有小小的生命，不能和她融为一体，永远地住在那里。

第二天，荷瓣零落一地，和残留的那个未成形的莲蓬一样，都发黑了，正在失去水分。

我心凄然，又坦然了。我已经拥有过她们，再不能去祸害别的姹紫嫣红了。

奥利奥与粤巧粤

少年怀抱一大束黄花站在笑意中，站在孟秋的山坡上。

他的笑是人类欢乐面容的一部分，他的花是金黄阳光的一部分，他是夏天和秋天之间的桥梁。

他面对着从远方归来的人。面对着一直以来的纯真无瑕。山泉从山中一泻而下，鹰尖叫着跃出了深涧，想在面前的石崖上剥啄。

一整个年代的颜色和情义都潮水般涌来，臣服于他笑容的明朗。这笑中有三千里纯洁和辽阔，有一面发亮的雪原。

寒冷的风还没有呼啸而至。心底的阴暗还没有从骨髓中喷射而出。

这完美的笑，千金不换的笑。

少年一如既往嚼着甜美的奥利奥。梦想的现实中无限丰美的事物，摆在友爱的桌边，触手可及，取之不尽。

走近仔细一看，少年食用的只是"粤巧粤"。少年的笑，像蒙娜丽莎的笑，古怪中包蕴着无尽的悲哀。

不过，这也很好。

一条河带着一尾尾鱼游进我的墨水（外二章）

· 黄成龙 ·

世上有很多片园区，虽然很多没有烙下我的脚印，但是，它从来不吝啬让出一亩田地耕种我的脚步。这是每天喂养我的园区，所有花朵像脊梁一样支撑着天空偌大的蔚蓝。

这个高架塔指向梦境的园区，用它纯净的月光犒劳每一个石化人的鼾声。

这里踩下去的每一立方土壤，都能拔出前世的根基。仿佛一头扎进浩荡的春风，才能摘取石化人的梦呓。

升高的楼房，肥胖的霓虹灯，这里每一棵树、每一株草，都能让我泪流满面。有时候，我咬紧牙关，把自己变成一把钥匙，打开一本本经书。

世上只有这片园区，才能让我轻易地动用诗词歌赋，来搭载每一个石化人的青春。

有一条河流带着一尾尾鱼游进我的墨水后，我就甘愿做一条水草，为期待的好日子苦苦坚守园区。

今生的我可以离开故乡低矮的炊烟，另起炉灶，但我离不开园区的岗位，我要修剪枝蔓搬运蜂巢。一滴滴热爱午夜的水，缓慢流过我的心脏后，我就不是花匠，我是父亲是丈夫是儿子。

以后，我把这些名字散落在石化大道上，用背影覆盖火焰。春夏秋冬的目光紧紧盯着我，像尘土敲打在我的身上。

园区像一本厚厚的书，一页页、一行行，在晨曦的吮吸中丰盈。

三十一年筚路蓝缕，绘一幅大亚湾画卷

当十里银滩的巨幅标牌驶入眼眸，大亚湾以奔跑的速度赶来。

我已登临。谁能听到我内心深处的燃烧，可我不得不留在岁月里。

从"空城"到实现绿色崛起，大亚湾人筚路蓝缕，把曾经的穷山恶水，绘成六百五十平方公里的巨幅美丽画卷。

画卷第一笔，在31年前改革开放的春风中落下。同许多山区一样，当时的大亚湾人普遍挣扎在温饱线上。在房产泡沫严重威胁下，贫困几乎成为当时所有大亚湾人的集体记忆。广东经济发展"空城"的帽子，牢牢戴在大亚湾的头上。

落笔之初,大亚湾人就在大地上大胆探索。中海壳牌石化项目和熊猫汽车,要摘掉大亚湾的穷帽子,"把富帽子戴上"。

受到鼓励的大亚湾人,一路披荆斩棘、逢山开路、步伐坚定,走出了一条生态振兴、绿色崛起之路。

过去大亚湾生态环境脆弱,水土流失严重。如今,大亚湾成为喂养了一代代人梦想的摇篮。

曾经要盘算哪天才能吃顿米饭的大亚湾人,不但告别温饱线上的挣扎,还耕耘一亩亩海田,建造一幢幢高楼大厦。

31年来,大亚湾人一路负光而行。白昼完善山河,夜晚挑灯读经书,书写新时代的大亚湾篇章。

31年来,大亚湾人孕育自己。学习土地的茂盛,学习白鹭的悠闲,学习惠州港的傲然,学习霓虹灯的美艳……这大亚湾难以测量的深度,大海无边无际的广度,让世人分享触手可及的温度。

今日的大亚湾,虎头山生出了明月,高铁追赶着远方。在这幅画卷里,我只愿抵达大亚湾款款的深情……

醉乡愁的蚝

朝暮在壳里发酵,酒香沿着蚝乡路蔓延。

酿足够的新酒,释放体内所有的激情。

远离了故土,就像乡下打工潮迁徙都市,陷入灯红酒绿的泥沼。

迎着市场吹响的号子,腰姿婀娜,把春天揽在壳里。

舀夏天的水,烤蒸新收获的夜色。以身上的琼浆玉液,换取知己与红颜。

路边地摊的烧酒话,是诗人斗酒挥就的诗篇?诗在霓虹灯的指引下,潜入下半夜找寻迷失的家。

我是凌晨三点无人认领的过客,步履蹒跚,身体里的半打生蚝一路颠簸,精神和肉体早已在蚝乡路酩酊大醉。

醉了乡愁,醉了失业的容颜,醉了眼前摇晃的蚝乡路。

我成为一只蚝,继续在蚝乡路发酵。

被修饰过的鸽子（外二章）

· 陈丽婷 ·

对面窗台歇着三四只雪鸽，没有铁栏分割日光，明艳的蓝天似乎触手可及。

它们却不屑一瞥，自顾自地梳理毛发。

我曾听燕子私下呢喃，被驯服的羽翅没有自由的火花，风再大也说服不了一颗惯于安逸的心。

世间太多鸟儿本属于苍穹，仿佛山川河海皆匍匐而来。

可一旦冠上一个简单的形容词性物主代词，心与翅便成了一种供赏的勋章，唯有滚烫的血泪方可降解。

倔强的傲骨被一点点敲碎，天高地阔幻作一方狭窄囚笼。

哪有什么饥寒交迫，穿梭在风刀雨剑的岁月渐行渐远。雪白的羽翅燃成灰烬，飞云青天湮灭在视线里。曾经高昂着的头颅垂下，作乖巧状，温顺地取悦饲主。

只要放弃自由，温馨的、欢悦的都能够实现，低头即可尝到干净的水。

原来，舒适唾手可得。

不臣服的鸽子，血里有风，歌里有梦，裹着与生俱来的骄傲和不屈。自由，是惶惶不可终日里唯一的信念。

鸣叫声中，掺着铁骨铮铮的烈性。

可芸芸众生里，多的是甘于画地为牢的家鸽，像你，也像我。

我与玫瑰一同萎落

我瘫在地上，四肢无力，任由野草疯长。

人世的喧哗像蝉鸣，暗示春夏偷换。一颗鹅卵石，自愿被囚在笼中，不知痛感流动。

镜面映出森森白骨，在张牙舞爪。

看见自由渴求着我，寂静想冲破房间，我落在花瓣的尸体上。

名字被笔拆散，肢体洒在雪地。

罅隙里,韶华一把燃尽。

六十几个夜晚晕成一首诗,冗长沉闷。

调制的香水,凝成泪滚动在枯红的花瓣深处。

它察觉自己在安静地萎谢。却仍在风里一言不发,暗自想念曾拥有过的鲜红欲滴。

如今,一瓣含痛,与文字相拥,承受着命运的重压,咬牙浸染着墨味。

半截身子蜷缩在书封。梅雨天,生出湿润的触角。

最后一秒,石子击碎花瓶。

黄昏吞噬了话语。

枯萎的玫瑰是陨落的星辰,带着灰败的温柔。

我们终将成为怪物

我们又聋又哑,耳朵和眼睛只接收欲望,过滤真相。

无用的器官枉费力气维持,就该舍弃。于是,耳朵长出了绚烂的花簇,筋骨相连。终于撕出标识,昔日孑然一身的卵石被喧哗簇拥着,后背抖如筛。

瞳孔受惊,婉拒水石斗争,心甘情愿沦为瞎子,幸亏没见过茹毛饮血的画面。咽喉塞满了棉花,模糊的字眼淡如白开水,乏味得生厌。

我们还需要心吗? 愚蠢的是,背着道德准则行走在沙漠。

温热的躯体怎能融化冰川,痴心妄想被书写在册子上,嘲讽劈天盖地砸来。黄金和权杖被染上黑色的毒液。你说有舍有得。

于是剖心。心太柔软,挡不住匕首的尖锐,还不如放置一颗石子。

躯体空空,好像一无所有,轻飘飘得像自由自在的云。你说,这会是一场可笑的幻想吗? 其实我们只是聚集在云朵里的水滴。

成千上万的蚂蚁涌成黑色的洪流,侵袭钢筋森林,一声轰鸣,无数火柴尖叫着奔跑在车流人海。世间荒诞成一幅褐色的油画。

再近点,钢铁般的意志被岁月一锤击溃,脊柱弯到触地。

阴霾整日不散,太多词语掉落在掌心,带着冰碴,是陨落的隐喻。开始只是失去耳朵和眼睛,后来是心,是刻在褶皱上的三百首诗,是一切框架条例。

配合着如释重负的语气,你说,我们终于成为一样的怪物。

晨雾渐起（外四章）

· 孔杰梅 ·

在深秋的湛江一觉醒来，透过窗帘跳进一丝微弱的阳光。

无雨的天往往都纯净，有雨的晨曦往往清爽得很。

嚼碎了时间的闹钟兴致勃勃，毅然决然担起每一个清醒的重任。或背负着不解风情的罪名。

此时，阳光未起，天气灰阴，倦意从九楼顶铺下来。

小鸟停在慵懒的词上，疲乏地啼叫。

雾蒙蒙的高楼，雾蒙蒙的矮草，雾蒙蒙的人。飕飕的凉意，终于在大口吮吸新鲜空气后释怀，变为轻烟一缕。

秋柿敞开了心扉，不再青涩。

任何深秋的伎俩，都骗不过虔诚的日出日落。

冬天好像要来了。

外出有感

黑云压城，天却被残忍地分成灰白两色，没有了浑然一体。

夏日暴躁的风，吹得高处的树摇头晃脑，似乎也点缀了落日最后的余晕。

夕阳，躲哪里去了呢？

你还是不够耐心地藏。于是，我追上了太阳。云开雾散。

水天一色在黄昏是没有的。闭上了双眼，任凭夕阳温柔地照抚。神经敏感地捕捉到感动。

你太动人了。我不得不爱。

缓缓地，深呼吸，水汽中好像还混杂着尘土的燥热。

天睡沉了，我分不清了。

却道得清全是你。

狂

我从日月交替的时候开始跑，一直把新月给跑暗了，风葬了一地星星。

风像是拉扯着谁，我也被谁拉扯着。

当我跑步时在想什么？微笑怎么雕刻丑陋五官，奶酪怎么封杀无尽食欲，果墩怎么品尝甜意醋坛。

梦像是凋零的。秀色可餐的黑夜，被剥夺了的关心撕破，连同那风葬的一地星星，闪烁着。

当我跑步时，我在想什么？无解。

大海何以为大海，沉溺像水一样的脂肪；你为何为你，埋葬你那流动油脂一样的爱。高矮胖瘦，根本不重要。

又都很重要。

等影子携火车的鸣笛抚平澎湃，做个梦给你。在秀色可餐的夜。

我从星星打哈欠的时候开始跑，一直到把星星给跑睡了，都不肯停止对你的思念。

原来我的梦，被你拉扯过。

呼 · 吸

充斥着新和旧的港城。

演唱会万人奔赴的行途，密集的人群如大地的尘埃一般焦躁，喇叭声此起彼伏。

且欣赏海湾大桥的夕阳西下，忘却繁忙与喧哗，一览被壮阔的大海博爱着的、宽容着的世间万物。

终点站终会抵达。青春的嗨歌，透过人山和人海，闪耀着的霓虹灯彻夜狂欢。

繁华的夜，无人独眠。无关畅意台上，静默幕后。

微弱的路灯孤独地照拂着行人。搬煤工、水泥工，向路边卖凉茶的阿姨讨价还价，叹息与空气融为一体。

三轮车转把勒出根根破裂的青筋，曲变的拇指紧紧勾住，冒汗地加力。左手在沉寂的空气中停住。抓不住风啊。眯缝着的小眼睛，永远倔强地抬头望向远方的晨光。

我曾躲避邪恶，于是像你一样望向远方。

通向美好的路上，新欢与旧爱怎可并肩前行？

油炸鬼

用同一锅油，反反复复将粉白炸成条条金黄。

清晨，噼里啪啦。随手摘一片嫩绿作装饰，点缀奶白色的豆浆。

沸腾的油都是有脾气的，想要在每一次旋涡中留下爱的胎记——那是我爱过你的证明。热乎乎的新鲜出炉，"烫烫烫"……

"嗖"一下吮吸拇指，香脆。

收工。开工。轮胎与沥青在嬉戏。老父亲掩盖不住欣喜。

这个骑着摩托车的老男人，他的胸膛被午阳照拂着，无法丈量。可是，很快斜阳栖枝，湖光微波粼粼。远处树下的蚂蚁争抢着秋柿，蚯蚓拼命嚼烂泥水。世上有慢悠悠的角逐吗？

路灯下的黄昏，幽禁着植物油的清香。

你掌心里捧过方方正正的爱吗？

卡普林斯基诗选

· 得一忘二　译 ·

今年夏天到处是昆虫。
你一走进花园，
大团苍蝇围着头嗡嗡作响。
大黄蜂在鸟舍里筑巢，
胡蜂把巢做在榛树中，
我坐在窗边，
听到一种我辨别不出的嗡嗡声，
不知道是大黄蜂还是胡蜂，
或者是电线，
天上的飞机，路上的汽车，
或者是生命本身在发声，
想要从内部向外告诉你点什么。

*　　*　　*

童年时起，我就在纸上随手乱涂——
博伊刀、手枪、男人的脸。
现在，一个午后，我突然注意到
我已开始画
猫、狗、马和鸟。
虽然很拙，还有解剖学差错，
但如果坚持下去，
也许会有进步，
会更真实，更生动，
谁知道呢，说不定它们某个时候
可能会动起来，甚至伸展开来，
或扬起翅膀，
从灰乎乎的纸上，从诗歌与讲义之间

飞走，就像很久以前，
一个书生在茶舍墙上画的
一只黄鹤。

*　　*　　*

妻子和孩子们在等冰激淋。
那会儿，我没什么事好做，
站在那儿看着脚下：
羊茅、早熟禾、白三叶、蒲公英，
就长在人行道的边上，人们经常
从大市场路过这里赶去汽车站，
你，蕨麻，一位来自
塔尔图县和沃鲁县农场的老熟人，
是我们永远也忘不了的，正如我经常踩到的
鹅粪，我们也无法假造，
就那么粘在我的脚趾之间。

*　　*　　*

冬天特有的寒冷和潮湿
侵入被褥、墙壁、地板，
我们劳作了一整天，身体疲倦。
夜里，梦见逮住那两只小黄鸭，
我努力把它们抓在手里。
把它们放进胸前口袋最简单。
我想把它们带回家养，
但后来意识到我不知道拿什么

喂养。后来的事我就不记得了。
我可能去了歌剧院，但那也有可能
只是前一天晚上的梦。
早晨，泰雅给花坛除草，
发现罂粟花下蹲着一只小兔子。

*　*　*

没有善，没有恶，没有罪孽，没有美德，
没有忠，没有不忠，没有结婚，没有通奸。
也没有爱，虽然有时有人说
者如此类的话，或者把它们
写在纸上、沙上，写进石头或风中。
只有伟大的灵魂
没有大小，存在于
思想与腑脏之间，偶尔出现时，
我正看到你在树下采摘苹果，
或者在给我们的男孩剪头，或者
正在脱掉睡衣，而我不知道
这个开始所发出的回响是否会结束。

*　*　*

风轻摇着丁香，枝影
通过敞开的门廊映在地板上，
也在轻摇。今天我洗了窗户，
悲伤了好久：突然间，一切
那么近，清晰可见，就在眼前，
以至于我自己的距离更加突出，
让人伤心不已。是不是真的
只在秋天的树林里，在山雀和云杉的陪伴下，
我才一直和自己相安？只与自己？
而这种悲伤，从何而来？
太阳滚涌向前。风平息了。

丁香的枝影在书架上轻摇，
接着消失。

*　*　*

早上挺冷，但到了中午就暖和起来。
蓝云堆积在北方。
我从一个会议上出来——这是个
讨论古典语言教学的会——
我和一个朋友坐在河边，
他和我讲他的种种烦恼。
水位仍然很高。两个男孩
在河岸上扔石子打水漂。
我没什么建议好给……河岸上
没有长凳——可能是夜间有人破坏，
又把长凳扔进了水里。
太阳滑到了一朵云后面。我们都很冷。
我们起身回到城里。
也许他可以看到他的前程。
我停在一家店前买燕麦片和面包。
正是六月。我回到家
看见三个年轻的民兵正在转魔方。

*　*　*

四吨半的波兰西里西亚的煤——
花了一整天才把它铲进地窖，
够烧一整个冬天吧。能有这些，我很高兴，
而我像往常一样，有点后悔，
这么美妙的东西我必须烧掉，
没时间研究，没时间一层层打开
被埋藏了这么久的书。
这些黑块块，一个个都带有
独特的古树皮或树叶痕迹，

而我对此几乎一无所知。
一直是一本书，一本黑色的外语书，
我只认得其中不多的几个词：
科达树，本内苏铁目，封印木……

* * *

一天，我提着煤灰和旧油漆筒去垃圾箱，
再一次想到：所谓寻常与奇异，
两者之间并没什么不同。
要说有什么，只在于我们自己，只在我们眼中。
在上帝那儿，创造世界还是毁灭世界，
就像我们常人写封信或者浏览
报刊社论或讣告版那样寻常。对他自己而言，
上帝不是上帝。在我们自己看来，我们才是
　　上帝。
从这意义上，也就没有上帝。有的只是眼睛，
一只锈蚀的油桶在这些眼中生出娇嫩的白根，
昨天的报纸绽放出花朵，
蛾子聚集在它周围，直到破晓。

* * *

信徒因为上帝存在而快乐
我不知道他们是否
像我听到白蜡树上传来
猫头鹰的呼叫声那么快乐
它的巢箱已经
放在那儿十几年了。至今
他已经在那里
住了自己四五年。
他存在。

* * *

夜幕降临，孩子们睡了。
寂静返回，从我所不知之处——
可能来自深处，可能来自高处。
寂静在耳边响起。
明信片上白度母的微笑
越发清晰，她周围的颜色
越发明亮。我将要流连于这笑容，
并写上几行。从这几行来看，
毕竟，从某种意义上说，我活着。
从这笑容看（在另一种意义上）我也活着。

* * *

从集市回来的人们扛着樱花树；
柏油路上留下道道白线。
我在回家的路上再次看到
桦树扭曲的白树干，
叶子联翩地展开，
雨水洼中倒映着堆积乌云的天空，
我突然感到，这样的美
正在变得不可辩护——
最好是看着地上冒出来
小小的牛蒡、荨麻、艾蒿，
那么迷人，
或者进屋，查字典
了解这些日语词到底是什么意思：
"幽玄""寂""物哀"，
玄妙、神秘
以及物身的韵味与悲伤。

＊　＊　＊

夜空的光——
这么明亮和温和，
当我把水桶沉入井中，我在那儿
清晰地看见自己的脸。
任我汲出来的水
总是一样的：流动，清凉，
无色，无味，无臭。

＊　＊　＊

我甚至不知道我是否有权说"绿色"——
我色盲，看不到这种颜色……
我不知道该怎么说这森林地面，
看它突然绽放出色彩，变成
深秋黄昏中的一个宇宙缩影：
明亮的苔藓，葱郁，茂密，经过
一场夏季的干旱，现在长在潮湿的寒冷中。
一些黄松针，一些嫩小的树枝——
全都沉甸甸的，仿佛
这寂静和这黄昏一同渗进了它们，
让一切都停在无底的凝止中，
那里，一声心跳必须无休止地等待另一声，
两根松针从松树上
永恒地落下。

＊　＊　＊

太阳升了起来。风劲了起来。
真可说是风从西边把黑夜从窗户之间
吹了过去。河水
涨了起来，沟渠
满溢。草地上，

柳丛这边，晨曦的天空泛着微光，
云朵匆匆，海鸥喧嚣。
时间又开始流动。窗边的帘子
轻轻浮动。我试着数
我的呼吸：一，二，三，四，
五，六，……但总在数到十之前，
我的思想就滑进别的东西，
好像知道随春天而去
是多么好。可为什么呢？去谁那儿？

＊　＊　＊

傍晚，寒意降临。天空高朗。
风逐渐消停，炊烟
直直升起。开花的枫树
不再噗噗有声。一条鲤鱼
在池中扑腾。有一只猫头鹰
从白蜡树上的巢中鸣叫了两声。
孩子们睡了。楼梯上
有一长排鞋子和雨靴。
维尔加迪附近发生了一件事：一个蠢小子
把汽油泼在邻居三岁大的男孩身上，
然后点着了火。我跑着去拿牛奶。
你可以远远看到白桦与云杉之间
夹杂的黄色枫树。晚星
在仓库房顶上闪耀。那男孩活了下来，
也许终身残疾。今夜会降霜。
很多的露水。

＊　＊　＊

初秋，一幅褪色的水彩，
越来越没了颜色与景深。
笨拙的大头蝇从窗缝中爬进了

我们的房间,却无法出去,
每个秋季都会这样。云朵从黄昏
聚集到天黑,但夜里没有露水,松鸡
在园子里啄食最后的豌豆。
画眉聚众栖落在花椒树上。
这一切之前都已见过、熟悉。久旱
在我们脸上和心头留下印记,
但很难相信太阳下还有奇异的事,
除了风与多变莫测的云,
夜空里闪过的陨星,以及你碰巧
看到并记住的偶然事件,就像
这只耳夹子虫在我们屋前的
碎石小路上转圈转了很久。

*　　*　　*

夜,寂静。一只蟑螂
从浴缸下面钻出来,
十五层的公寓;开关
不灵了,灯
常常点亮自己。
蟑螂爬上墙,在水槽上方的
层架上停下。谁知道为什么。
或许是有异味汩汩而来,
从瓶子里,药罐里,刻着这些文字的管子里:
剃须后战争斯巴达克斯无忧级绿篱
艾呵苏异域风亲密体香剂旁氏乳霜
可可脂旁氏干性护肤霜彩妆粉底
雅芳别致专属菲斯雅男士
雪文琥珀古法古龙水……
也许它暗示着某种伟大
而神秘的东西,某种超验的现实
隐在这些五颜六色的标签背后,或许
香气直接把其他气味的痕迹抹消

那现实沿着自己的小径通向插座孔,
再从那儿钻进面包盒后面的厨房。

*　　*　　*

知识,对我而言的意义,
一直比不了逐渐去了解,
比不上理解。这就好像火,
火线沿地面向前移动,
在灰烬后面,在去年的枯草前面,
去年冬天的艾蒿,
荨麻杆。火,总是
也只是升起,向前。
是这样的:天空在上,在下,
就在此(即使我们活在
天上)。地球是圆的,
房间在我们之外面也在我们之内。
人会逐渐习惯这一切;然后,
知识犹如灰烬。但很可能
有更好的比喻:燃烧的沼泽,
燃烧的矿井,火已持续多年,
在地底深处……还有这一点:
我对别人说的话,加速并重新点燃。
逐渐去了解,相当于让人了解,
理解、说明、质疑、答案。
我从这一点明白:
已经学会的人,不能抹消。

*　　*　　*

辩证法是一场对话,与一个
比黑暗更黑暗的人玩的影子游戏,
他的眼睛看不见,耳朵听不见。
只是有时它伸出手,像它本身一样

黑暗，有难以察觉的柔软，

敲掉我们所有的牌和零件，

我们的公式、理论、宗教和无神论，

而我们必须重新开始，

直到它的手或呼吸

再次颠覆一切

或者理解到它是

永久的他者，只不过是其他东西。

＊　＊　＊

春天确实来了：柳树

开花，母黄蜂

在寻找安巢的地方；酸奶碗上方，

果蝇环绕；厨房的门帘上，

一只飞蛾在红色斑点上睡觉。

一只昆虫飞进地窖，围着我的头嗡嗡响。

我坐在办公桌前，有好一阵时间都能

听到挂在墙上的塑料包发出奇怪的沙沙声。

最后，我拿过来一看：一只蜘蛛

掉了进去，拼了命地想要出去。

＊　＊　＊

毁灭性之源是没活过的人生。

不能长大的，会长小——

指甲和胡须长进肉体中，得不到回报的欲望

钙化我们的血管，羡慕

变成溃疡，悲伤化成虱子，

污垢变成苍蝇。在某种程度上，

我们一直是流浪的骑士；我们一直在寻找

为什么战斗，为什么抵抗，

仇恨谁才是正当的仇恨。这没活过的人生

就像我们手中的这口开水锅，

我们急忙扔掉一边，没时间

做任何别的，对所有静坐着的人

愤怒不已，

他们围着餐桌，谈论着

埃里希·弗洛姆，以及破坏性之源

即是没有活过的人生。

＊　＊　＊

阳光照在红墙上，墙暖洋洋的。

我用手摸它，用脸颊贴着它。

不过，我感觉到我们之间有种东西，

一种把我和真实的墙隔开的东西，

只有那红色和太阳。有某种东西，

把我封禁在柏拉图的理念世界，

直到我血液开始跳动，太阳落山，

红墙在黑暗中变得又黑又冷，

我窗下的番红花开始枯萎。

跨科学在我得自我上刻下新的铭文，

仿佛我是一座教堂老钟。那声音

越发清晰，传得越来越远，

超越城墙，超越跳动的血液，超越理念的世界，

而从它的边界之外吹来一阵风，

携带着黑色番红花的香气。

＊　＊　＊

土豆挖了，树都黄了，

向日葵种子熟了，苹果落在树下

烂了——像之前一样，

我们的工作总是多过时日，而总会剩下

什么，没来得及收获、没捡起、没完成。

那块地需要深翻，篱笆得修整——

然后我们可以去了，天空正阴霾。

不久,叶子将要落下,不久
事物的本质将更加清晰可见:
低地桦树裸露的黑枝
在灰暗暮色下的地平线上摇曳。

　　　　　　*　　*　　*

每一个垂死的人
都是孩子:
在战壕,在床上,在宝座,在织布机前,
我们渺小而无助
当黑色天鹅绒让我们眼睛低垂,
字母从书页上滑落。
大地不会让任何人松懈:一切
都必须归还——呼吸、眼睛、记忆。
我们是孩子,当大地
与我们一起旋转,从黑夜到黎明,
没有嗓音、没有耳朵、没有光、没有门,
只有黑暗、土壤里的
运动以及它成千上万的
嘴巴、下颚、下巴和四肢,
划分了一切,因此
没有名字或想法会继续

存在于那个头靠着膝盖、
默默躺在他右侧黑暗中的人。
他身边,是他的长矛,他的刀
还有他的手镯,还有一个破罐子。

诗人简介 ┃ 扬·卡普林斯基(1941-2021),中文名凯普林。爱沙尼亚当代著名诗人、翻译家、哲学家、文化批评学者,出生于塔尔图县,并在那里读大学。母亲是爱沙尼亚人,父亲是波兰人,死于苏联的劳改营。卡普林斯基读大学时专修语言和语言学,以法语语音学毕业,深受东方宗教尤其是道家思想和佛教影响。他的作品包括多部诗集、散文集、论文集和译作,论文主题涉及环境、语言哲学、中国古典诗歌、佛教以及爱沙尼亚民粹主义,译作原文包括法语、英语、西班牙语、中文以及瑞典语。诗人还曾在1992至1995年间当选为国会议员,主小行星带中的29528号小行星以他命名。2016年获得欧洲文学奖(European Prize for Literature),同时被提名诺贝尔文学奖,是爱沙尼亚国家文化的偶像级人物。

译者简介 ┃ 得一忘二,本名范静哗,诗人、译者,新加坡国立大学英文系博士。他以中英文写诗,出版有诗集以及诗歌翻译作品,诗作发表于多个国家地区,并多次受邀出席国际诗歌节及读诗会。他目前定居新加坡,从事教学研究工作。他相信,诗是映照世界的一己之言,因此他认为写诗是一种将公共话语转化为个人话语的行为。

威廉·巴特勒·叶芝诗选

· 杨铁军　译 ·

怀念罗伯特·格里高利少校

一

既已在此古塔勉强安家，
我想——列举无法和我们
凑一盆泥炭之火共进晚餐的朋友，
谈话进行到深夜，沿狭窄的
旋梯爬到顶楼，躺在床上：
被遗忘的真理的发现者，
或仅只是我年轻时的伙伴，
全都，全都是我脑中的亡灵。

二

每当有新朋遇见旧友，不管
哪方表现冷淡，都会让我们受伤，
痛苦住在我们心中的感受里，
不缺盐的喂养，淹流不绝，
争吵起来也往往是劈头盖脸；
但今晚我要带来的朋友
不会在我们之间激起争吵，
因为涌入我脑海的全是亡灵。

三

首先浮入脑海的是热爱学问
胜过热爱人类的列昂内尔·强生，
虽然过于礼貌，以至迂腐；
他对神圣性的沉思归于失败，
直到他全部的希腊和拉丁文学问

似乎吹出了号角的一道长音，
稍微逼近了一点他的想法，
他梦想中的无法揣测的圆满。

四

接下来是好奇的约翰·沁孤，
那个向死之人选了尘世当文本，
在坟墓里也从不会安生，
经过了漫长的旅行，天黑时
猛然发现一处被弃绝的
最为荒凉、乱石嶙峋的地方，
天黑时发现一道激流，
如他的心脏般热情、简单。

五

然后我想到老乔治·泼莱克斯芬，
年强力壮时，以他在赛会
或马场展现的马术闻名梅奥郡，
后来却变得迟缓、常常陷入深思；
这也证明不管多么纯种的马
多么健壮的人，虽然激情澎湃，
也会活成荒谬的星星，在牵引下
相互倾斜，构成刑相和三分相。

六

很多年他们都是我亲近的伙伴，
简直成了我的心灵和生活的一部分，
如今，他们的脸庞不再呼吸，

看起来像从旧画本里出来的一样；
我已习惯了他们的呼吸的缺席，
却绝对无法接受我亲爱的朋友的爱子，
我们的西德尼，我们的天之骄子，
也分享了死亡的粗暴。

七

因为如今喜悦之眼见到的一切
都曾是他爱过的；被风暴刮断的、
把影子投在路上和桥上的老树；
立在那条溪水的岸边的塔楼；
每晚都有牛来饮水的浅滩，
牛打破水面的平静，受到那声音
惊吓的水鸡不得不转移地方；
对你，他也许曾是最热情的欢迎者。

八

他曾带着猎狐犬，骑马
从泰勒城堡飞奔到洛克斯堡那边
或艾瑟凯利平原，没人能跟得上他；
在孟森，他跃马跳过一个
危险的壕沟，半个竞技场的人
都闭眼不敢稍看，惊叹他
比赛的马匹怎么连嚼子都不戴？
然而，他的大脑比马蹄更快。

九

我们梦到一个大画家，简直是
为了寒冷的克莱尔岛、戈尔韦的
礁岩和荆棘，为了体现我们的秘密秩序的
那些冷峻的色彩和纤细的线条而生，
凝视之心通过此秩序，集聚了双倍力量。
战士，学者，骑士，三位一体，
他强大的内心激情尚未耗尽，还有

余力著书立说，愉悦整个世界。

十

还有谁比他给我们提供了
更好的专业知识？关于一座房屋，
所有那些有趣的错综复杂，
不论是五金，还是木工，
石膏模具，抑或是石头雕刻。
战士，学者，骑士，三位一体，
所有这些活计他都干得完美，
每个门类都像有一生专攻。

十一

有些人烧潮湿的柴火，别的人
把整个易燃世界在小房间里
付之一炬，我们刚一转身，
光秃秃的烟囱便彻底烧黑了，
因为火光一闪，一切都已完成。
士兵，学者，骑士，三位一体，
他成了所有生活的典范。
我们凭什么设想他会梳理白发？

十二

看着那风痛苦地抽打窗板，
我企图在脑海里回顾所有那些
成年人努力过的，童年期爱过的，
或者男孩子气的智力认可过的事物，
给每一个都配上相称的评语；
直到想象力带来了一个更合宜的
欢迎；但关于此次新逝的念想
攫去了我的心脏，使我无言。

1916年复活节

我曾在黄昏时分遇见他们，
一张张生动的面孔
从柜台或桌子后，十八世纪的
灰色房子之间涌现。
擦肩而过时我会点一下头，
或许说些礼貌但无意义的话，
或许逗留一会儿，说些
礼貌但无意义的话，
在离去之前想到
一段滑稽故事或嘲讽的玩笑
来取悦一位围坐在
俱乐部火炉前的同伴，
心中确定他们和我唯一的相同处在于
都生活在这穿小丑服的地方：
一切都变了，完全变了：
一种可怕的美业已诞生。

那个女人把时光花在
无知无识的美好憧憬中，
与人争辩不休度过每天夜晚，
提高嗓音直至尖声争吵。
还有谁比她的嗓音更美，
当她年轻美丽的时候
欢声笑语骑着马去猎兔？
这个男人管理一家学校
驾着我们长翅膀的飞马；
另外一个是他的助手兼朋友
也加入了他的阵营。
他也许在最后时刻获得了名声，
鉴于他的天性看起来是那么敏感，
他的思想是那么无畏、甜美。
还有另外一个人曾出现在我的梦中，

他是个酒鬼、骄傲自负的蠢人。
他曾对我心中珍爱的人
做过最不堪的恶行，
但我还是把他写进我的歌中。
他，也已从这出肤浅的
喜剧里抽身而出，
即便是他，也经历了自己的变化，
完完全全得到了转变：
一种可怕的美业已诞生。

坚执唯一目的的心灵
不管春去秋来
似乎都执迷于一块顽石，
不顾汩汩不息的流水从旁经过。
那匹在路上跑的马，
和它的骑手，还有在翻滚的云间
飞来飞去的鸟儿，
它们分分钟钟都在变化。
云在溪流上投下的阴影
分分钟钟都在变化。
一只马蹄在岸边打滑，
一匹马在水中泼溅水花。
一只长腿雌松鸡一个猛子扎进去，
母鸡呼唤雄松鸡。
分分钟钟它们都在活着。
石头却处在所有这些变化之中。

太长久的奉献牺牲
可以把一颗心变成石头，
噢，什么时候努力才足够？
那是天意的决定，我们所演的角色只是
默念一个又一个名字，
就像母亲叫着她孩子的名姓
当睡意终于降临

那些乱跑乱动的肢体。
除了夜幕降临,还有什么别的?
不,不,不是夜晚而是死亡。
那死亡是否真的全无必要?
因为英格兰应许会履行诺言
把所有那些说过的和做过的实现。
我们知道他们的梦想;最起码知道
他们有过梦想,但已然死去。
会不会他们被过度的爱所迷惑
直到他们死前的一刻?
我把这写成一首诗歌——
麦克多纳和麦克布莱德
考诺利和博尔斯
是现在还是将来,
不管哪里,只要还有人穿绿,
彻底改变了,完完全全地改变了:
一种可怕的美业已诞生。

柯尔庄园的野天鹅

树木呈现出秋天之美,
林间道路也已不见泥泞,
水面在十月的晨曦下
反映了一片静静的天空。
湖水涨满,乱石之间的水波
漂游着五十九只天鹅。

从我第一次把它们清点,
这已是第十九个秋天加诸我身。
我看到,在我还没数完之前,
它们突然拍打翅膀
呼啦啦地升空、散开,
盘旋成巨大断开的环形。

我凝望过那些具有惊人之美的造物,
而现在,我的心暗暗发痛。
一切都变了,从我第一次听见它们,
在这湖水的岸边,晨曦之中,
翅膀扑棱棱的在头顶分明敲打,
那是一种更轻微的踩踏。

就这样也没感到疲倦,它们成双结对,
不是在寒冷、亲切、美好的
溪流中划动,就是在空气里爬升。
它们的心还没有变老。
不管游荡在哪里,从它们心上
总能找到激情或征服的欲望。

但如今,它们漂浮于这静静的水体
那么神秘、美丽。
当我某一天醒来,发现它们
已然飞走,却不知会在什么样的灯芯草里
筑巢,在哪一处湖边、池中
取悦人们的眼睛?

一九一三年九月

既然还有理智,你们为什么
还在油腻的钱柜里摸索
有了一便士却还要添上半个,
不停祈祷,虔诚得发抖,
直到把骨髓从骨头里榨干?
好像人生下来就是要祈祷、省钱:
浪漫的爱尔兰已经死亡、远去,
和奥·莱里一起躺进入坟墓。

但他们,是不同的一群人,
他们的名字能让你停止孩子气地玩耍,

也们像风吹遍了世界的角落，

也们却哪里有时间祈祷，

因为刽子手的绳索已为那些人缠好，

还有什么，上帝啊，他们能够拯救：

浪漫的爱尔兰已经死亡、远去，

和奥·莱里一起躺进了坟墓。

难道是因为这，野鹅才打开

灰色的翅膀，迎接每一波涨潮；

因为这，才会有所有鲜血的抛洒，

因为这，才会有爱德华·菲茨杰拉德的牺牲，

罗伯特·埃米特和伍尔夫·堂，

所有那些勇敢之人的疯狂？

浪漫的爱尔兰已经死亡、远去，

和奥·莱里一起躺进了坟墓。

难道我们能逆转岁月的车轮，

把那些亡故的人从孤独和痛苦中

原封不动地召回？你却声称

都是因为"某个女人的金发

让每个母亲的儿子都为之发狂"：

和他们的奉献相比他们本身轻如鸿毛，

别打扰他们了，既然他们已经死亡、远去，

和奥·莱里一起躺进了坟墓。

作者简介｜威廉·巴特勒·叶芝（1865-1939），爱尔兰杰出诗人、剧作家和散文家。叶芝的诗受浪漫主义、唯美主义、神秘主义、象征主义和玄学诗的影响，演变出其独特的风格。1923年，叶芝获得诺贝尔文学奖。

译者简介｜杨铁军，山西芮城人。诗人，翻译家。1992年在北大读世界文学硕士，毕业后赴美国爱荷华大学攻读比较文学博士。出版有个人诗集《且向前》《和一个声音的对话》，译有《林间空地》《电灯光》《奥麦罗斯》《诗的锻造》《想象一朵未来的玫瑰》等。

泰德·休斯诗选

• 杨铁军　译 •

五月的早晨偷鳟鱼

我把车半骑着停进沟渠,熄了火,坐着。
发动机散发灼热,热气的讶异
沉入早晨五点的静默和寒霜。
第一束晨光裹着蕾丝,割出一道血糊糊的
伤口,在那长长的大口子的尽头,
我对着散发异味的仪表盘端坐。
我今天要做的事必须格外小心。
我只愿这铁家伙赶快冷下来,
而隔着三块田的我,退藏于秘,
让蒙着毯子的农庄,误以为过的是飞机。

因为这荒野不是你一头扎进去就行的。
每片丰满的叶子都婚姻美满,
每颗尘土都记录在族谱里,彼此血缘相亲。
菜园子仿佛婚礼正式开始前
却沉睡的新娘。
果园是刚出修道院的默默的修女……
太安静了,似乎有什么不当的事要发生。
太诡异地合乎常规了,各色各样的偷听
穿着制服,蹑手蹑脚走在土路上,隔篱偷窥。

我谛听枕上突然睁开的眼睛。
它们的梦被突如其来的阴沉的汽油灌洗。
它们只需注意绵羊就行。
方圆两英里的每只绵羊
都在用它剃得如饿鬼般的牧师的表情
把我准确定位。

我钻出来。毕竟,空气已忘记一切。
杂草腥甜的茎秆和翅翼
蚀刻在大高脚杯上。一只鸽子冲入天空。
大地正从深处缓缓、黝黑地涌现,
却还沉在地表下。没人发现我,
但这有什么奇怪。柏油路
还沉在天鹅绒的睡眠里,山寒丘冷。
新生的大地尚包裹
一层薄雾和赛璐珞粉,
它所储藏的冷霜仍铺在表面,
给了我试探、吸嗅的特权。
羊不一定比报春花更为醒目。
而河躺在那里,惊异于自身,
扭曲、戏弄着光线
和懒散不动的鱼,
完全因为好奇而起起伏伏,
此时,太阳融铄了浪脊,
泼洒光线,沿凹陷的沟壑蜿蜒……

我的脑子也在起起伏伏,
天空敞开的怀抱,把我遗忘在
榛树丛掩埋的通道里。那里,
我的靴子晃荡着,直到黑暗中
被一个东西乱咬,却是下面耸动的河流,
活蹦乱跳,不怀好意,
如翻滚、震荡的快艇,如暗空
从其夜泊处一泻如注,在榛树丛下……
但当我下到水里,迎着逆流站定,

河复而为河，冲刷着它的精神、
石头、杂草、鱼类、砂砾
还有榛树丛根系的交错盘绕，
里头聚积的来自耕地和土路的灰白脏污
也统统被冲走。

起初，我几乎没法看它——
耸起的水面，瓦楞波纹
覆盖的棚屋顶变窄
成了辫状，大圆石激起爆炸般的
滚沸回旋，到处是黑黝黝的水劈裂
形成的白边，一道道镜子
在蜿蜒的榛树下起伏。这儿是浅水，
缠着我的膝盖，像回力镖往复，
淹死的女鬼拉扯两只脚踝，
但我更为沉重，可以拖着它们走向上游。
我冲张开喉咙的河口，
掷出蓝色的鲦鱼饵，
越过岸边的急流，
逃离的鳄鱼会从那里上岸，
其上是榛树的胡须，我切掉
光秃秃的树根上的毛须，
直到我最初落脚处，紧绷的钓索
互相缠绕着，顺流而下，
我的靴底游动，如有磁石吸引。

很快就到了深水。扑面迎来、
一群暴徒的轰鸣和浪花
从身边翻滚而逝。我惊慌失措……
这条鲁莽的河流简直就是
川流的粪车和炮架车，碎片和金属，
在通宵灾难之后，葬礼拖长的哀伤
夹杂着星球、电子风暴和黑暗，
行进在没有地图的花岗岩荒地。
从我身边急冲而下的，是它所有的承载，

和无数眼睛，以及眼睛已经看到和将要看到的，
拽走我头上插的小旗，一种黑暗的固执
从我大脑的表面、底下，把我的精神撕扯而出。

让我醒过来的，是河流的
真正成员，它那强壮的脊椎猛然一摆——
完全由露水、闪电和花岗岩
喂养四年才长成的一条鳟鱼，一英尺长，
从水中扑棱一下跃出头来，
鱼鳍绷紧，好像三列桨的战舰
它跃出的弧度宽广无比，长长地
看了我一眼。恐惧竟如此结束
它交换了位置。
现在，我是一个画中人
（上边挂着一架长有疥癣的狐狸头标本）
那是1905年的画作
画的是冒气的河流，梨花上的寒霜
开始融化。黄铜色的林鸽
吐出多彩的声音，太阳升起，俯临
一个无数人活过的古老世界。

作者简介 | 泰德·休斯（1930-1998）出生于英国东北之约克郡，在麦克伯劳中学和剑桥大学完成学业。他曾经做过园丁、守夜员和排片厂的剧本审查者，并在伦敦动物园当过洗涤工人；他写过儿童诗、广播剧本，并且有意写作诗剧。他和菲利浦·拉金、唐·干同为第二次大战后英国最重要的诗人。如果说拉金是20世纪50年代诗坛的声音，那么休斯可称得上是20世纪60年代的声音。20世纪70年代以后，休斯的声誉仍不断地上升，可说是以英文创作的诗人中最引人注目者。1984年，被任命为英国"桂冠诗"。

译者简介 | 杨铁军，山西芮城人。诗人，翻译家。1992年在北京大学读世界文学硕士，毕业后赴美国爱荷华大学攻读比较文学博士。出版有个人诗集《且向前》《和一个声音的对话》，译有《林间空地》《电灯光》《奥麦罗斯》《诗的锻造》《想象一朵未来的玫瑰》等。

论李金发的诗歌审美观

• 骆寒超 •

李金发一生未见有对自己的诗歌审美观作出过系统的陈述。不过,在他为己为人所写的序跋、随笔和艺术琐谈中,还是留下了一些属于诗歌观念性的见解的。现经梳理,我们把它们归纳成四个方面,即诗应表现人的内在世界,诗应追求外物象征功能,诗应构建一个想象系统,诗应追求超常语言体式。现在分别对它们作出考察。

一、诗应表现人的内在世界

李金发认为:现实世界是丑陋的,不值一看,真正美的只存在于内心中。艺术是为创造美而存在的,唯其如此我们才可以说:艺术(诗)的创造在李金发看来应该表现人的内心世界。为此,他对现实人生的态度大有不屑一顾的味儿——在许多场合都表明了他这方面的立场。特别是他用华林的笔名所写的《烈火》一文中就认为"艺术与社会不是共同的世界","艺术上唯一的目的就是创造美,艺术家唯一工作,就是忠实表现自己的世界"。所以对艺术家(诗人)来说:"美的世界是创造在艺术上,不是建设在社会上"①。可见在他看来诗歌事业中社会人生是没有位置的。如果认定李金发从一踏上诗坛起,就显示出世纪末的唯美主义倾向,那么这样的言论可说是这一倾向的总纲。对社会人生是如此漠视,那么对自然景象又怎样呢?自然景象不言而喻是属于更外在的,李金发的确更把

它们看成是奴仆了。在《艺术之本源与其命运》一文中,他就这样说:"变动的景象,于我们好像是神秘繁复的灵魂之思想,我们的灵魂之深处与之谐和,从此自然于艺术家之前,不再是一件纯粹外表的东西,他爱慕着,寻找其情绪于大自然之身,他少画些自然之所见,多画些自身之内所见。"②这段话中要求"变动的景象"在我们灵魂深处能获得谐和存在,条件就是必须"寻找其情绪于大自然之身",就是说自然景象不过是主观情绪之寄托物。唯其如此,才使他要大力提倡"少画些自然之所见,多画些自身之内所见"了。这种种,使李金发因此对诗歌境界作了一些倾向于唯美主义的思考。

首先,他把写诗只看成是"一种抒情的推敲,字句的玩意儿"③,因此说:"我绝对不能跟人家一样,以诗来写革命思想,来煽动罢工、流血,我的诗是个人灵感的记录表,是个人陶醉后引吭的高歌,我不能希望人人能了解。"写至此,还趁着语势对1930年代的左翼文学评论家所持的评论标准颇表不满地说了一通:"为什么中国的批评家一定口口声声说要有'时代意识''暗示光明''革命人生'等等空洞名词呢?"④还有一件事也值得一提:他在和杜格灵作对话的《诗回答》中,问者言及诗人欧外鸥决定"此后将以政治经济的事体作为他的诗的题材,而使他的诗像社会问题的提供一般"后,李金发的反应却是:"这种题材或为可能,全在创造者控制之力,但我是始终不能这样企图的","相信我诗的题

材与人迥异"。⑤从这里也可以看出：他这期间是抱定一个宗旨：超越外在世界，脱离现实人生，遁入内心世界，去做唯美的抒唱。当然话也得说回来：诗人的念头是不稳定的，往往是兴之所至，随意发挥。就在讲这话的三年前，他在《现代》杂志上就发表过长诗《剩余的人》，为吸毒者可怖的命运发出过哀叹；抗战发生后他写了多篇讴歌反法西斯战争、呼吁为民族解放而献身的诗，说明他这种"超现实"之言说并不是绝对的。

其次，他把写诗看成是一种品味醇酒美人的乐事。作为一个耽于唯美者，李金发既然提倡对社会人生的超脱，那么使他的精神为之沉湎的又是什么呢？他也脱不了士大夫文人那种传统习气，沉湎于"对酒当歌，人生几何"的享乐主义意绪。这使他在《自挽》一诗中藉表达自我审美心态的机会，作了一番属于自己的诗歌观念的言说。

> 人若谈及我的名字，
> 只说这是一秘密——
> 爱秋梦与美女的诗人
> 倨傲里带点 mechani。

应该说把诗人的抒情追求定位在"爱秋梦与美女"上，实是"对酒当歌，人生几何"的现代版说法。"秋梦"者，因年华流逝心怀感伤而神游幻美境界之谓也。由此看来这是一种"留连光景惜朱颜"的抒情追求。《自挽》收在《食客与凶年》中，写于1923年。这场倡导当时还应者寥寥，但四年后，戴望舒写了《雨巷》，又五年后何其芳写了《预言》，把李金发的这场倡导通过创作实践发扬开来，以致形成了一股诗歌潮流，如今《雨巷》《预言》成了这股诗潮的标志，却没有人

注意到李金发在《自挽》中的率先倡导。当然，由此类抒情追求激发出来的颓唐情调，和那时由国恨家仇激发出来的风云时代情调是不合拍的，李金发这种超脱现实社会的倡导不足为训。不过值得一提的是，这也多少反映了一些处于时代低气压期间知识者所感受到的前程渺茫、生存苦闷的真实心态，而李金发则在诗歌观念上把它体现了出来，以致在诗歌界起了某种方面的带头羊作用。

第三，他把写诗看成是一场玩弄虚幻感觉、朦胧印象以迷醉自己心灵的美事。李金发鲜有借酒消愁的直接言说，却颇提倡在诗歌中追求幻觉印象，表现此中获得的恍兮惚兮的诗境，如同迷幻药一般来麻醉心魂，达到超脱社会现实的目的。据云：法国前期象征派诗人中，有以吸食大麻来刺激神经、求取幻觉以写诗者，可见他们对此项追求是何等的投入。李金发作为新诗中第一个象征主义诗人，是直接传承他那法兰西藉"名誉老师"⑥们的，所以在诗歌观念中也有了这种求幻觉印象的举措与言论。一直以来，他被人看成是诗怪，就在于在他诗中玩弄幻觉竟到了怪诞的地步。《有感》中，他就大写了一通幻感，如开门见山的第一节就这样写："如残叶溅/血在我们/脚上"，这就荒诞得怪，怪得可怖。可不是吗？诗人对残叶之飘落秋郊竟会有血流遍地的幻觉，而人踏在它们上面，竟感到有血溅在脚上了，能说这幻觉不怪诞魅惑人吗？这就是玩弄幻觉的结果，一帖迷幻药的药效，真是够刺激神经的。而以这样的举措来玩弄幻觉、超脱现实，也真够旗帜鲜明的了。李金发又被人看成是百年新诗坛写朦胧诗的第一人，这出之于他主张恍兮惚兮的印象表现。而这个主张在背后撑腰的则是对印象的醉心。在《艺术之本源及其命运》中，他以赞美月夜的"朦胧之美"，

来提倡诗中的幻象追求。他认为："夜间的无尽之美，是在其能将万物仅显露了一半"，"贝多芬及全德国人所歌咏之月夜，是在万物都变了原形，即最平淡之曲径，亦充满着诗意，所有看不清的万物之轮廓，恰造成一种柔弱之美"，因为暗影是万物之服装，月光的光辉好像特用来把万物摇荡于透明的轻云中，而这个"轻云"就是"诗人眼中所常有"。他就通过怀关这些虚幻意识去观察大自然："解散之，你便使其好梦逃逸；任之，则完成其神怪之梦"。好一场"神怪之梦"的追求。对这种朦胧之美的大力提倡，使李金发看到了"万物仅显露了一半""万物都变了原形"而具有了独特的审美价值，所以主张诗人须对朦胧印象作倾情玩弄。这样的言说也正反映着李金发张扬遁入内心、展开抒情的追求。由此足见李金发遁入内心世界，追求朦胧印象的这个诗学主张，正是他具有唯美主义倾向的体现。

二、诗应追求外物象征功能

诗既然只是表现人的内在世界，那么外在的客观世界也就必然会被看成是为展示这场表现的手段。这一来，客观与主观就会构成一种象征与被象征的关系了。正是这个外物乃内心之象征的命题，在李金发的诗歌观念中推了出来，且凸显了出来。那么，我们不断在说的象征又是怎么回事呢？马拉美的追求者亨利·德·雷涅有这样一种解释："象征就是抽象与具体之间的一个比较，比较的一方仅仅是被暗示出来的。"又说："因为象征通常以这种方式独立存在，对于被象征的东西，读者只是得到一点点指示或者什么也没有……"[7]这个解释实在指的是喻体与喻本的暗示关系。唯其是暗示，只起"指

示"（即提示）作用，或者干脆什么也没有"指示"给读者，只露出一点儿苗头，让他人自己去捉摸。美国学者劳·坡林在《谈诗的象征》一文中则说："象征的定义可以粗略地说成是某种东西的含义大于其本身""象征意味着既是它所说的同时也是超过它所说的""象征的含义是无限的"[8]。他这个解释也还是谈喻体与喻本的关系，指出二者出于一体，同时喻体又须大于喻本。总之，综合二家之说，可以见出象征更近于隐喻，不像被既定的意义所范围着的明喻，因而可暗示更多东西，甚至超验的东西。基于此，也就使喻体为了发挥自身可以大于本体而作变形，并因此而扩展开来。这一来，也就决定了作为一场象征活动，也就更宜用来展示内在世界，也就是说：外在世界既可以和诗人的内在世界感兴地应合，还能以手段的身份暗示内心深处更隐秘的东西。于是，李金发也就顺势作了这样的言说："我认为任何人生悲欢离合，极为人所忽略的生活断片……皆可暗示人生。"甚至敢于这样宣告："我作诗的时候，从没有准备怕人家难懂，只求能发泄尽胸中的诗意就是……我的诗是个人灵感的记录表，是个人陶醉后引吭的高歌。"[9]

李金发这场象征艺术追求，也就使他的诗歌观念上了一个台阶：染上了象征派的诗学色彩。

西方以法国象征派为代表的这一路诗人，认为现实世界是虚幻的，丑恶的，痛苦的，只有主观的内心世界才是真的，美的，幸福的，是具有"最高真实"的"另一世界"，而诗就得拿客观世界的外物去象征暗示它。马拉美在《关于文学的发展》中把这"另一世界"说成是"绝对的世界"，他要表现的就是隐藏在平凡事物后面的这个"绝对的世界"，并对暗示的使用作了这样一

通发挥：

> ……与直接表现对象相反，我认为必须去暗示。对于对象的观照，以及由对象引起梦幻而产生的形象，这种观照和形象——就是歌。但是巴那斯派诗人仅仅是全盘地把事物抓起来加以表现，所以他们缺乏神秘性，他们把相信他们是在创造——这种美妙的乐趣，都从精神上给剥夺了。指出对象无疑是把诗的乐趣四去其三。诗写出来原就是叫人一点一点地去猜想，这就是暗示，即梦幻。这就是这种神秘性的完美的应用，象征就是由这种神秘性构成的，一点一点地把对象暗示出来，用以表现一种心灵状态。反之也是一样，先选定某一对象，通过一系列的猜测探索，从而把某种心灵状态展示出来。⑩

这一番话从象征说到象征主义，把西方这个影响极大的诗歌流派的核心主张都表达出来了。可惜马拉美没有把客观世界的外物对主观世界的从属性更凸显出来。俄国诗人康·巴尔蒙特在《象征主义诗歌浅谈》中，则把这种关系当成这股诗潮形成的根本点来谈。他的"浅谈"立足于象征主义与现实主义的比较，所以一开始就这样说："具体的生活像浪花一样，把现实主义者卷住，他们在这种生活之外什么也看不见，而与实际生活隔绝的象征主义者，则仅仅把生活看作自己的幻想，他们从窗口向外观察生活。"然后作了如下的发挥：

> 现实主义诗人作为单纯的观察者，依附于世界的物质基础，带着稚气观察世界，这时象征主义诗人则用其复杂的感受能力改造物质性，使世界服从于自己的意志并深入到它的奥秘之中。现实主义诗人的思想超不出尘世生活以及精确地、单调得恼人地标志出来的里程碑范围。象征主义诗人永远不会丢失他们与尘世迷宫连接起来的阿里阿德尼线，他们常常受到来自规定范围之外的清风的吹拂，因此出现一种似乎是违背他们意志的现象，在他们所说的话后面仿佛可以听到别人的、不是他们自己发出的嘈杂声，可以感到自然力的絮语以及从我们可以想象的神圣不可侵犯的宇宙传来的片段合唱声。现实主义诗人也经常给我们创造珍宝，但这类珍宝我们得来后心满意足，事情就到此为止了。象征主义诗人在其作品中给予我们的是一只有魅力的戒指，它既是宝贝，能使我们感到喜悦，同时它又召唤我们去做某些事情，我们感觉到一种未知的新事物近在咫尺，于是我们就盯住这个法宝向前走呀走呀，朝某个方向愈走愈远。⑪

就这样，西方象征派通过客观世界从属于主观世界，外物服役于内心的主观唯心主义主张建立起了一个象征主义诗学体系，而李金发则在自己的诗歌观念中发出了呼应声。我们在前面约略提及李金发以华林的笔名所写的《烈火》一文，内中一些话就十分典型地表现了这一点，现在就不妨完整地引述于下：

> ……艺术是不顾道德，也与社会不是共同的世界，艺术上唯一目的，就是创造美；艺术家唯一工作，就是忠实表现自己的世界。所以他的美的世界，是创造在艺术上，不是建设在社会上。

这的确是西方象征派观点在东方的呼应。而起连锁反应的是李金发坦然宣称："我的名誉老师是魏尔伦。"在《诗问答》中还这样回答他人的提问：因为是"受波特莱尔与魏尔伦的影响而做诗"，所以自己的作品很有波特莱尔的"趋向"。

"外物只是内心世界的象征"——李金发这一个诗歌观念，也就使他成了百年新诗中象征诗派的第一人。

三、诗应构建一个想象系统

李金发既然主张外物只是内在世界的象征，那么在诗歌创作中如何使外物具有象征功能呢？这使他把艺术想象推了出来。在他看来外物象征功能的发挥首先要靠象征。

想象是人通过自觉的表象运动，借助原有的表象和经验以创造新形象的心理过程。这里的表象运动其实是一场感觉活动。创作心理学告诉我们：人受外物的刺激所引起的感觉，会把情绪激发出来，从而显示其表象运动。而情绪的鼓荡则能使人依凭旧时的经验——也就是记忆表象为手段来展开想象。由此说来，想象的源头——或者说原动力是感觉。说起感觉，上面我们提及李金发在诗歌创作中就对它十分偏爱，甚至有以玩弄感觉来写诗自娱的唯美主义倾向。这倾向对诗歌真实世界的把握而言，会有可能导致审美趣味脱离社会人生的不健康的一面，但对诗歌真实世界的表现而言，则是件大好事，导致艺术想象的丰富与想象开展的活跃。所以李金发的诗歌观念中也就有了一个重要见解：从立足于感觉出发而大力标榜想象。

在这方面，李金发颇说了一些话。

发表在《美育》第3期上的《艺术之本源与其命运》一文中，李金发这样谈到艺术想象："诗意的想象，似乎需要一些迷信于其中，如此它不宜于用冷酷的理性去解释其现象。"这句不动声色的话可并不简单，含有三个要点，耐人寻味。一个是：想象系感性情绪一种热烈而自足的显示，用理性抽象的"冷酷的解释既不合适也不可能"，这里可以见出李金发所标榜的想象和知觉联想是疏离的，因为知觉联想立足于理性。另一个要点是想象须含有"迷信"的成分。这里所说的"迷信"，指的实是本能，即这是一种潜意识之所为。他之所以用了"迷信"这样的词语，是为了凸显想象容不得明确、清晰的显示，而只能是处在惝恍中的精神现象，因为潜意识就是混沌一片的。第三个要点是想象须和诗意当成一回事来看待。既然这二者被看成一回事，那么想象原是非理性、直觉的，诗意也定然会是朦胧、暧昧的，因为富于感兴的境界就是这样，由此可见李金发所标榜的想象，并不只是创作心理学上简简单单的纯心理现象，而是在背后拥有一个内涵系统的，因此我认为他所标榜的想象实属以想象为逻辑起点的一个想象系统。

我们在上面已论及：想象来自主体直观外在事物所刺激出来的感觉，所以也就使想象总是以形象性和直觉性为基本特征，而这也就使想象的直接结果成为意象的创造。李金发是意会到这一点的，在《诗问答》中他就说了这么一段话：

……诗是一种观感灵敏的将所感到所想象用美丽或雄壮之字句将刹那间的意象抓住，使人人可传观的东西。它能言人之所不能言，或者人之所欲言而未言的事物。诗人是富于哲学意识、自以为了解宇宙人生的，任何人类的动向，大自然的行径，都使他发生慨叹，不像一般人之徒知养生，送而毫无所感。有时诗人之所想象超人一等而为普通人不能追踪，于是诗人遂为人所不谅解，以为他是故弄玄虚。

这段话告诉我们想象在诗歌创作中的作用确实极大，有了想象，才有意象的生成。情况是这样：主体在展开想象中，于刹那间会有一个艺术精灵出现，而诗人是必须抓住他的，因为这精灵不仅是具体可感的，而且还是可以让人人传观的；是于己能传达微妙的心曲，于人能借此领会诗人微妙之心曲者。这就是意象。意象出于记忆表象在主体脑中的库藏，是经过想象的选择而找出来的典型表象，能与原初感觉相呼应，和诗情相应合的。所以，李金发的诗歌观念中对诗是什么的认识是深刻的：诗首先是想象，随之是用想象活动所导致的意象。

就这样，李金发标榜想象的结果，也就首先把意象创造推了出来，意象的功能价值也就在他的诗歌观念中凸显了出来，以致在《序林英强的〈凄凉之街〉》中他这样说：

　　……诗只需要image（形象，象征），犹人身之需要血液。现实中，没有什么了不起的美，美是蕴藏在想象中，象征中，抽象的推敲中，明乎此，则诗自然铿锵，不致"花呀月呀"了。⑫

这段话不仅再次表达了想象导致意象的产生对诗歌具有的重要价值，也不仅表达了意象在诗歌创作中具有决定诗歌生命是否得以存在的特殊作用，更重要的还在于：由意象创造而推出了一个有关诗歌的象征功能的问题。论及此我想插一句个人的感慨之词：我十分钦佩孙玉石教授学术探讨的细致深入。在《论李金发诗歌的意象构建》一文中，他教授针对上引李金华那段话，特别是那段话中"诗之需要image（形象，象征）"的表述而作的隐秘性内涵的发掘，正是学术探求中不可多得的细致深入。他这样说：

　　……李金发的美学观念中，对于"意象"这个美学概念以及他在诗歌创作中具有的特殊意义，是非常重视的。同时也看得出一种矛盾的情况：他对于意象这个现代美学范畴，又存在着模糊的理解所造成的某种误读。一方面，李金发已经注意"意象"在现代诗歌审美创造中的重要性，视"意象"为诗歌的生命；另一方面，他又将"意象"（image）这个概念的理解宽泛化了，模糊化了。如果将"image"理解为"形象""意象"还接近词的本意，说"意象"即是"象征"（英语为Symbol），就是一种有意无意地误读了。但是，有趣的是，在这个误读中，李金发将由想象产生的"意象"与"象征"连在一起进行理解，也无意中透露出他的一个观念：在他的审美视点中，自觉地将"象征"列入"意象"创造的范围，建立了一种意象与象征的同一性的理念。⑬

我赞赏这段话，点明了李金发的误读其实是歪打正着。看来李金发在潜意识中是把意象与象征派混为一谈了。混为一谈得好，因为意象的审美功能从实质上说就是象征。何以见得呢？不妨拉开一点来谈谈。意象可以分为两大类：喻象与兴象。喻象偏于比喻功能，是喻体，实属远取譬的隐喻，我们常说的印证意象，其所及的审美意蕴远大于喻本，因而使它能由比喻提升为象征。宗白华在《略论文艺与象征》一文中就说"象征"的实现靠的是"幽渺以为理，想象以为事，惝恍以为情"，再通过特定的语言手段"巧妙地烘染出来"，使人能"默会于意象之表"，从而获得"寄托深而境界美"⑭的把握而达到的。至于李金发，其见解也相似，即通过想象而默会喻象，从而去"发现事物间的新关系"，求得意象能与象征混为一体。兴象偏于兴发感动功能，我们常说的感兴意象，它和比喻无涉，属于两造在横轴线上的并置，再以索绪尔所说的那个对等原则作交感呼应而生成一片氛围境界——这样一场感兴活动，从而在情调氛围的感兴中发生主体的外物超越与心灵领悟所及的象征。李金发出于特定的个性，既面对外在世界敏于兴发感动，更在自己的诗歌观念中对感兴作用极为推崇，曾说自己是"下笔吟哦千言，对着湖光山色兴叹"的一个"多愁善病的诗人"，而这位诗人之灵，是拿宇宙间最灵活最明察的东西把握到的，"花草的摇动，岁月的横流，都会使他无限感兴"⑮。那么这种置身于客观世界而引起的兴发感动所达到的审美效应又怎样呢？他认为：主体在自然中发现、谛听、明了万物的语言，也就会使大自然"给我们之情绪及变化无穷的动向，成为我们象征灵魂之运动"⑯，这种种言说也就展示出了李金发所追求的感兴意象象征的升华。

这也表明在李金发的诗歌观念中，象征功能是由包括喻象和兴象在内的意象所促成的。

而更反映着如下一点：鉴于意象是李金发所拥有的想象系统中一个环节，所以归根到底在李金发的诗歌观念中，象征功能的获得，的确须凭他那个想象系统。

四、诗应追求语言体式超常

李金发被人目为诗怪。怪就是不同于众，就是超常。李金发的怪也体现在他的一个诗歌观念上，那就是新诗的语言体式需超常。怎么个超常呢？可从三个方面见出。

首先是新诗语言方面的。

谁都知道新诗的语言是白话，这是胡适提倡的。胡适在《白话文学史·自序》中对此作了如下的解释："白话有三个意思：一是戏台上说白的'白'，就是说得出、听得懂的话；二是清白的'白'，就是不加粉饰的话；三是明白的'白'，就是明白晓畅的话。"可见对"白话"的要求集中在"白"上面，也就是合于文法地表达得明明白白、清清楚楚上面。但靠这样的白话语言来写诗，是会弄得句子拖泥带水，表达死板无味的。诗歌语言不仅要流畅、活泼，更要含蓄、灵动，有暗示力。所以胡适提倡的这种白话，在新诗创作中流行不了多久就出现不满之声，有人开始来改造白话。傅斯年提出采用西方式句法，俞平伯提出起用旧诗中一些还有诗情表达生命力的文言词语，陆志韦主张白话口语化，莫衷一是。李金发也在这个诗境中提出了一些改造白话的主张，竟然认为白话中既采用西方语言的句法，又可夹入一些外文词语，尤其还可夹杂生僻艰涩的古典词语、文言虚词，力求把白话改造得不中不西、半文半白。这种超越常俗的主张被他提出来，并在他写的新诗中通过实践而"发扬光大"起来。他之所以这样做是有一个特定目的的。在《序林英强的<凄凉之街>》一文中，他就说自己提这种改造白话的超常主张，为的是"使人增加无形的神秘的概念"。这里的"概念"云云，大概属于用词不当，确切的说法该是"意趣"，就是说采用这种不中不西、半文半白的"白话大杂烩"，能使接受者在阅读中引起神秘的"意趣"。应该说这样讲还是有它一定的合理性的。因为，作为社会交际手段的白话，只能是以用语身份来写新诗的，而用语只是诗家语（诗歌语言的传统说法）的一个基本框架——包括基本词汇与基础语法，不能等同于诗家语，诗家语属于直觉语言而非逻辑语言，说具体点，它是一种反语法修辞规范的直觉语言，退一步讲也可以说是遵语法反修辞的或者反语法遵修辞的兼用而偏于直觉的语言。诗家语既然成了这样的语言，它让人感到是"语言的大杂烩"也就成了必然的事，这里不存在褒贬的意思，只是个合理不合理的问题。李金发的思维说超常，就超常在率先提出了让诗歌中使用的语言成为"语言的大杂烩"是合理的。唯其如此，才使他在诗集《食客与凶年》的《自跋》中说了这么一段话：

> 余每怪异何以数年来关于中国古代诗人之作品，既无人过问，一意向外采辑一唱百和，以为文学革命后，他们是荒唐极了的，但从无人着实批评过。其实中西作家随处有同一之思想、气息、眼光和取材，稍微留意便不敢否认，余于他们的根本处，都不敢有所轻重，唯每欲把两家所有试为沟通或即调和之意。

这段话从开头到"但从无人着实批评过"的部分，是否有所特指，不得而知。不过所述者可以理解：一味欧化而无视传统他看不惯——这是合于李金发真实的心情么！由于行文所指不具体，我们可作多方面猜测。别的且不说了，就诗家语而言，只求白话掺欧化句法和西洋词语，而不考虑也掺入古典诗歌句法和传统诗性词语，他不满意，还是合于真实心情的。至于后半部分，对中西诗艺——特别是西方的和古典诗歌传统的诗家语中，还具有诗艺生命力者，融入新诗语言建设中，予以相互沟通、调和，正是他主张新诗的诗家语搞"语言拼盘"——亦即"语言大杂烩"的理论倡导，他还在自己的创作实践中予以探索，成功与否是另外的问题，这种精神总还是值得称颂的，而不该嘲笑和贬低他。陆耀东在《论李金发的诗》中说李金发这段《自跋》是"大言不惭的话"，使人"不免感到可笑"，还说：

"自己的诗捡法国象征派的余唾，生硬模仿，同中国诗歌传统相去十万八千里，反昂首天外，一味责人'一意向外采辑'，真太无自知之明了。"⑰没有参透李金发的话而作此嘲笑与贬斥，是不够严肃的。

其次是追求音乐美方面的。

西方象征派，特别是法国的前期象征派是把诗的音乐美看得高过一切的，但这个"音乐美"究竟是怎么一个样儿的呢？就一般而论，那就是声音的象征。是的，正是声音的象征。那么用来作象征之用的声音又是怎么样的呢？是"平平仄仄"吗？是音组等时停逗的节奏表现吗？是不同长度的节奏诗行循序渐进又渐降的有机组合或者持续大起大落地有机组合所显示的旋律表现吗？都不是，那应该是怎么的呢？李金发在《爱憎》一诗中说出来了，那是：

> 我们的心充满无音之乐，
> 　如空间轻气的颤动。

这就奇了：世间竟然有"无音之乐"？无声，哪来"乐"感？这可真如"空间转气"，须得有一种微妙的感觉才能把握住的"颤动"的。由此看来，这个说法有点超常了。不过，这个主张的思路实在不是李金发所创，而是从他那"名誉的老师"魏尔伦处得来的。也许想和波德莱尔的一首诗《黄昏的和谐》比个高下，魏尔伦也写了首同题的诗，并且同样写得好。他能取得成功的原因是："由于诗句短，只有五个音节，而且很多诗句语法关系密切，难以分清节奏，波特莱尔诗中那种亚力山大体缓慢、有规律的节奏便被一种轻快而无规则的节奏所取代。"⑱所谓"难以分清节奏""无规律的节奏"，竟也能获得高度的音乐美，说明世上确实有"无音之乐"。于是也就有李金发这个"无音之乐"的主张。

其实李金发所爱的"无音之乐"和郭沫若所倡导的内在节奏、内在韵律差不多，甚至可以说是一回事，只不过郭沫若一提内在韵律就要把外在韵律全打倒。李金发则不然。他所持的这个"不然"的态度和由此派生的一些比较折中的见解也来自魏尔伦。如同查尔斯·查德威克所说：虽然"打破苛刻的作诗法桎梏"是魏尔伦对象征主义的主要贡献，但是"他从未走得更远"，就韵律而言也没有"完全抛弃它"，"实际上，他在晚年又重申了如下信念：韵律是法国诗歌的根本"。李金发也把这一点继承了下来。在《诗问答》中他就说：虽然自己写诗"全不注意韵艺"，但他"喜欢看步韵的诗""不反对自由诗押韵"，还说"在不过于牵制自由发挥诗意状态之下"，押韵还使他"有点技巧上的兴趣"。可见他的"无音之乐"的主张虽超常，也还是同魏尔伦一样，有点折中倾向。

最后一个方面是提出"无音之乐"探求的独特途径。上面我们已言及李金发主张的"无音之乐"就是郭沫若主张的内在韵律，其直接后果可是要否定一切外在音乐性的。那该如何把"无音之乐"的音乐美传达给他人呢？这是个难题，但李金发还是提出了一些措施。在《诗问答》中他向杜格灵说了一句话："无音之乐"的音乐美"全看在章法、造句、意象的内容"。这句话虽只是点了一点，却提示给我们不少可供思索的内容。品味这个说法后，我们可以获得一个明确的认识："无音之乐"是通过章法、句法和意象组合的作用达到的。

章法处理得有机是能给人以节奏感的，它是对全局各部分内容相交、格式一致的追求，一种谋篇布局的匀和关系所致，所以它立足于对称，具言之，即相随以求持续对称、相交以求交替对称、相抱以求向心对称，这些都能生成复沓回环的节奏感。在1920年代中后期出现的象征派诗人——王独清、穆木天、冯乃超的一些诗中，都能通过章法上的对称获得复沓回环的节奏表现，如王独清的诗集《威尼市》、名篇《我从Cafe中出来》等都显示着"无音之乐"的音乐美。意象组合的有机也能生成节奏：空间关系中表远近、动静之类意象的组合，时间关系中表晨昏、春秋之类意象的组合，都能让人把握到"无音之乐"。对此我也曾在《新诗创作论》中有所提及。我那时把意象的感兴功能称之为"情境"，并以"情境结构"来表示意象组合，说过如下一番话："情境是随着情绪的流动而不断地发生基质变异的，不同基质在情绪流动过程中的有机结构所导致的感知差别，也就能产生同情绪的波伏相应的情韵节奏。当然，具有基质差异的情境结构模式，是极为多样的，在读者的审美感知中体现出来的情韵节奏，也有它体现的独特性，多彩性。"⑩这里的情韵节奏是与声韵节奏相对的，所以这番话其实也就是当年李金发提倡以意象组合以求"无音之乐"的新说法。值得指出：加拿大的文学理论家弗莱曾在《批评的解剖》中说过内在节奏是一种联想节奏的话。这见解极具学术分量。李金发提出的以章法上内容对称求"无音之乐"，其实就是联想节奏。至于以意象组合求"无音乐"则更是联想节奏了。不过，以句法体现的"无音之乐"不属联想节奏。通过特殊的句法以求内在节奏——"无音之乐"在诗坛似乎有一种不自觉的通行风尚。所谓通行风尚，指的是把句子造得怪怪的：成分缺失、语序错综、关联省略以致语势跳跃、倒装，这样做的目的是力求在传达波伏中的情绪时能合于主体特殊的口吻，所以说到头来，以句法求"无音之乐"，实指以口语语调以求内在节奏。

而这种口语语调大多来自于直觉的语势，所以作为新诗诗体的一种追求风尚，有点不自觉的率性而为。

李金发提出的"无音之乐"探求之路虽有三条——章法、句法和音组组合，但他自己在诗创作中，对章法、意象组合以求联想节奏不感兴趣，他所感兴趣的是句法，以句法求口语语调节奏，所以他的话被人看得怪，因为句法上更可以率性而为，可以是超常之路——这一方面容后再谈了。

综上所述可以说：李金发的诗歌审美观始终是围绕表现人的内在世界而展开的，客观世界——特别是社会现实存在只是用来象征人的为心之用的手段，他对语言体式作超常怪异的追求，也只是想创造一种神秘境界，以提升内在世界的抒情魅惑力。所以他的诗歌观念是象征主义诗学的集中体现。

注释：

①《美育》创刊号，1920年4月。

②《美育》第3期，1929年10月。

③《诗问答》，《文艺画报》第1卷第3期，1935年2月。

④《是个人灵感的记录表》，《文艺大路》第2卷第1期，1935年11月。

⑤《诗问答》，《文艺画报》第1卷第3期，1935年2月。

⑥语出李金发译魏尔伦诗《巴黎之夜景》的译后，附言："有极多的朋友和读者说我的诗之美中不足，是太多难解之处，这事我不同意。我的名誉老师是魏尔伦。好，现在就请他出来……"引自《小说月报》第17卷第2期，1926年10月。

⑦柳扬编译：《花非花——象征主义诗学》，旅游教育出版社1991年版，第3页。

⑧《世界文学》第5期，1981年。

⑨《是个人灵感的记录表》，《文艺大路》第2卷第1期，1935年11月。

⑩伍蠡甫主编：《西方文论选》下卷，上海译文出版社1979年版。

⑪袁可嘉等编《现代主义文学研究》（上），中国社会科学出版社1989年版，第358-359页。

⑫《橄榄月刊》第35期，1933年8月。

⑬孙玉石：《中国现代诗学丛论》，北京大学出版社2010年版，第450页。

⑭《观察》第3卷第2期，1947年9月。

⑮《谐和译者小序》，《美育》第3期，1929年10月。

⑯《风景画论》，《美育》第3期，1929年10月。

⑰陆耀东：《二十年代中国名流派诗人论》，中国社会科学出版社1985年版，第287-288页。

⑱柳扬编译：《花非花——象征主义诗学》，旅游教育出版社，1991年版，第24页。

⑲骆寒超：《新诗创作论》，上海文艺出版社1989年版，第373-374页。

童年追忆中的儿童符码
——读蓝蓝的《我和毛毛》

• 朱峻青 孙晓娅 •

蓝蓝在儿童文学领域内的创作可追溯到2003年出版的短篇童话集《蓝蓝的童话》，2006年蓝蓝集中出版了四部长篇童话和一部短篇童话集，并在2009年获得"冰心儿童文学新作奖"，此后于2015年出版了童话评论集《童话里的世界》，于2019年出版了《给孩子们的一百堂诗歌课》，在2020年出版了儿童诗集《我和毛毛》。从作品编年来看，蓝蓝的儿童文学写作并非一时兴起，而是有稳定而沉潜的脉络，伴随她的诗歌创作一同生长。蓝蓝曾多次表达幸福的童年经验塑造了她的基本品质和理解世界的态度。"爱"无疑是童年给予她的珍贵馈赠，在自己成为母亲后，蓝蓝将同样深挚的情感给予孩子，她赞美道："孩子光明的脸/在睡梦中/并不依赖阳光"（《给孩子》）。在"爱和尊重儿童的基础上"[1]她关注儿童教育，指出"我们的诗歌教育太落后。从小学到大学，当代的自由体诗从选范文到课程设置都存在问题"[2]，通过编选、解读童诗、童话的方式让孩子们知道"什么才是好的文学，什么才是好的文学与诗"[3]，并对现代诗教育提供范例。对蓝蓝来说，童话和童诗的迷人之处不仅在于通过富有想象力的表现方式抵达世界深处的秘密，由此具有教育意义；还承载了她对童年经验的眷恋，通过对往日经验的复写，她可以"不断地回去，去恢复你曾经拥有的那些时光，这是一个古老的冲动""是审视自我的一个途径"[4]，《我和毛毛》就发生在这一条不断回到

过去的旅途中，在经验的传递中也寄予了蓝蓝对儿童心灵成长的期望。

自20世纪90年代始，蓝蓝的很多诗作素材都来源于对过去的想象，恰如她在童话诗集《我和毛毛》的前言中所说："想象力不仅仅指向未来的时间，更应该指向过去——当我们身处其中之时我们根本不懂的'此刻'"[5]。这里的"指向过去"不等同于对过去的追忆，它特指诗人记忆中童年的"风景"。事实上，蓝蓝在写作初期的散文集里已反复咏叹了个人历史的线索，如《人间情书》中的《童年》追忆："我曾拨开荆棘丛，跨过时光遗下的乱石，去山林深处探寻河溪的源头。那一汪泉水，那汩汩不息的涌泉，是我的童年"[6]《我和毛毛》与往事的对话更彻底地消除了人生与记忆的间距，蓝蓝将作为成人的自己置换到儿童的灵魂中，创造了一个全知视角的孩童的"我"。在迦达默尔对理解活动的探讨中，认识主方总是在一定处境之中，进行理解时不可避免地受到并非事物本身的前意见干扰，因此灵魂沟通式的理解难以实现。谈话是认识真理的手段，与认识对象"谈话"时，认识主方通过不断修正前见能够接近事物本质，事物本质并不等同于具体的陈述，而是一个"界"，表现为"谈话"中递进产生的陈述。如果谈话伴随着误解及误解的反复修正，蓝蓝对过去的理解并非是谈话式的，而是体验式理解，她既认同回忆中的童年，又重复着作为成人对自然与爱的

理解。体验者相信自己能够与儿童的灵魂互换，因此形成模拟儿童的特殊方式。此外，模拟儿童的前提是对"儿童"概念的认可，成人模拟儿童的实践准备是将某些行为贴上"儿童"的标签，如蓝蓝在诗中记录了儿童的声音："一、二、三、跳！"（《红薯窖》）观察到儿童对整齐划一行为的偏好，并将其作为"儿童的"再次呈现。对儿童来说是"自然"的，对成人来说就是"非自然"，如其自然，则没有成人与儿童之分，就不需在"儿童的"范畴中将其呈现。正如柄谷行人对日本现代文学中儿童起源的考察，"谁都觉得儿童作为客观的存在是不证自明的。然而，实际上我们所认为的'儿童'不过是晚近才被发现而逐渐形成的东西"[⑦]。因此，与其说蓝蓝表现了儿童的某些特质，不如说文本反映了蓝蓝的儿童观，亦或称之为蓝蓝的儿童符码。

一、叙事性表述中的儿童符码

语言或其他媒介对事件的再现若涉及两个或两个以上的事件或状态就构成叙事。[⑧]《我和毛毛》中的诗篇表现出典型的叙事性，如"我和毛毛一起爬树/树上刹那间开满了花儿。//我和毛毛趴在井台上/井里有了两个小孩儿笑嘻嘻的声音"（《我和毛毛》），其中每一节包含以因果为逻辑的两个事件。热奈特认为叙述主体塑造了所述内容，"'有很长时间我睡得很早'：显然，这样一个句子与'水在一百度沸腾'或'三角形各角的总和等于两个直角'不同，要理解它，就必须考虑这句话是谁说的，在什么情况下说的"[⑨]，因此，读者要通过理解叙述主体来理解叙述内容，热奈特研究叙述主体的依据"是这个主体在被认为是它产生的叙述话语中留下的（被认为是它留下的）痕迹"[⑩]。从《我和毛毛》中的

叙述痕迹来看，叙述者"我"不是在自言自语，因为诗篇中没有留下独语的文本表现，如跳跃、无序，而是呈现出来自外部视点的清晰事件叙述，包含时间、逻辑、因果等；"我"也不是对毛毛说话，因为在"言语行为与主语的关系中"[⑪]"主语不仅指完成或承受行为的人（也指同一个或另一个）转述该行为的人，有可能还指所有参与（即便是被动地）这个叙述活动的人。"[⑫]在上述例子中，我和毛毛同时是事件的参与者，通过展示自身完成了讲述。"我"的讲述对象既不是自己，也不是毛毛，而是蓝蓝观念中的孩童，其叙述内容围绕蓝蓝的儿童符码展开。

在"我"的讲述中，孩童天然地认同自然界的动物与植物，以自然风物的美作为心灵养料。在《礼物》中，毛毛送给"我"的礼物是从傍晚河边的风景、早晨的大树等自然风物中的精神发现，"我"认为"这是最宝贵、最令人震惊的礼物。"在《跟我说说大海》《跟我说说大山》中，毛毛作为大山里长大的孩子对"我"描述了大山的风景，"我"作为海边长大的孩子对毛毛描述了大海的风景，风景就是这些诗歌的全部意义。"我"和"毛毛"具有自然之子的身份，《亲人》写道："小瘦狗毛毛，黑脚丫毛毛，/我认下了杏树和桃树当姐姐"，"我的妹妹是梨树和苹果树。/梨树到现在只有小花骨朵，/苹果树现在只有小芽芽。"毛毛说："老黄牛是我的大哥，/大青骡是我的二哥，/我的弟弟是山坡上那匹小红马"，人、动物与植物从机体构造来看的确是不同的存在，亲属关系中的血缘纽带在此隐喻精神上的认同，动物与植物因不具备人类精神的复杂性质而获得神性，以这种认知为基础发生了精神上的认同，人借由认同丢弃了肉身。另一方面，对其他物种的认同跨越了物我之别的界限，这种认同本身就是人超越自身偏狭，向普遍精

神转化的表现。除了认同于自然界的动物与植物，"我"和"毛毛"的普遍精神也囊括对人类的认同，这表现在"我"与毛毛之间纯洁真挚的情感，在柿子树、老槐树、牵牛花、打碗碗花等植物构成的乡村图景里，"我"和毛毛是相伴着四处游戏的野孩子，当"我"受到小伙伴们的嘲笑，毛毛就会挺身而出；"我"和毛毛分享着匮乏的零食："那是一颗小小的糖球，/在口袋里放了很久，/糖纸都快揉破了。//我舔一口，/他舔一口，/圆圆的、甜甜的糖球。"（《一颗糖球》）尽管有物质条件的差异，"我的被子很厚""毛毛没有棉鞋，也没有厚被子"，"我"依然认同于毛毛，虽然"我"被冻感冒了，"但我有点儿高兴，看到毛毛的时候/我使劲儿打着喷嚏！"（《感冒》）。

在另一些诗中，"我"和毛毛不再像精灵一样在远离日常生活的想象世界中徜徉，"我"以儿童的口吻展现了物质匮乏的生存环境，毛毛养大了小黑猪，但"腊月二十六，杀猪割年肉，/小黑猪进了大铁锅。//毛毛一边伤心地哭/一边啃着一块肉骨头。//毛毛的眼泪真咸呀。小黑猪的肉真香呀。"在毛毛的精神世界中，小黑猪就是他的亲人，但匮乏的物质条件不足以供养孩子们的幻想，生存的现实挤压着孩子们的乐园。"我"作为拟儿童只将现象写下来，表现孩子们对现实世界的懵懂认知。"我"虽没有深刻洞见，但已被毛毛的眼泪触动，而毛毛所品尝到的眼泪的咸和肉的香已为他揭示了另一种现实。"我"对村庄中其他人事的描写丰富了"我"和毛毛生活的环境，如《到梦中去买》写了"山里的孩子，/哭着哭着要糖。/到梦中去买。/到梦中去买。""山里的年轻汉子，/哭着哭着要媳妇。/到梦中去买。/到梦中去买。""山里的老人，哭着哭着要一口棺材。在梦中去买。/在梦中去买。"展现的是山区中另一种生活。《二傻子》则

表现了山区买卖妇女的陋习。蓝蓝谈到自己的乡村经验时说到："我以前的乡村经验是美好的、充满温情的，也可能是我过滤掉了真正的乡村孩子所遭遇的东西。"[13]对村庄苦难一面的描写是蓝蓝在接受经验的磨砺后对村庄的重新发现，以拟儿童的口吻写给孩子们看的另一种生活样态，它不属于对早年经验灵魂互换式的回归，如果儿童符码是对儿童群体和经验的抽象，这些诗歌则通过与往事的谈话敞开了儿童经验的复杂维度。

二、言说方式中的儿童符码

"我"对儿童的模拟除了情感内容，还表现在言说方式上。与非儿童诗的创作相比，蓝蓝在童诗创作中尤其注重诗歌的吟诵性，采用重叠和问答的结构，呈现出歌谣特征。

儿童认知特征与作为口头文学的歌谣有生理上的关联，《中国民间文学史·歌谣卷》艺术中细分出童谣一类，并对儿童喜爱吟唱的特征做出阐述："明代学者吕德胜在他的《小儿语·序》中说，儿童从学语开始，便以唱诵歌谣为乐。他们成群结队，唱着那些世代相传、不知所云的童谣……"[14]"儿童记忆和吟诵童谣先于识字行为，是从模仿读音开始的，与文字无关，因此，童谣的传承通常只重音韵、结构模式和吟诵场合。"[15]周作人在《儿歌之研究》中也论及："凡儿生半载，听觉发达，能辨别声音，闻有韵或有律之音，甚感愉快。儿初学语，不成字句，而自有节调，及能言时，恒复述歌词，自能成诵，易于常言。盖儿歌学语，先音节而后词意，此儿歌之所有发生。其在幼稚教育上所以重要，亦正在此。"[16]

《民间童谣散论》论及童谣的艺术特征包含"重叠、反复和对答"，"重叠法，在童谣中最主要

的是指词或短语的重叠运用。""如'逗虫虫'、'吃豆豆'、'舅舅舅舅'"[⑰]"反复法，是在同一童谣中，在一定的距离内使用着某一相同或相近的词或短句。在童谣中，这也是相当普遍的一种表现手法。"[⑱]如"月娘娘，教奴做衣裳。月姐姐，教奴打鞋喜。月哥哥，教奴唱山歌。月妹妹，教奴做扇袋。"[⑲]作者所说重叠是构词法和章法上的重叠，从构词上看，重叠指相同语素的连用，形成"ABB""AAB""AABB"等结构，章法上的重叠指相同短语或句式在同一歌谣中的重叠，重叠的短语或句式也许包含构词的重叠，如"吃豆豆，长肉肉，不吃豆豆，精瘦瘦"[⑳]，也许不包含构词的重叠，如"天上星啦斗，地下鸡啦狗，园里葱啦韭，河里鱼啦藕"[㉑]以相同的句式重叠。

《我和毛毛》中的重叠首先表现为构词的重叠法，如"红薯窖是甜烘烘的，暖暖的。"（《红薯窖》）"打碗碗花呀，藏在田埂下/蓝的，紫的，花花的//荠荠菜花呀，藏在麦苗下/碎的，白的，一串串的"（《打碗碗花》）"石缝里汩汩流出的水""小溪里哗哗流出的水""大河默默流出的水"（《本地的云》）"脚印是浅浅的""脚印是深深的"（《悄悄话》）。叠词用以描述事物情状，对应孩童在语言和认知上的初学阶段，形成属于孩童的稚嫩语气。

重叠更多出现在章法中，作为诗歌结构的方式形成了歌谣式的整饬节奏，以声音形象描绘出轻松活泼的孩童神情，其中的儿童符码是孩童对唱诵韵文的喜爱。重叠作为局部元素，如《新的，旧的》，前几节都以"毛毛快来看"开头，重叠凸显了"我"对毛毛的召唤，急切、激动的语气中蕴藏着迫不及待分享的心情。以重叠作为全篇结构，呈现出更为完整的歌谣体式的诗篇，如《打碗碗花》：

打碗碗花呀，藏在田埂下
蓝的，紫的，花花的

荠荠菜花呀，藏在麦苗下
碎的，白的，一串串的

毛毛，你看到了吗？
我看到了。我看到了。

这首诗分为两部分，每四段分为一部分。每一部分中第三节相同，第一二节以构词相同的短语和句式形成重叠，最后一节则打破重叠，形成变奏。以重叠作为全诗结构，形成特定的节奏规律，读来活泼轻快，中间的两句对话："毛毛，你看到了吗？""我看到了。我看到了。"使诗歌具有在场感，勾勒出两个孩子一边唱歌一边"发现"的游戏场景。在歌谣般的吟唱中，"我"描述了打碗碗花、荠荠菜花等四种植物的特性，完成了歌谣的教育功能。

蓝蓝对歌谣的偏好在文本中有例可证，重叠的内容若加了引号，就成为文本世界中真正的歌谣。《到梦中去买》所重复的是：

山里的孩子，
哭着哭着要糖。
到梦中去买。
到梦中去买。
……
山里的年轻汉子，
哭着哭着要媳妇。
到梦中去买。
到梦中去买。
……
山里的老人，

哭着哭着要一口棺材。

在梦中去买。

在梦中去买。

……

这些歌被文本中山里的人们"唱着",成为文本世界中的歌谣,重叠的内容凸显了"山里的"地理空间及其中的生存环境,变化的主语囊括了人在一生中不同阶段的物质匮乏。歌谣散落在诗篇中,每一段歌谣之后都出现了两到三段变奏,第一段歌谣后描述的是:"毛毛唱着一支不知从哪儿/听来的歌。//他的鞋露着脚趾,他的袖子露着棉花,/他的小脏脸露着无忧无虑的笑容。"第二段歌谣后描述的是:"村里的庄稼人,/一边锄地一边唱着。//小伙子光着结实的膀子,/穿破衣裳的姑娘手搭凉棚张望:/他们的腰板好看,脸也好看。"显然纯粹的歌谣不足以实现蓝蓝的写作意图,她通过破坏节奏的方式创造歌谣歌唱者的世界,歌谣凄苦,而唱歌的人们却有精神的富足,孩童是无忧无虑的,青年男女们虽然没有华丽的衣裳,但小伙子们有结实健壮的身体,姑娘们也有悄悄张望的娇俏。即使在贫困中,淳朴的山里人依旧本能神奇地创造着生活的乐趣。如果一段歌谣与两段变奏的体式构成另一层重叠,最后两段对"我"的描述则又一次形成变奏,"手里拿着白面馍馍的我,/哭着哭着想要这些梦。//不知道到哪个梦里去买。/不知道到哪个梦里去买。""白面馍馍"表现"我"在物质上的相对富足,而"我"哭泣则是因为对他人处境的怜悯。这一变奏将唱歌的人及歌谣形成的自足世界收束在"我"的感情世界中。

问答是《我和毛毛》中的另一常见话语结构方式,比如,在《跟我说说大海》中,毛毛问:"海边来的小妮子,跟我说说大海吧",由此展开"我"对大海的描述:

大海无边无际,又蓝又深。

很多船在上面航行,有一些却永远

不能回到家乡,它们在半路上就沉到了海底。

大海很温柔,在早晨太阳升起的时候。

大海也很可怕,当大风呼啸

它掀起了怒吼的波涛。

大海里有很多鱼儿。沉船里的人们

后来都变成了鱼儿。他们住在海底。"

哦!——毛毛喊了一声,说:

"我明白了——有一次我在谷底走迷了路

到处都是高大的森林

我看到有一个人把车子开进了谷底

就再也没有回来。轮胎上后来长出了野草

就像海底的海藻把它缠绕。"

其中用以描述死亡的意象与蓝蓝在非儿童诗中的书写相似,如《我在这里》:

我在这里

海水在沉船的舱里

回家的男人,路上的积雪太深

在词的骨灰盒中接吻

拥抱,一根长矛把我们的脊柱钉在一起。

他们回家。炉火升起来了。

……

以"这里"指代生的此刻,暗示"那里"为想象中的死亡,以"海水在沉船的舱里"为隐喻,对应"沉船里的人们/后来都变成了鱼儿。他们住在海底。"海底的寂静、封闭、孤独,透露出蓝蓝对死亡的感受,人与永恒自然的对照是蓝蓝用以认知死亡的视野,"轮胎上后来长出了野草"也在这一视野中产生。因此我们可以认为《跟我说说大海》中的问答是蓝蓝将一个声音拆解成两个声音,用对话的形式将这一死亡认知赋予笔下的孩童,从而传达给儿童读者。从这一教育或启发的意图来看,蓝蓝认为对话形式更具有儿童性,更能引起儿童共鸣。朱自清在《中国歌谣》中总结了重叠的格式,问答是重叠的一种。"所谓'对山歌'的便是,这种歌因问作答,便成了重叠的形式。"[②]蓝蓝采用了对答的形式,但其对答并不具备重叠的特征。对答的儿童符码表现在对儿童声音的记录,当孩童的语气被模仿、再现,就成为"儿童的"。蓝蓝在诗中记录了一些孩童的声音,如"——哦!哦!小短腿儿!哦!哦!喝凉水儿!"(《短腿》),但大部分问答都是将属于成人的声音拆解为两个,这些问答既非口语,也不具有重叠的结构或韵文的吟诵性。

三、拟儿童书写的局限

拟儿童书写的局限首先表现在话语的失真中。如上所述,孩童的对话经由蓝蓝将成人的声音拆分而成,尽管文学中的对话结构本身契合孩童喜爱唱诵的特点,但对话内容却暴露了成人想象力的匮乏。如《今天自己玩儿》:

今天我要自己玩儿!
毛毛跑过来说。

——好吧。你玩什么呢?

在接下来"我"与毛毛的对话中重复出现的是答语中的语气词"好吧":

——好吧。如果你的木棍不够……
——好吧。我不会打扰你。
——好吧。你一定会造出一座美丽的小屋

对话的儿童性依靠对孩童话语生态的记录,无论从对孩童话语方式的模仿,还是从重叠的声音效果营造来看,"好吧"都是失效的语词,它从日常用语中的交际功能延伸到文本中,诗意稀薄,并未有效地反映儿童对话的生态,以及其中表现出的能够与成人的思维、认知相互对照的内容。而后者才是"儿童的"意义所在。

又如《新的,旧的》中的对话尽管体现了蓝蓝对声音的强调,但内容同样缺乏"儿童的"意义:

毛毛快来看,
这是我的新裙子。

我来啦!

毛毛快来看,
这本画书我从没见过。

真好看。
……

尽管前后的空白突出了"我来啦""真好看",但空白却没有使它们获得语气之外的更多意义,它们作为高频日常用语已无法延伸出更多含义。

拟儿童书写的局限的另一表现是概念性的风景。前文论述了蓝蓝体验式的童年理解,当她追溯个人历史中风景的起源,将已成形的惊讶等感受再次呈现,由此造成诗歌中的一些风景仅是经验碎片的复述与集合。在散文《你的到来》中,蓝蓝描述了尚未清晰、混沌地存在着的生命体验,"我想从想你的我中找到一个出口,走向你。我想知道你在借谁的口向我说话、唱歌,你借谁的躯干显示你的美姿和形体。"[23]从中我们不难看出蓝蓝渴望通过话语方式的调换,去试探理解或进入到"你"的世界,期冀地徘徊在自我的边界,试图越出"我"和"你"之间的各种界限。而在儿童诗《礼物》中,这个"你"已经成熟,当它从成熟的形体中被截取出来成为"儿童的"内容,语言则失去了拓宽自我的向度,成为对自我的重复:

有一天,毛毛对我说:
我要送你一个礼物。

他把我带到河边,夕阳照在河面上
两岸的树倒映在河水里。晚风吹拂着我们
红色的晚霞把这一切变得无比美丽。

"这就是我要送给你的礼物。"他说。

——这是最好的礼物。
我永远都不会忘记这个傍晚。
……

蓝蓝在散文《在大沙埠》中描述了"我"在童年对自然的初次发现,这次发现是由一个叫"推子"的姑娘带领的:"桑葚红的时候,她领我走了很远的路,蹚过一条河,穿过无边无际的庄稼地,又越过一大片黑森森、静得怕人的树林,来到一个山坡上。这时我第一次走最远的路,我想,原来还有比大沙埠更大的地方啊。我惊奇地看见了远山在天边,看见了流向东方的河水,看见了树林里的湿地上一丛丛好漂亮的蘑菇……""这一次壮美的远游引导我走向了广阔的大自然,使我的生命开始与树木、花草、飞鸟的影子溶在一起。我的引路人,了不起的推子姑娘,帮助一个灵魂完成了向大自然的接近。"[24]

在对照中,我们发现,推子即毛毛,毛毛是蓝蓝成长过程中伙伴群体的象征。诗中描绘的风景则来自对具体经验的选择与再次塑造。《我和毛毛》的讲述对象是孩童,对孩童的想象使得蓝蓝将自身经验从其语言形体中提取出来,装入"儿童的"语言容器,毛毛说,"我要送你一个礼物","礼物"对风景的隐喻已是被加工的结果,它是蓝蓝对过往经验的理解。当这些经验作为毛毛的礼物交付与"我",散落在章节中的傍晚的风景、早晨的风景等则成为被抽象化了的经验。抽象性使得它失却源自具体时空的根系以及由此生长出的深远阐释空间,因此无法负担"惊讶"的情感重量,它意在表现"我"与他人的联结,这联结的重要性在于它指向了一条通往生命内部的道路。但这联结的意义却因风景描绘的孱弱而有所削减。"有一天,毛毛对我说"是故事的讲法,诗篇以故事的叙述策略组织起散落的风景描写,非情节性的风景处于情节的位置,模拟儿童与经验传递两种意图形成了这种拼贴的写法,意图限制了蓝蓝描绘自然的一支妙笔。

《我和毛毛》中引人注目的是那些乡村苦难，它们是蓝蓝对童年乡村经验的新发现，在过往的童年经验书写中，蓝蓝呈现出乡间朴野的生活方式以及大自然的神性，而在这些诗篇中，她以孩童的视角触及乡村生活的另一面，前文论及的这些内容在蓝蓝过去的写作中少有涉及，因此它们突破自我重复，具有更深刻的现实性。此处则就言说方式的效用对这类诗篇作出简要分析，如前文提到的《小黑猪》的结尾：

> 毛毛的眼泪真咸呀。
> 小黑猪的肉真香呀。

这一段诗以句式的重叠为结构，表现孩童的话语特征和对文本声音的要求，作为儿童的"我"只描写了现象，符合儿童的认知习惯，这种话语方式又恰到好处地契合，使尚未显形的现实诞生，因此在重叠中建构起进入另一"界"的入口。

又如《水井》在"我"和"毛毛"的对话中呈现了黑妮一家的故事：因为生了女儿被丈夫虐待，"三岁的黑妮她妈跳井了"，诗的结尾写到：

> 可怜的黑妮。
> 可怜的黑妮她妈。

这两句重叠回到质朴的口语，因此比起对话中由成人声音拆分成的书面语更为真实和生动，重叠在这里依旧表现出孩童言说的局限，但其拙稚在这一场景中却契合话语在悲剧面前的无力，因此接引了未言说的深重悲伤。

结语

本文意在指出作为前见的儿童符码如何影响了《我和毛毛》的讲述内容与言说方式，蓝蓝的儿童符码是否与"真实的"儿童契合则是另一个需要讨论的话题。迦达默尔从语言与认知的角度考察了一个人在理解世界的过程中，如何在掌握更多经验与概念的同时使自己陷入习俗与惯例："世界就在我们学习语言的过程中、学会母语的过程中对我们表现出来。""因为概念的构造总是在我们所说的语言中进行继续思考，而世界的解释也是在这种语言中进行。这就绝不可能从零开始。因此，世界的揭示得以展现的语言无疑就是经验的产物和成果。"⑤以成人世界的常规认知与言说为参照尺度，儿童对语言、习俗与惯例的陌生使得他们呈现出特有的认知方式和言说特征，与诗存在相似之处。出于教育功能对儿童认知和言说特征的运用暂且不论，是否一切"儿童的"特征都足以被称作诗并得到赞美？通过蓝蓝拟儿童书写的局限，我们发现并非一切"儿童的"特征都足以被称作诗，"儿童的"转化为"诗的"还需要认知主体审慎对待自身投射在"儿童"与"诗"两个概念中的诸种动机。

注释：

①新京报专访：《诗人蓝蓝：沉浸在童诗里，我们都变成了孩子》，2021 年 6 月 1 日，https://www.bjnews.com.cn/detail/162251221514783.html

②新京报专访：《诗人蓝蓝：沉浸在童诗里，我们都变成了孩子》，2021 年 6 月 1 日，https://www.bjnews.com.cn/detail/162251221514783.html

③新京报专访：《诗人蓝蓝：沉浸在童诗里，我们都变成了孩子》，2021 年 6 月 1 日，https://

www.bjnews.com.cn/detail/162251221514783.html

④访谈:《蓝蓝:童年是一个人获得灵魂的阶段》,2021年10月7日,https://new.qq.com/omn/20211007/20211007A090W500.html

⑤蓝蓝:《人的童年比一生更长》,《我和毛毛》,浙江少年儿童出版社,2020年版,第1页。

⑥蓝蓝:《人间情书》,东方出版社,1993年版,第12页。

⑦柄谷行人著,赵京华译,《日本现代文学的起源》,生活·读书·新知三联书店,2003年版,第110页。

⑧申丹:《西方叙事学:经典与后经典》,北京大学出版社,2010年版,第2页。

⑨热拉尔·热奈特著,王文融译,《叙事话语 新叙事话语》,中国社会科学出版社,1990年版,第146页。

⑩热拉尔·热奈特著,王文融译,《叙事话语 新叙事话语》,中国社会科学出版社,1990年版,第148页。

⑪热拉尔·热奈特著,王文融译,《叙事话语 新叙事话语》,中国社会科学出版社,1990年版,第147页。

⑫热拉尔·热奈特著,王文融译,《叙事话语 新叙事话语》,中国社会科学出版社,1990年版,第147页。

⑬林东林:《跟着诗人回家》,江苏文艺出版社,2017年版,第192页。

⑭王娟:《中国民间文学史·歌谣卷》,河北教育出版社,2019年版,第297页。

⑮王娟:《中国民间文学史·歌谣卷》,河北教育出版社,2019年版,第312页。

⑯周作人:《儿歌之研究》,《歌谣周刊》,1923年第33期。

⑰谭达先:《民间童谣散论》,广东人民出版社,1959年版,第18页。

⑱谭达先:《民间童谣散论》,广东人民出版社,1959年版,第19页。

⑲谭达先:《民间童谣散论》,广东人民出版社,1959年版,第19页。

⑳谭达先:《民间童谣散论》,广东人民出版社,1959年版,第18页。

㉑谭达先:《民间童谣散论》,广东人民出版社,1959年版,第25页。

㉒朱自清:《中国歌谣》,作家出版社,1957年版,第171页。

㉓蓝蓝:《人间情书》,东方出版社,1993年版,第8页。

㉔蓝蓝:《人间情书》,东方出版社,1993年版,《人间情书》,16页。

㉕汉斯-格奥尔格·伽达默尔著,洪汉鼎译,《诠释学Ⅱ 真理与方法》,商务印书馆,2017年版,第98页。

（作者单位:首都师范大学中国诗歌研究中心）

张驰的诗

填白的人

他的青春像一根绳子被打上
一个死结
此后他就成了一根有结的绳子
身体发育，结也发育
始终无法直着睡，无法排解
扭曲的疼痛
更多的时候，他只能发愤读书
潜心攻关
把自己填进白天，填进黑夜
填进那处若隐若现的空白
即便老年，仍要靠唐诗宋词
安顿有限的睡眠

为了填满那处空白
他宁愿隐姓埋名，把自己
当成国家的一张白纸。以至于
星光不愿披在他的身上
寒风不愿钻进他的肚子
死寂的罗布泊，在他面前
再也耐不住寂寞

他叫于敏
是那种个人强国家就强的人
有人称他"中国氢弹之父"
我更愿叫他为国填白的人
他天生一副国字脸，为国庄重

为国敏锐
他的档案无论怎样解密
也无法解开他
精忠报国的秘密

布光的人

音乐的光芒萦绕他的少年，青年
他想尽办法让这团光普照人间
终于在一个时代的缺口
滴酒不沾的他凭一曲《祝酒歌》
把亿万民众灌醉。这顿酒
人们是穿着破棉袄饿着肚皮饮的
也是饱含热泪饮的
这顿酒，令他们畅想未来

我相信桃花是豪情催开的
爱情是凤尾竹编织的
土地是锣鼓唤醒的
希望是笛子吹出来的
他是布光者
亦如他的名字——施光南
从山乡到高原
从田野到矿区
他把整个国家点亮

他还想用自己的光点亮大海
点亮历史

让屈原、鲁迅重新活回来
他太执着了，以至于
把眼前的每个琴键都当成了
一个昏君，一种罪恶
他拼命地反抗，狠命地奏击
直到心力交瘁。那一刻
他终于照进历史。而我们
却痛失一道光芒

怀揣希望的人

20岁前，他没穿过一双新鞋
一件新衣
他只有希望
也播种希望

这土生土长的希望
看不见，摸不着
也无法想象
她只是一个善良的魔，活在
人的内心
你想拥有她，就得信仰她
就得行动
你只能昏天黑地地走
不计后果地走，哪怕走进孤独
走进炼狱
也得咬牙切齿，继续朝前走
若要中途停步，就会一无所有
甚至悲伤地死去

他是一步一步紧跟希望走的人
也是一次一次跟自己短兵相接
在挣扎中脱胎换骨的人
如今，他又有了新的希望

他能证明：怀揣希望的人
才是永远向好的人
亦如他的名字——刘永好

解放汉字的人

不要在他面前谈委屈
他的胸怀里有一半是委屈
不要在他面前晒荣誉
他的每根骨头、每寸肌肤上
都别着一块大大的奖牌
甚至，他的本身
就是摆放在奖台上的一项大奖

他钟爱每一个汉字
耗尽毕生精力，把它们
从铅与火的囚禁中解救出来
让它们洗澡，穿衣，强身健体
好在文明的疆域大显身手
而他，只在万千钟爱里
挑选了两个字——王选
陪伴自己的孤独

每一次手捧书卷
我都能感受到他跳动的脉搏
也时常借助他的体温
温暖渺小的身心
国家太大，分给我的都是小事
不过，我也常常有这种感觉
行走在领奖路上
这一路走城走村，走江走水
蓄积了太多感动的泪水
我只想这么走着
走着，通往他的奖台

融入他的精神

钉钉子的人

她是小金川汇入南江的一片红叶
看上去柔情似水
叶脉里却隐藏了一座夹金山

她的履历平凡：组织部部长
纪委书记
亦如她每天的行程
县城、乡镇或者厂区
她的工作就是钉钉子
凡是她认为有必要钉的地方
都会把阳光雨露钉进去
她也拔钉子
有一回，她拔一棵腐烂之树
整整拔了五日五夜
直到糜烂的根须暴露在
阳光之下

有一种奠基石，有她奠着
四周的土地就不再躁动
有一束光，被她照亮的人
永远不再迷途
有一个小小的舞台，站着的
却是大写的人
这块石，这束光，这个人
就是王瑛
我与她同行，也渴望做一个
钉钉子的人

与水打交道的人

从骑上蛟龙的那天起，他就清楚
往后，他要与水打交道
一切看水的脸色行事
咸淡自知，深浅难料
好在他聪明，父母早就唤他叶聪
赋予他游鱼般的肌肤
钢铁般的意志

他的使命就是下潜
极限下潜
一次次，他向未知的水域
敞开胸怀
倾听水的诉说，也向水
传递自己的立场
为此，他在深海开设邮局
拉近海疆与民众的距离

难忘2012年6月27日
那一天，他成功下潜7062米
类似于深潜到亿万年前
当他向家人汇报下潜成功时
那一刻，亿万国人
都成了他的家人

在大地书写幸福的人

他是台州人，也是个吉利的人
贫穷岁月，他能从垃圾里
淘出金银
改革初年，也能无师自通
办厂兴业
那时节，他一年一次转产

一次一次碰壁。最终
凭借四个轮子撞开一条血路
将吉利的大旗高高竖起

有人终其一生隐匿在人群里
短视,浅薄,懈怠,虚荣
把国看得比家还小
有人自视聪明,自造江湖
投机,肇事,欺凌,诈骗
让自己游离在国家之外
唯有这群人,内心深藏一份地图
有格局,懂预测,知境界
他们沿着时代的方位前行

也助推国家朝前行走
他们成就自身,也造福他人
李书福就是这样的人
一个吉利的人

我礼赞他,就是礼赞我的国
我的家
我的勤劳勇敢的人民
当民族的使命落到我们肩上
我们就是一群在大地
书写幸福的人
哪怕疲劳
哪管艰辛

一场对崇高的诗性探求

——评张驰的诗

· 骆　蔓 ·

浙江台州临海市文联主席张驰创作的7首点对式赞美诗，有人认为是政治体诗歌，并不看好，笔者却从中看到了一场诗人把审美向崇高倾斜的独特吟唱，富有时代感和整体美。

崇高是雄伟、高大的意思，同时又是审美范畴的一种，它具有强大的艺术魅力，能够使人在精神境界层面有一个较大提升。在中国传统美学中，崇高或壮美常用"大"来表述，它侧重主体方面、社会价值方面，而在社会生活中那些体现着推动历史前进的进步力量及其代表人物，是社会崇高的本原。张驰的这7首诗，讴歌的正是一批推动历史前进、时代进步的代表人物，反映了他们在社会生活中作出的丰功伟绩，因此，笔者以为这是一场对崇高的诗性探求与诠释。

据了解，张驰于2020年完成了一部多达2800余行的长诗《大陈诗章》（有待年内出版），全诗以中华五千年文化传承为背景，以大陈岛发展历程为轴线，重点突出新中国成立以来三代垦荒人奋发图强、开拓创新的社会实践，以及个体生命成长的心路历程。在完成这部主题创作的作品之前，他就尝试了另一部主题作品的创作，这部作品他曾命名为《汉字碑》，主要是对建党百年以来各个不同历史时期的革命先烈和英模人物进行集中诗写，计划挑选300名人物，努力完成一部以人物为核心谱序的诗作。而这组《布光的人》（7首）正是其中的7个人物。至

于该部诗作目前完成了多少，本人不得而知。不过，从早两年在《诗刊》阅读到作者发表过的诸如《在韶山怀念一个女人》《天使赵一曼》等作品来看，应当可以归类到他的这部人物诗写序列中来。

本人完整阅读过张驰的《大陈诗章》书稿，也读过霍俊明先生为他书稿所作的序文和梁晓明先生为他写的诗评。诚如霍俊明先生所说："张驰在长诗《大陈诗章》中有一点做得非常好，这就是个人化的历史想象力与现实经验、自然空间的平衡和融合，进而在个人、时代、想象和历史的思维对话中展现出了诗歌化的历史真实。"可以说，《布光的人》这组诗与《大陈诗章》在创作风格上是一脉相承的，都是内心情怀的寄托与再生所作的一场深层次的歌咏。

张驰早期的诗歌风格是偏重抒情的。但进入中年后，诗人的风格明显转向以叙事为主，然而，他的叙事又与当下诗坛众多诗人追求的叙事风格不同。所以，读他的这些作品，是能感受到一股浓浓情怀的，而不是那种看上去冷冰冰的所谓"零度"诗写。

首先，该组诗在抒情方式上值得推崇。7首诗所抒发的感情真实且较为强烈。这样直抒胸臆的表达，更能撼动人心。比如《布光的人》，讴歌的是新中国成立后我国自己培养的新一代音乐家施光南，在他一生的创作中，我们可以感觉到，施光南是坚持把爱国作为音乐创作的永恒

主题，并以此谱写时代赞歌。基于这样的认识，张驰将这一场赞颂推了出来："音乐的光芒萦绕他的少年，青年/他想尽办法让这团光普照人间"。诗人将音乐喻示成"一团光"，这团光不仅为人间带来光明、驱走黑暗，更激发起亿万人民对美好生活的向往、对伟大祖国的热爱、对传统文化的弘扬和对重振民族精神的企盼，引起他们强烈的情感共鸣，激昂的旋律也激励着一代代青年奋发进取、勇往直前。随后，通过施光南创作的《祝酒歌》《月光下的凤尾竹》《在希望的田野上》等脍炙人口的作品，把它们用诗性的语言串珠成链，道出施光南要把"整个国家点亮"的崇高目标，他还想用自己的光"点亮大海""点亮历史"，直到心力交瘁："那一刻/他终于照进历史。而我们/却痛失一道光芒"！这一场灵魂的布光，就像布道——将昂扬的旋律、动听的乐声传递给世间每一个人，而自己呢，则如春蚕般将丝方尽。这种无私奉献的精神和高尚品质，让人钦佩与敬重。

其次，该组诗的结构技巧值得肯定。7首诗基本上都是延续传统诗歌艺术创作中起承转合的组织安排，且以此来提升其审美价值。比如《填白的人》，是赞美"氢弹之父"于敏的，第一节为第一单元，是象征的"起"，第二节为第二单元，是拟喻的"承"，第三节前六行为第三单元，是抑扬的"转"，第三节最后三行为第四单元，是提升的"合"。从"起"的部分——青春打上"死结"的隐意，到"合"的部分——对"解密"和需要守口的"秘密"的凸显，这场组织安排是有机的。

这也表明：这是一场圆美旋转的组织安排，使文本到结束处"不能解密"的意象有了智性的提纯，即意象象征的飞跃，象征出了时光荏苒中主体一颗精忠报国之心是一以贯之的真切存在。

第三，该组诗的表现手法值得倡导。诗中用烘托和渲染及衬托的表现手法，来突出主体品德的高尚、品行的高洁、品质的高贵，特别是从细节处入手，以小见大、见微知著。《在大地书写幸福的人》是对浙江吉利控股集团董事长李书福的一场生命礼赞——以"蛇吞象"的气势活出了民营企业的风采，而这一场助力实现"双碳"目标的布局，也使整个汽车行业向更高效、环保、以人为本的方向发展——"有格局，懂预测，知境界/他们沿着时代的方位前行"——这样一群有民族节操和使命感的"书写幸福的人"，"疲劳""艰辛"都不能阻挡他们行走的步伐，大步向前的姿态，这种凌云壮志与垦荒精神、红船精神、浙江精神同样是一脉相承的。

这些诗歌作品语言朴质、灵动、接地气，可以见出诗人具备宽广的视野、高阔的境界、宏大的气派，用诗歌的形式构筑起了俯瞰民族经济和传统文化的高台。当然，从更高要求看，在某些诗篇里，作品对"具象的抽象化"把握还须进一步拓展；在部分细节的处理上，还可增加叙事的容量，强化语言的张力。此外，诗歌的内在节奏也可作适当调整。

期待早日读到诗人《汉字碑》书稿的全貌，也许到那时，全诗的真正面目会更加完整，更加清晰。

范雪的诗

善良

二斤青海羊排
一颗德清白菜
炖在一块儿,蜜色清甜

我低头回想忘不了的是什么
你神色里有古时候良渚的风
分别吹拂了江南五千年,谁最善良

两千零二十年夏天,萱草在浓荫里怒放
我眼里你像盛夏一样忙碌
一生是忙碌,所以简洁

简洁让人看上去善良
善良对面,我也愿为它的来由忠诚祈祷
尽管吹拂了世间的相别也忙碌的风,吹得更劲

上车！看景。

给一桩现实故事,配一段景。
还是开车,沿大陆边界,
在边境丰腴的深度里一路看景。
看景,然后再给它故事——
当代,荡丘,厂烟,海市。

所以别说我了,
海天互相打扰,挟千只绿岛罗布。

谁想到界线全是纵深——
世上有许多好男孩,
可惜都结婚了,包括我丈夫。

海边湿雾重重叠叠涌上来,
我们在雾里散发不出足够的感受力。
车穿平镜海峡,
平静的白云漂白了海岛青山,
海卤水里,
钢船和塔吊把海岸领向极端。
只有行为是现实主义的,
形象,在环境里撑爆常识。
我感觉到了,眩晕而且猛烈,
也似游客那样略过。

一次救援

长方的河水从桥下流出杭州,
两堤石岸卡住滚滚水体。

风景其实蹊跷,
风尘仆仆,似是多种相反的结果。

观光推进到桥西木回廊,
一个成年人背过运河唱李玉刚。

另两个身材已经颓废,
簸箕一样坐着。

另一个很瘦地搭着坏腿在轮椅上，
眼里有成年人的恐惧……

树落落，花开开，风吹吹，
谁也无碍于谁的一次布局。

悲感立地成佛。但人生大多
不是悲不是喜，是中央台的正剧。

雪白的阳光把天蓝色大趸船催眠，
它们停在河水上，

带着千里救援的远方地名——
盐城、江阴、淮安，

非常临时地，又一次强烈诱惑你
在道路分叉的时候驶离目的地。

一个梦的高度

I had a dream last night,
一个有勇往直前之快乐的梦。
我拉起他的手，
像无数次第一次拉起手，
像无数次第一次像只孔雀，
站着晃起玉腿，
就算侧面，
他看上去都有句号的样子。
句号——
我终于不用再累了，
大概在梦里，
血压也因此升高了。
白天，丈夫的同事

阐释了高龄夫妻再生一个的原理：
不可能离婚寻找激情，
那就制造一些有可能有的激情。
但人口线段下坠，
那数据图看上去 shine on you crazy diamond，
闪耀着电吉他过载后光滑的光。
光滑，压抑。
有些焦虑，
梦到睡在一起后，
梦到了反对。
一些一些人，一些一些单位陆续出场，
屠宰两个人的心愿和春梦。
大概因为，
白天看的是《独自在夜晚的海边》。
至于看什么，是面玻璃。
再一个白天，百香果红茶，
大学给自己高高的落地玻璃造了枯山水，
高级，枯景，冷淡。
我如游鱼，景中主人翁，
为国家献出激情生子的好主意，
但这平滑年代已选好冷静做主音。
舌头在一阵红唇白齿里裹动，
床一样的脖颈是百香果味，
百香果叫 passion fruit，
明明可以吃，
草地远方的地平线也冒起白烟。

散漫的年代

仿中岛美雪 rolling age

工地上的电话还在响个不停，
屋里想象的白窗帘像投降的旗帜，
听说今年新加坡登革热爆发，

过去住过的杭州的运河,早已不去,
大陆上,零星感染彻底征服能征服的心,
而微信里加利福尼亚发来的
美食和花园多么好回答,
政治的讯号又多么难回答。
你盯着干活的男人看不够,
仿佛凌晨走过工地,
信号灯在洒过水的城市马路上闪烁不止,
让你内心超高流明的敏感,
5000K 的色温,警车轰鸣的寒夜,
照出寂寞把骚动紧紧裹住。
一个人在一些年纪,
无所谓哪一个年代,
需要风暴,向生活示威。
现在,这个暑假里橘红色的工地,
吹的风是湄公河泛滥时,
把落地百叶窗和夏威夷草都移植进来。
是因为梦想吧,
大河炎热,过去连情欲
都比当代饱和,
你也在纸张之间推测了
人们裸体抱在一起以外的,是一个
攸关国运的世界,
事事攸关,事事恐有惊天的未来。
然而,人们几乎是什么都不知道的。
工地更不知道得彻底,
它正在优美的草绿色瓷砖方块间
砌一个粉红色的浴池,
一个现代主义浴池,
装着人生在世民主主义的肥皂泡,
让我不知道该谈起什么,
除了甜蜜和刺激。
散开窗帘,幽暗里问
人生是怎么回事呢?

我们就此解散也可以的,
如同春光让花的这一季开得过于绚烂了,
其他的历史命运,
永葆祝福与支持。
散开窗帘,
再回到人类的童年,
绝对地真心,而且合作,
在一间橘红色飘着我们投降旗帜的屋里。

无题

在淮蚌平原我自学了用一小杯酒睡着。
你的音色,我又翻出许多歌,
是啊,尾音划开小提琴弦上寂寞的
爱的洋流。我为什么天天地看你呢?

过年的时间震落许多白垩粉,
酒的石榴红色太成熟了,炖出我
总是一道典型的南方佳肴。
每日天色偏淡,是向往简单吗?

你帮我模拟出一些不怎么实在的情绪,
因为生活多么多么和谐,
可好多名词,其实是一回事。

浮动这一带的地形,我还这么坐着,
跟海水一样咸的歌和红酒混在一起,
人们是否把很多事都盼作是过渡。

夏夜在灯里轮转

躺在暗色浓重的车后座上,
眼前轰轰的夏夜在灯里轮转,
我们豹子一样顺流而下,

经过了风花雪月。

像在打仗，两岸的燃烧弹缓慢又连续地

划过青金石的天际，坠进高窗，

把现存和即成炸得稀巴烂。

烈火烧遍视野，

流弹如蝴蝶在手里抓不住又飞走。

这倾城的大仗，

我沐浴其中，

无正无义无所谓，

无非是转过几个山坡，

闻闻慕情而来的野草地上那枯的香气。

道理是一片单调的绿谷，

母猴抱子回头望红尘清清白白的，

雨水洒透了总是一二刻的即景，

透不了今晚光景浩浩荡荡，

灯里轮回降生了遗产。

春三月中随夫小住淮南有感

淮南舜耕山南有房，高铁带

我到时，到了一片青青麦洋里的站台。

也没风，淡色天色，淡色平原，

白的火车站和茫茫的春绿

挥发着植物性荷尔蒙，贴上肌肤

成了许多春天的多孔的青气。

远成一条水带的淮河，挂起

比河还宽了两倍的南岸泄洪区。

泄洪漫滩上稀拉几个钓鱼客，

剩下的全是千朵湖洼，荒天草甸，荒到人

怀疑高楼里的场所是不是正确，

奇情也不过自然函数里一段小的上升，

白鹭划过也没划过。

从土堤颠扑回水泥色街面上时，

国道下的这片水泥还有过去的质朴。

洗浴白板红字，隔壁旅馆有热水澡味儿，

草气灌进纷扬的秀腰，

秀腰生着秀气的青草……

叫人怀疑，

怀疑六安小炒舠咸孟辣，

飞灰的人的灰尘路为什么这么重口，

而我早就清清淡淡白水白菜——

白水白菜加半袋火锅料，加点水，

饭店，停下，加个水，吃个饭，到屋里放放水……

街上总有干不尽的暧昧的水渍，

碰着忐忐忑忑的水泥不平整，

临时地，给长卡做了温柔乡，

让我昏昏沉沉羡慕起苦涩

能撞飞好多乏味的忍受。

文学街，最文学的地方最社会学。

南方

涂料有些陈旧，在盛阳里暴露了多年，

我失骄阳君失柳，

褐色锈水的痕迹在那些总是

粉色、粉蓝和纯白的墙皮上，

有些血味。开始不喜欢，

现在差点以为都忘了。

机场大道都迎接我，夹道两旁

蓄含淡水的高树，心事漫天神佛。

暗示太多了，

湿湿的空气像扇贝那样开合，

我被夹在海物和发物的玻璃缸里，

滑向马赛克走廊。粤式酒店，

一推门，一个白瓷砖小阳台，
一些茶色框的铝窗，
我一天洗浴三回，终于能忘掉。

书桌望出去，阔叶树蒹绿在林带边上，
开出长长水泥路上，汽车站，咖啡室，
细街风，往事里的一部分体会，
坎过夜马路和连衣裙的薄纱。
这是唯一可靠的，因为现场才是杜撰的。
可来路上，我收集了一些莎草中央的球穗，
自然和命运的提喻腐蚀我的亲热。

谷池有淡腥，边疆泛色气。
我手里几颗龟头果，肉苁蓉，
南北行，乳色牡蛎，更紧的马路，
雕花金粉里一个人重温得软下来了
细物，美物，阴阳之物，
一场活的腠态，
一场饭被碎贝壳和多福花鸟装饰得暗红。

夜睡以前

仿海上花列传

夜里陪孩子睡，听得斜街上，
蛐蛐叫声如星，络绎漫散；
远远地又有低低歌乐之声，
仿佛唱的东方红，是小女孩清音，但不知谁家。
仍有诸多头绪，心事不定，但也不能走开，
小儿易醒，贴着大人才能沉睡。
悄悄和衣起来去屋外喝一口水，
不经意间两个男的在隔壁阳台吹牛，
又讲论漫游及女人情景，津津乎若有味焉，
瞠瞠然正经儿一本具体白描流下。

翻过安全栏上床，卧进寝具，
料不想忽然就来了困，这夜听到种种，
如彩色粉块沉进迟钝。或许会梦到。

出差的旅人

推销酒的夜里，流水把旅馆送在街背后，
月色跟踪到大河北边的城市，
又陪着送进南方县和镇上的洗浴城。

乡下人有钱，
他们的新别墅、两辆轿车、成箱的酒、条烟
再度虚无了日光和嘹亮的雪野.

在那之外，
欢场蓄含着两只污渍牡丹花，
连通起村庄与城的无作用力滑道。

美国草坪

来这里五个月时，我发现
最多的风景其实是草坪
宽阔地，疲惫地延伸着
没有起伏的地理
看不见高高低低的过去和未来
人们走在二维的草坪上
太多风景，太少主体，谈不上享受

每隔几天会有人驾驶机器剃过草坪
这定期编辑景观的劳动
像它的轰鸣声一样，有着单调的工具感
给这草坪民族属性：工作是工作
为了那甜甜圈和白砂糖的家
剃过后剩的，是监狱的尺寸

门廊、视野、呼吸和动的范围

割下来的青草和蒲公英的头
腐烂在监狱里,连同松鼠和雀的尸体
汽车注意不到,路人也已习惯
他们无论冬夏都在草坪世界里奔跑
吃大把青草,追求劳损的健康
把溢满油脂粒疙疙瘩瘩的
白色身体,跑得涨红

优美的草坪会平淡处理
那些在我的经验里让人留神的死亡场景
一阵烈阳,一场风雨而已
动物和植物的尸体
与旁边教堂一同
被六月闪光温热的草坪整齐托起
等待那漫长的生命的腐朽,也是无聊

创作谈
这一切的世界的感觉

· 范　雪 ·

一

我在看微信朋友圈分享的一些诗歌表彰时，常常走神地想，人生已经那么乏味了，为什么你们还在用看不懂的语言，对着费力去看后证实了是空洞信息的片段表扬来表扬去？这让我感到一切更加乏味。不知道诗歌的意志什么时候能再恢宏起来，就像不知道男人什么时候真能有靠山一般的形象，因为传说中前者和后者都曾那么主流过，在历史或生命里有命运一样强烈的存在。

当然，在我们生活的这个时代，许多坚固的东西都烟消云散了。2019 年初夏，我在上海美丽的过去的法租界吃了一顿饭。说实话，我有再多批判的知识也会承认这里真是好地方，轻松、休闲、舒适，落地玻璃窗的餐馆恰当地掩映在梧桐树影里，路过时能看到里面洒在甜甜圈上的糖霜，空气中也浮动着肉桂棕红的气味。如果你愿意，还可以在街角公园跳一下交谊舞，不是像 80 年代那样，而是像西方人那样。非常匹配这个场景的，还有东湖宾馆附近的街上的一排西服裁缝店。裁缝店一度过时，而此时此地的那些店让我总想，如果要给爱着的男人送一件得体的礼物，大概就会在这里定制吧。我苟着一切曼妙的感觉坐在初夏的这场饭局上。主持者是第一次见的金融家。他讲了许多话，有一句开了我的窍。他问我 20 世纪最伟大的

发明是什么。相对论？信息技术？我骄傲地猜不外乎这两个。在当下众多知识的形象光谱里，物理学既大众又高贵，能同时挑动终极存在的道理和人们越来越诉诸视频的求知欲。不过，我想当然了。相对论猜对了，但另一个是：复利公式。我虽然不知道复利公式是什么，但我过了一秒就觉悟出他说得是对的。复利公式，这才是看不见的手啊，才是搅动人类世界最大欲望和运作逻辑的东西啊。

上面是到目前为止，我对现在这个世界的理解。它有公式般的操盘，把一切人的生活都拉扯进去，那里面的真相并不轻松和愉悦；它又能在进展到一个发达阶段时，给人非常有品质的物质上的享受，那是非常适合人性的，同时这中间又有太多的不合理、不公平，有太多苦难和社会问题。诗歌的意志、人的意志、女人或男人的意志在这样的世界里被淘啊淘，或自以为回避了淘啊淘……这是它们全部的问题，诗歌的问题就是人的全部问题，是我们在自己的段位上能看到的世界展现出来的一切绽放或伤痕，或者我们还要努力一点，去找点资源、找点材料，剥开一点，去试着看看能不能发现的更多一点的事实。

以这个对人和诗的判断为前提，现在的文学好像对"苦"更敏感，它好像很不享受这个世界的物质成就，对许多快活的东西尽情地忽略着。我也不是要反对文学的疏离、怀疑、反思或

批判,但既然我来说这个话题,就不想再说一个文学上"政治正确"的立场。在我的经验里,"享受"是最容易打开感受力的。有没有入迷着魔,是极度智性地一直像个知识分子那样,还是几分失魂几分痴? 他们能够焕发的敏感非常不同。而所谓入迷着魔,是一种不祛魅的状态,它能够激发非凡的生产力,而且是与那种跟这个世界保持着距离、维护和琢磨写作者个体内心极其不同的生产力。

恋爱,是最容易理解享受、着魔、入迷、不祛魅、敏感、感受力等一堆词汇的事件,也是一件足以拯救乏味的天然的事。有60后的诗人说,爱情是最简单的奇迹。有70后的诗人说,人生的真谛是身心愉悦,只有爱欲能实现。有80后的学者说,爱和欲望是一回事。我喜欢这些说法。而在那么多关于爱情的表述里,我看到的最最严肃的观点是一个学术观点:

对这个身体的爱,让一个灵魂的深渊连接了另一个灵魂的深渊,欲爱这种激情之爱,就是在身体的碰撞中,探求另一个人的特殊性。而上帝也许就在这个人的皮肤后面。

对,我在某个时刻看了李猛的《爱与正义》。我相信我一定是肤浅误读了这个文章,但没关系,我接收到那个时候我最感兴趣的教育,而且一直到现在都确认那是被现代汉语充分表达的、充满价值的关于人类大事的意见。再发展下去,我好像看见了对这个世界饱含着感情的,在逻辑上极度迷人的爱之正义:

我们的欲爱,正是奠基在圣爱夷平的世界中:每个人都独一无二,都不可或缺,都具有它近乎无限的个性。而真正的激情之爱,正是这种圣爱最大的成就。因为,正是陌生人之间的爱,探索了每个陌生人深处的"陌生性"。

一定是因为这些话点拨明白了我混沌的预感,也一定因为我认识到自己有爱人、爱世界、爱生活的需要,而当这些需要被道理肯定地说出来时,那个读了《爱与正义》的阳光遍洒的下午是决定性的。后来,我写过一首什么"尘世边界恍惚/你中有我,我中是我一路走来的努力"短诗;到现在,过了大概要有十年了。我现在依然认为,这是一个深度盎然、兴致盎然的态度,因为充满感情比冷漠更需要道德,更需要能力,就像儒家会认为"为什么死"比"为什么活"要值得回答得多,就像丁玲能说出"愉快是一种美德"(《秋收的一天》)。就算是在最空虚的感觉上,它也让我感到我无比认真地跟这个世界,跟一个实实在在的好人,跟他陌生、奇妙、快乐和痛苦的全部历史,认识过。

二

李猛这个文章不是单纯讨论爱情。但"爱"也不是失之于小的东西,《会饮篇》支持这个判断,我们的经验也支持。由一个人对一个人的爱欲延伸出来的,是人与世界的关系。就这一点,对写诗的我来说,流行歌曲大概是比文学作品更解放的。

动人的歌,多半是情歌。不过我在流行音乐里得到的启示,倒跟爱情无甚关系,而是对世界的赋形与上色。吉田拓郎1970年代有首歌叫《落阳》。它的开头唱到"夕阳的红色逐渐变弱消逝,依稀从海平线上漏出点余晖,我乘上了从苫小牧出发前往仙台的渡轮"。日本歌里常有这样的地名流露,什么津轻海峡冬景色、伊贺的女人、东北的男人、横滨的China Town有我们难忘的海边码头……它们放在歌里唱出来那么动人，也许是因为汉语读者看这些地名会产生异域的美丽的感觉，也许因为具体的地名能让一切真实起来，歌里的描写和抒情因此一下子都是"生活"的了。据说，吉田拓郎正是日本流行音乐史上开创了革命性的"生活派"的祖师爷，所以《落阳》里出现了一个奇妙的男人：

> 说起来那位大爷，特地前来为我送行，
>
> 他甚至像个女孩子那样不舍地捡起了送别彩带……
>
> 比起女人和酒更喜欢骰子，那位大爷输掉了他的一切。你可真是老实的人啊。
>
> 在这个国家，没有什么值得一赌的东西，因此我也就这样漂泊在世。
>
> 就这么摇晃着骰子输光了钱，疯癫过活的老大爷，
>
> 在某处再次相遇时，希望你还好好活着。
>
> 没用的男人们，就这样毁掉了自己的人生。
>
> 告诉我男人的故事吧，摇起手中的骰子……

老实说，开头这句"比起女人和酒更喜欢骰子，那位大爷输掉了他的一切"已经够吸引人了；再加上"在这个国家，没有什么值得一赌的东西，因此我也就这样漂泊在世"就更不得了。我不知道多喜欢这种在一个宏观稳定的存在里，弃之不顾，人生挥霍放浪的形象。这个形象在生活里一定是彻底失败，完全不被世俗价值认同，但在拓郎的歌里——我想这歌必定不是戒赌歌，疯癫过活的大爷看上去是个好人呢！赌输一切又是不是超级有勇气呢？是不是比"在这个国家，没有什么值得一赌的东西，因此我也就

这样漂泊在世"更是"男人的故事"？这首歌里的人是用"疯癫"和"漂泊"破坏着些什么的人，这"破坏"让我感觉到自由。这首歌用年轻、健康、坦诚的轻快调子把事情说出来，既是对失败的人的赞美，也是又一次"破坏"，轻快地、轻而易举地破坏掉许多仿佛正确的模样，这让我加倍感觉到自由。

大概，喜欢看什么，看到了什么很喜欢，其实是一边认识自己，一边认识世界。流行乐对世界的赋形与上色，让我看到许多许多版本的世界。有一些，真让人着迷。

人和世界的关系，是对每个人来说都成立的宿命般的命题，也是一个难题。我现在能认识到的这个难题最难最难的部分是，个人的本质是接近布朗运动的，两个人、三个人、一堆人和由此形成的所有形形色色的单位，都是结构。这文章开头金融家宣布出来的复利公式是结构，财富是结构，家庭是结构，连感觉居然也是结构。结构是什么？结构就是支配，结构就是裹着一切以最合理的成本走下去。我自然还不至于赞成极端的个人主义和真的支持无政府主义。结构是个好事，把人组织起来，提供温暖，没有结构和秩序是不可想象的。但是，现代社会，每当我看到批判现代人工作时间过长影响了家庭生活的文章，或者中央台那些让你回家多陪家人、一起去度假的公益广告时，我其实都很犹豫。因为许多人其实是早上离开家的那一刻松了一口气，是攒足了全身力气然后家庭集体去度一个七天的假，他们或许无比珍惜一个人一顿饭的机会，求也求不来一个人一个月的日子——所以，那些话说的是真的吗？问题出在哪里呢？现代社会发展出的结构如此严密，如此逼仄，解放的崩力是它自己孕育的。

所以，我喜欢看有点破坏性的东西。很多

写作者觉得自己有破坏性,我看都没有,比如许多当代小说。真有破坏性的,D.H.劳伦斯算一个。尤其是他持之以恒、坚持不懈地在小说和诗歌里干的一项事业:打击布尔乔亚男性。比如这首:

布尔乔亚,真他妈的,
特别是那些男人们——

拿得出去,完全拿得出去——
我把他当礼物送你一个好吗?

他不英俊吗? 他不健康吗? 他不是好样的吗?
外表上他不像个干净利落的英国佬吗?

这不是上帝自己的形象? 一天奔三十英里,
去打鹧鸪,去打小小的皮球?
你不想象他那样,很有钱,像那么回事儿?

噢,且慢!
让他碰上新感情,遇到另一个人的需求,
让他回家碰上一点道德上的小麻烦,让生活向他的
头脑提出新要求,
你看他就松软了,像一块潮湿了的甜饼。
你看他弄的一团槽,变成个傻瓜或恶棍。
你看他怎么个表演,当他的智力遇到新测验,
遇到一个新生活的需求。

布尔乔亚,真他妈的,
特别是那些男人们——

干干净净,像个蘑菇
站在那里,那么光洁,挺直而悦目——
像一个酵母菌,在过去生命的遗骸上生存,
从比他伟大的生命的枯叶中吮吸养料。

即使如此,他还是陈腐的,他活得太久了。
摸摸他,你就会发觉他内部已蛀空了,
就像一个老蘑菇,里面给虫蛀烂了,蛀空了,
在光滑的皮肤下,在笔直的外表下。

充满了炽热的。长满虫子的空洞感觉,
相当卑污——
布尔乔亚,真他妈的!

在潮湿的英国,这些形象成千上万个站着。
真可惜,不能把他们全部踢翻,
像令人作呕的毒菌,让它们
在英国的泥土中迅速腐烂。

更让我觉得可爱的是,劳伦斯讽刺布尔乔亚男人总要重点讽刺他们的性。他会设置这样一个场景:苍白的城市的布尔乔亚男人带着他的妻子在南方度假,妻子在南方的气候、太阳和大地造成的绝对的真理中慢慢成长为一个新的女人,一个不再神经兮兮的纽约女人。这时候她会遇见一个纯体力劳动者,他"腰宽肩阔,体格粗壮,体力充沛","长着一副宽宽的红色脸膛,十分冷静沉着。她曾跟他说过一、两次话,注视过他蓝色的大眼睛,蒙昧而南方式的火辣。"然后,劳伦斯就要布置他们的欲望了,"他眼睛里充满的奇异的挑战攫住了她的心,那眼睛是天蓝色的,势不可挡,像蓝色太阳的心。她已经见

过他薄薄裤子下面生殖器的猛烈躁动：那是为她而起的。他连同他的红脸膛、粗壮的身体，对她来说就像太阳，就像散发出明亮光辉的太阳。"这堪称天地间一段最天然、真实、冲动和粗壮的性的欲望，跟明亮光辉的阳光一样接近真理，比一切知识和不动产都有说服力，是一连串无比接近"勇敢"和"存在"的瞬间。

劳伦斯的立场，就是我的立场。赞美阳光，赞美（劳动得到的，而不是健身得到的）有力量的结实的身体，赞美蒙昧和火辣，赞美体力劳动者，赞美带着红色大地热烈色彩的欲望。这个立场里一半是天性，例如优雅的男人讨好我，讨到好，但讨不到很好；另一半是后天的，我想从这个立场看，我一定是人民史观的。这个叫作《太阳》的小说的结局，还是结构赢了。可能正因为结构总是这样无往不胜，这样所向披靡，把劳伦斯强烈感受到的心醉神迷一次次变成往事里的空想，所以诗人才会对"布尔乔亚"和主导着它的结构的"细小发狂的阴茎会在她身体里播种"的男人们，进行一次次坚定、精准、正义复仇的打击。

三

尊敬美好的身体和尊敬大地，劳伦斯作品的辉煌加强了它们在我这里的统一。它们也教给我一些处理世界的立场。

我写过一首题目叫《太行山之恋》的诗，写的是我从来不熟悉的农村。可能大家也有印象，每年过年的时候，网上都会有很多讲城里媳妇到农村怎样惊慌诧异的新闻，或者高知人类回乡对蛮荒丑陋家乡的曝光，兼及平日里社会新闻也总有一些残酷乡村叙事，什么自杀、他杀、贫穷疾病，尽是些鸡毛蒜皮人生的斗殴。人类学、社会学研究的叙事也不过如此，一个个荒荒的、赌气的、无知的农村的样子。概括讲，文化和美感零度的农村。我个人本能地不相信完全是这样。更重要的是，我认为，如果现代汉语一直这样地去描述自己的对象，对象和现代汉语本身都不会有任何高贵的发展。这个觉悟是从《天城越え》来的，一首日本演歌。你听过吗？石川小百合唱的，隔一年的红白歌会会唱一次。内容其实就是男女感情，还有很狗血的自杀他杀之类，跟太行山农村里会发生的情感纠纷一个样，而且可能讲得也就是个天城山附近的村里的事。但你也知道，日本人有多擅长把这种事情表达得迷人、绮丽、凄清。这至少是赋予对象一层文化、一层美感。如果语言就是修辞的话，任务其实不过是把对象讲得漂亮一点。当然，人们也可以说农村本来就是那么瘪的。但说实话，一、我不相信；二、说到底谁的生活在本质上都是瘪的；三、我既然都写诗了，我就偏要把它讲得汹涌一点，灿烂一点，美一点。

当代诗有一些关注下层，参与社会的使命。我参加过一个讨论诗的社会责任的会，一开场首先举出来的例子是诗歌能在汶川大地震中做什么。我其实蛮惊讶的，从没想过诗歌给自己设计的任务，会这么耿直。恕我直言，也许因为我听过的歌比看过的诗多，流行乐表现出的给劣势人生赋能的能力比诗歌强多了，有时候甚至是非凡的能量。比如 Lady Marmalade。这歌写了 1974 年美国南部新奥尔良的一个嫖妓故事。这是我看过的关于妓女主体性的最强表达，苦大仇深或孤单寂寞冷的当代诗里根本没有能与之相比的。给下层赋权，艺术其实非常有 power，但首先作品本身得表现出能量，综合的、技艺的、超强感染力的，而且恐怕一定需要对象不再是对象，对象充满美，对象本身揭示了美学。

对来自大地的身体的正义立场，是渐渐认识到的。在我写诗和阅读交织的路上，有过两个节点。第一个是我25岁时在一种奇怪的状态里，把网上能找到的所有terrorism的纪录片反反复复看个不停，尤其是黎巴嫩内战。那段历史真相对我来说并不重要。但我为什么要像病了一样地看"恐"或"反恐"纪录片呢？这在后来的年份里又出现过两次。第一次换成阿富汗战争，第二次换成越战。这是三次多少有些奇特的阅读吧，究竟当时是什么原因什么状态，我已不感重要了，但我从这里逐渐看出了一个道理，并随后在一首诗里总结了出来："心的献身，打开世上的门"。这话也还在《爱与正义》的道理里，它适合很多领域：学术研究、兴趣、田野、爱情或爱国。我在新加坡待过四年，在美国待过一年。现在有很多人在网上攻击留学生的情感状态，但我还是想说，有时候不在里面了，在一个完全外面的环境里，你会发现自己的边界。如果你是一个绝对的个人主义和自由主义的个体，你是没有边界的，若恰好你语言不错，家里又有钱，你可以做最快乐的世界公民。但我不觉得我是一个光溜溜的在世界里无阻力滑来滑去的个人，我发现了自己的边界，张力还很强。这段经验让我说出了"心的献身，打开世上的门"这样的话。当然我现在又回到里面了，绷紧的张力早松掉了，当年的情感也陌生了些。但这个方法，对，这是一种方法，是非常尽兴的。

第二个节点是四五年前席亚兵跟我说，你可以写点写景诗。这时候《择偶的黄昏》《走马灯》已经是那个面目了，我在the Lure of Secularity里正感觉挺不错呢。于是，我看了一下《春日》和他推荐的蒲宁的诗集。我想，他说的是对的。

蒲宁在文字上回应了我当时着迷的列维坦。我一直有一个模糊的迷惑，一幅画或一段音乐带来的感染力，那种超强的印象感，文字能做到吗？可能有人认为这三者各司其职，不必互相强求。但我觉得不是。如果感到一幅画或一段音乐很好，心生了羡慕，文字工作者就应该试着用语言文字去获得同样典型和强烈的效果。这是可以做到的，而且是一个很好的训练。训练多了，渐渐地会发现，即使在当代，文字也能强劲地保持它的能力。所以，尽管流行乐打开我的眼界，我还是非常确定现代汉语的最高实践是1990年代以后的诗歌，而不是罗大佑、林夕的歌词。歌词的密度注定文字的稀疏，而且决定它的品质的始终还是旋律。诗却需要也能够用唯一的，甚至单调的工具——文字，完成其他门类通过丰富的工具达到的效果。

画跟诗的匹配，很神秘。比如蒲宁和列维坦的匹配，兰波和印象派的匹配。偏偏我人生中目前看过的最好看的两个人物传记，一个是那本五百多页的《兰波传》，一个是1984年出版的《俄国风景画家列维坦》。前者呈现的非凡又有加速自毁倾向的人生，夺目、惊恐，让我稀里哗啦；后者则完全做到了用语言再现列维坦面对的俄罗斯的风景、形容词、气氛，和其中朴素的道德。兰波的诗，我在课上听来的是跟元音有关的一首，没感到怎么样。后来我看到他的《传奇故事》，举例这首诗的1/4吧：

十七岁的年龄，什么都不在乎，
——一个美好的黄昏，咖啡屋
杯盏交错，光影闪烁着喧闹之声！
——这就去碧绿的椴树林漫步。
椴树飘香，在六月迷人的晚上！
空气轻柔，人们闭上眼睛；

风中夹着声音，——城市就在附近，——
葡萄藤的清香和着啤酒的酒香……

这诗让我意识到，原来破折号、省略号和感叹号
也可以有诗意！原来跟印象派短促的笔法一
样，短促的效果可以这么轻快，这么让人轻快！
我很羡慕，我也想写一首轻快清脆的。似乎不
容易，难道中国人的生活注定沉闷冗长一些吗？
如果是的话，那就先创造生活吧！

四

　　感受诗，终归不如画和音乐那么直接，所以
需要工具，比如文学研究。这是我的职业，我最
大量的阅读是在这个门类，属于职业阅读。现
在的文学研究，研究文学的不多。从参谋写诗
的角度讲，标准的研究文学是作品分析，但千万
不能是分析作品的意识形态、想象的共同体、民
族国家、权力结构、话语体系等等之类，应该关
心作品的"气氛"和它的达成。对这种文学研究
来说，很多作品没价值；当然，这种文学研究也
不太有机会在学院的学科体系里显得重要。但
它对一个人的文学教养的成长，非常宝贵。

　　前面说"心的献身，打开世上的门"是一个
方法。方法，往往需要很大的体力和勇气。诗
歌不是认识世界的方式，我不认为可以通过世
界认识文学，而是应该通过文学认识世界。四
十多年前有人说"诗到语言为止"。我觉得很奇
怪，诗应该从语言开始，这是它的门槛；至于到
什么为止，必然是到世界为止。文学后面需要
有认识，写作者需要去打开自己的认识，认识牵
扯着知识、意识、见识、感受力、立场、判断、情感
等等。一个在语言内部要花招的诗，打个比方，
跟大多数当代艺术装置一样，让我纳闷得生气。

　　同样，在我的职业阅读领域，我也认为学术的很
多意识其实并不来自知识，而是来自见识，见识
却从来不是学术和知识生活足以支撑的。那
么，在我阅读量最大的门类里，有走得了心的研
究吗？很少。但今年王瑶先生的《中古文学史
论》就看得我常常会心一笑。王瑶先生在饮酒
那章里说，放弃了祈求生命的长度，便不能不要
增加生命的密度，而享乐是增加生命的密度的。
这是懂享乐的人，而且在享乐中发生了觉悟的
学者才能说出的话。在论宫体诗那章里，他说
从玄言到山水再到宫体，是由逃避而麻醉再到
刺激。山水补救不了人，从清心寡欲的山水到
纵情声色的宫体，其实之间在生活上、道德上和
修辞上都没有鸿沟。这是多厉害的见识，居然
看得出风景其实色情滚滚，看得出冲淡和刺激
可能都是一种虚症，并由此生发出了对文学和
文学史的妙论。学术写作里，方程式很多，妙论
太少，而我历来喜欢有见识、能说出头头道道来
的人，所以一瞬间做了他的粉丝。

　　六朝似是沉痛而放浪的。我这两三年读了
两三遍一直都喜欢这一本书，林耀华的《凉山夷
家》也有这般风采。文学研究不限于文学性分
析后，一个好处是博览多类写作，更不安分的还
要去做做田野。《凉山夷家》现在可以做我的研
究对象，但读的起因却不是这个。我很关注艾
滋病，时间有十年了。我因为关注这个病，所以
看了不少凉山的材料。没想到在一个喜迎开放
的时代，一条交通大动脉会给一个地方和那里
的人带来这么多麻烦。现代社会，那个按照西
方的样子发展起来的、走不了回头路的现代社
会，是人类成就的伟大体现，但是对于没有在一
开始就跟随在这个节奏里的群体来说，他们初
次暴露在现代社会的空气里时，会出现非常多
问题。就像免疫工程，把没有按科学的方式一

步步注射疫苗的人，一下子放到那个均已免疫、对外界形成了科学抗体的身体的世界里时，他会在竞争局面下出现一堆一堆的问题。中国曾经是这样，在深山高峡里被封闭了更久的人更是这样。这不是谁的错，但这是个正义问题。《凉山夷家》好就好在，掰回了许多正义，林先生把这片短草蒙蒙的高山写的既不怎么沉痛，也没什么要批评的落后之处，甚至有时候还流露出对凉山畅快生活方式的褒扬，比如他们破坏性的消费，他们翻山越岭地去赴宴，比如她们出嫁之后制度性地回到娘家享受几年放浪的生活，比如婚姻嫁娶的流转使此处人皆能有享受性的生活。这个书里，在人生的层面上，我看不出前现代和现代谁明显更好，作为现代社会的人，这让人伤感；但转念一想也有一些瞬间的狂欢，因为书至少提供了想象的天窗。后来我又去峨边附近的田野转了一圈，高山、峡谷、植被，使我惊心动魄，意乱神迷。

终究还有田野。所谓对来自大地的身体的正义立场，大地至关重要。它能提供时间，提供空间，提供轨迹，提供无限的标本、无限的体验。我有一个做佛教史的好朋友，他说过一个喘气的理论。一切积极于秩序的附近，得有一个喘气的地方。江南是儒家文化喘气的地方，六朝是中国历史喘气的地方。那么，结构喘气的地方在哪？现代社会喘气的地方在哪？所以我需要离地近一点再近一点，需要离带着它强壮而安稳气息的人近一点再近一点，这会拯救我的生理和精神。

这就是我的阅读史，身体、书或者地。我仿佛把它们的敌人形容得太密不透风，把阅读又描述得太纵身一跃，但此番我不是在做文献综述，不妨讲一些具有不可分性的经验与体会。这些阅读都是喘气的地方。我现在写过的诗，就是喘气的诗，纵身一跃的诗，结构和解放在掐架的诗，因此，就连密度、质地和色彩很醇美的《夏日里最后一朵玫瑰》也是玫瑰炸弹。所以我很期待，期待畅快呼吸和它能带来的文学的样子。

作者简介 ｜ 范雪，1984年1月生于陕西汉中市洋县，2002年考入北京大学中文系读本科，2006年保送至北京大学中文系读硕士，专业方向是中国现当代文学。2009年至2014年在新加坡国立大学读博士，最终获博士学位。2015年至2021年在东南大学工作，2021年至今在浙大城市学院工作。出版有诗集《择偶的黄昏》《走马灯》。